中华传世小品

云中锦书

历代尺牍小品

谭邦和 主编

长江出版传媒
崇文书局

图书在版编目（CIP）数据

云中锦书 ： 历代尺牍小品 / 谭邦和主编． -- 武汉 ：
崇文书局，2016.1（2023.1 重印）
（中华传世小品）
ISBN 978-7-5403-4045-2

Ⅰ．①云… Ⅱ．①谭… Ⅲ．①小品文－作品集－中国
Ⅳ．①I26

中国版本图书馆 CIP 数据核字（2015）第 232705 号

云中锦书：历代尺牍小品

责任编辑　程　欣　刘　丹
出版发行　长江出版传媒｜崇文书局
地　　址　武汉市雄楚大街 268 号 C 座 11 层
电　　话　(027)87677133　邮政编码　430070
印　　刷　湖北画中画印刷有限公司
开　　本　680mm×960mm　1/16
印　　张　15.5
字　　数　170 千字
版　　次　2016 年 1 月第 1 版
印　　次　2023 年 1 月第 3 次印刷
定　　价　46.80 元
（如发现印装质量问题，影响阅读，由本社负责调换）

总　序

1993年，湖北辞书出版社出版了“小品精华系列”，一共十册：《历代尺牍小品》《历代幽默小品》《历代妙语小品》《历代寓言小品》《历代山水小品》《历代诗话小品》《历代笔记小品》《历代禅语小品》《明清清言小品》《明清性灵小品》。这套“小品精华”，风格亲切幽默，平易近人，深受欢迎。二十多年过去了，许多想得到这套书的读者，早已无处可购。考虑到读者的需要，崇文书局拟在“小品精华系列”的基础上，精益求精，隆重推出“中华传世小品”，第一辑为十册。主持这套书的朋友嘱我写几句话，我也乐于应命，有些关于小品的想法，正好借这个机会跟读者交流交流。

“中国历史上写作小品文的作家，多半是所谓名士。”现代作家伯韩的这一说法，流传颇广。那么，什么是名士呢？伯韩以为，也就是一种绅士罢了，不过与普通绅士有所不同而已。他们“多读了几句书，晓得布置一间美妙的书斋，邀集三朋四友，吟风弄月，或者卖弄聪明，说几句俏皮话，或者还搭上什么姑娘们，弄出种种的风流韵事来。这都算是他们的风雅”。

这样来看中国历史上的小品，如果不是误解的话，真要算得上不怀好意了。

据《论语·先进》记载：一天，孔子和子路（仲由）、曾皙（曾点）、冉有（冉求）、公西华（公西赤）在一起，他要几个弟子谈谈自己的志愿。子路第一个发言说："一千辆兵车的国家，处在几个大国之间，外有军队侵犯，内有连年灾荒。让我去治理，只消三年光景，便可使人人勇敢，而且懂得同列强抗争的办法。"孔子听了，淡淡一笑。冉有的志愿是："一个纵横六七十里，或者五六十里的小国，让我去治理，三年时间，可使人人丰衣足食。至于修明礼乐，那就有待于贤人君子了。"第三个回答孔子的是公西华，他说："不是我自以为有什么了不得的才能，只是说我愿意来学习一番。国家有了祭祀的典礼，或者随着国君去办外交，我愿穿着礼服，戴着礼帽，做个好傧相！"公西华说话时，曾点正在弹瑟，听孔子问他："点，你怎么样？"曾点放下手中的瑟，站起来道："我的志愿跟他们三位都不相同。暮春三月，穿一身轻暖的衣服，陪着年长的、年轻的同学，到沂水沙滩上去洗洗澡，到舞雩台上去吹吹风，一路唱着歌回来！"孔子感叹道："我赞同曾点的想法！"孔子以为，子路等三人拘于礼、仁，气象不够开阔、爽朗。只有精神发展到能够怡情于山水自然的境地，人格才算完善。

孔子这种陶醉于山水之美的情怀，由魏晋时代的名士做了淋漓尽致的发挥。有一部书，专记当时名士的言行，名叫《世说新语》。其中有个人物谢鲲，他本人引以自豪的即是对山水之美别有会心。晋明帝问谢鲲:“你自己以为和庾亮相比怎么样?”谢鲲回答说:“身穿礼服,庄严地站在朝廷之上,作百官表率,我不如庾亮;但是,一丘一壑(指在山水间自得其乐),臣自以为超过他。”以“一丘一壑”与朝廷政务并提,可见其自豪感。因此,当著名画家顾恺之为谢鲲画像时,便别出心裁地将他画在岩石中。问顾为什么这样,顾答道:“谢自己说过:‘一丘一壑,臣自以为超过他。’所以应该把这位先生安置在丘壑中。”足见魏晋名士的趣味相当一致。

也许是由于魏晋以降的儒生多拘束迂腐,也许是由于全身心陶醉于山水之美的魏晋名士对老庄更偏爱些,后世人往往将名士风流与儒家截然分为二事,似乎它们水火不容。晚明袁宏道在《寿存斋张公七十序》中批评这种误解说:

> 山有色,岚是也。水有文,波是也。学道有致,韵是也。山无岚则枯,水无波则腐,学道无韵,则老学究而已。昔夫子之贤回也以乐,而其与曾点也以童冠咏歌,固学道人之波澜色泽也。江左之士,喜为任达,而至今谈名理者必宗之。俗儒不知,叱为放诞,而一一绳之以理,于是高明玄旷清虚澹远者,一切皆归之二氏。而所谓腐滥纤啬卑滞扃局者,尽取为吾儒之受用,吾不知诸儒何所师承,而冒焉以为孔氏之学脉也。

袁宏道的结论是:“颜之乐,点之歌,圣门之所谓真儒也。”这话是有几分道理的。

上面说了那么多,其实是要说明一点:孔子是中国古代第一位小品文作家,《论语》是中国古代第一部小品文著作。以小品的眼光来读《论语》,不难发现一个亲切而又伟大的孔子。

比如,从《论语》中不仅能看出孔子陶醉于山水之美的情怀,还能感受到他那无坚不摧的幽默感。孔子曾领着一群学生周游列国,再三受到冷遇,途经陈、蔡时,被两国大夫率众围困,“不得行”,粮食没有了,随行的人也病了,而孔子依然“讲诵弦歌不衰”。他开玩笑地问:“我们不是野兽,怎么会来到旷野上?莫非我的学说错了吗?”颜渊回答说:“夫子的学说极其宏大,所以天下不能容纳。不能容纳有什么不好呢?这才见出你是真正的君子。”孔子听了,会心一笑,说:“你要是有很多财产的话,我愿给你当管家。”置身于天下不容的困境中,孔子师徒仍其乐陶陶,在于他们互为知己,确信所追求的目标是伟大的。北宋的苏轼由此归纳出一个命题:“师友以道相乐,乃人间之至乐也。”

在人们的感觉中,身居显位的周公是快乐的、幸福的。其实未必。召公负一代盛名,管叔、蔡叔是周公的弟弟,连他们都怀疑周公有篡夺君位的野心,何况别人呢?这样看来,周公虽坐拥富贵,却无亲朋与之共乐。苏轼由此体会到:周公之富贵,不如孔子之贫贱:富贵不值得看重。他的

《上梅直讲书》说的就是这个意思。

据《论语》记载，孔子还曾有过一件韵事。跟孔子同时，有个名叫南子的美女，身为卫灵公夫人，却极度风流淫荡。一次，她特地召见孔子。孔子拜见了她，还坐着她的马车，在城内兜了一圈。性情爽直的子路很不高兴，对孔子提出非议，孔子急得发誓说："假如我孔某有什么邪念的话，老天爷打雷劈死我！"

对孔子的这件浪漫故事，历史上有两种不同的解释。一种说法认为：孔子是迷恋南子的漂亮。另一种意见则较为规矩，其代表人物是南宋的罗大经。罗大经在《鹤林玉露》中说：南子虽然淫荡，却极有识见，"有后世老师宿儒之所不能道者"。孔子之所以去见南子，即因看重她的识见，希望她改掉淫行，成为卫灵公的好内助。"子路不悦，是未知夫子之心也。"

前一种说法似乎亵渎了孔子，但未必没有可取之处。孔子讲过："吾未见好德如好色者也。"在他看来，好色是人的不可抗拒的天性，任何人都没有资格假定自己从不好色。所以，当孔子向子路发誓，说他行端影直的时候，我们真羡慕子路，有这样一位可以跟学生赌咒发誓的老师。孔子让我们相信：圣人确有不同凡俗的自制力，但并不认为他人的猜疑是对他的不敬。相反，他理解这种猜疑，甚至觉得这种猜疑是理所当然的。

孔子是一个伟大而又亲切的小品作家，《论语》是一部伟大而又亲切的小品文著作。亲切而又伟大，这就是小品的魅力。关于中国历代小品的定位，理应以《论语》作为坐标。我想与读者交流的，主要的也就是这个看法。

回到“中华传世小品”，这里要强调的是，这套书所秉承的正是《论语》的传统。它们的作者，不是伯韩所说的那种“名士”，而是孔子、颜渊、曾点这类既活出了情怀、又活出了情调的哲人。不需要故作庄严，也绝无油滑浅薄，那份温暖，那份睿智，那份幽默，那份倜傥，那份自在，那份超然，足以把生活提升到一个令人陶然的境界。读这样的书，才当得起“开卷有益”的说法。

愿读者诸君与“中华传世小品”成为朋友！

武汉大学文学院教授、博士生导师　陈文新

前　言

尺牍这个名称，最早见于西汉典籍，司马迁的《史记·扁鹊仓公列传论》云："缇縈通尺牍，父得以后宁。"仓公是汉初名医，因故获罪当刑，其女缇萦写信给汉文帝，愿以身代，方得免。古时书信称为尺牍，是因为当时的书信所用竹简或绢帛长约一尺，故有此说。其实当时书信的名称颇杂，还有书、简、札、启、笺、贴、表、疏等异名，可视受信者地位或书信功用、长短等差异而区别。而"尺牍"似乎更为通用，一般的通信都可以囊括在这个名称之内，而"表""疏""启"等，则成为给某些通信对象的专用名称了。

书信，是人们运用书面语言进行人际交流时最熟悉、最常用、最普遍的方式之一，看来它首先应该是一种应用文体。然而，这种应用文体又丝毫不妨碍它的写作者逞才显智，去攀登文学的高境界和文化的高品位，因此，它同时又是文学王国里一个表现杰出的成员。当书信的写作者受主体情志的冲激，产生出强烈的文学意识时，书信的实用功能往往已经退避三舍，成为次要的目的了。这种强烈的文学意识，主要表现为强烈的抒情意识、强烈的风格意识和强烈的个性意识，因而写作者在语言态度的挑选、修辞方式的运用乃至于构思立意等方面，都更加讲究。就是由于上述原因，本来只是写给受信者一人阅读的实用文字，变成了千百万读者都乐于欣赏的文学作品，中国文学史上，也因此出现了一批尺牍大师的名字。

从先秦到近代的尺牍文学史上，还产生出一大批短牍，这些短牍，最初可能与书写工具和材料不允许长篇累牍有关，但后来印刷术发达了，这种“短”，就不仅仅只是篇幅字数的问题，而成为一种风格、一种情调、一种趣尚、一种追求，最后形成了“尺牍小品”这样一种具有独特审美品格的新兴文体。

尺牍小品的发展历史，大约可以春秋战国为开端，本书所选曾助越王灭吴复国的范蠡所写的《遗大夫种书》及鞠武劝燕太子丹不要寄成功之望于“匹夫之勇”和“一箭之任”的《报燕太子丹书》等篇，可见一斑。秦汉时期，尺牍小品有了重要发展，并产生了李斯、邹阳、枚乘、司马相如、东方朔、杨恽、李固、秦嘉与徐淑夫妇等一批名家和他们的杰作。魏晋南北朝时期，文学进入了自觉时代，尺牍小品也在追求个性解脱的时代风气中有长足的进步。“三曹七子”在尺牍小品方面都曾显露身手，而二王（羲之、献之）手书的杂贴兼文章和书法二美，格外富于光彩。庾信、鲍照、江淹、沈约、任昉、刘峻等人把骈体用于尺牍小品，使尺牍小品从此又添新的魅力。陶弘景、吴均等人且以山水风情入尺牍小品，使这块艺术园地更增美感。唐代受载道文学观的影响，尺牍小品收获不丰，但王维、韩愈、柳宗元等人还是留下了一些佳篇，颜真卿承“二王”之遗风，所作杂帖颇堪品味。宋代尺牍小品中兴，范仲淹、欧阳修、王安石、曾巩、李之仪等，名家辈出，还出现了苏轼、黄庭坚这样的尺牍小品大师。

元代近百年里，蒙古入主中原，文人或隐或降，文坛风气又为杂剧、散曲所转移，但从许衡、吴澄等人的文集里，还是间或可见佳什。明代前期和清代中后期，封建专制统治特别严酷，文字狱骇人听闻，学界和文坛因避祸而趋于实学，故尺牍小品的写作受到一定影响。但是明末清初近百年间，却是尺牍小品最为发达兴盛的时期。受资本主义萌芽、思想解放运动、文学浪漫思潮的巨大影响，进步文人们对专制正统文化的疏离意识愈来愈强烈，他们对于官场和社会以及自身的生存状态越来越清醒，因而要求复归自我，保持个性自由，追求人格独立。他们当然还没有力量推翻专制统治，但他们却可以在与志同道合、情投意合者们的通信中，相对安全地放胆谈心、抒写性灵，于是蔚为风气，造成名家林立、妙品迭出的繁盛局面。李贽、徐渭、汤显祖都是这场小品文运动的思想代表和艺术大师，袁宏道、张岱则在情韵和性灵方面攀上了更高的艺术境界，堪称尺牍小品大师名家，宋懋澄尤喜以三言两语成篇，思想精警、趣味深淳，是尺牍小品史上一批极短而极耐品味的典范之作。清初名家中，顾炎武、金圣叹、孔尚任及许多不太知名的作者，承晚明余绪，保持了尺牍小品的繁荣局面。经过明末清初的高潮之后，尺牍小品基本的走势是趋于消亡，特别是那种灵趣更难在清末及近代文集里面找到，不过郑板桥、龚自珍、魏源及曾国藩，到底还留下一批较可珍视的作品。于是，文言尺牍渐近尾声，比较富于思想活力和艺术灵趣的白话书信，就留待现当代作家来创造了。

我们这个选本以作品的思想艺术水平为标准，希望贴近现代人的思想观念和审美好尚，注目于古人的心灵和他们的现实文化处境，选择那些真情文字、兴会文字、性灵文字、机趣文字、幽默文字、哲理文字、异端文字或者趣味文字、闲情文字、轻松文字，以期多方位揭示古人的心灵，让今天的读者了解他们的快乐与忧患、智慧和痛苦，读之有味，思之有得，既可消闲，又兼益智，同时也顺便从古人尺牍中发现一些能够帮助今人反思当代生活的思想材料。为此，我们采取了主题归类的编排方法，把入选作品分成八大类，这八类大致涵盖了从家庭到社会、从朋辈到官场、从爱情到山水的各个生活层面，也许能够比较集中地给当代读者提供一个与古贤古哲们进行专题对话的机会。

诚如周亮工在《赖古堂尺牍新钞》所言，对尺牍进行分类是特别困难的，“一牍而中涵数事，究将依附何门？即使区别果安，岂能纤微悉合？”故分类未必尽当，内容交叉现象时见发生，这是需要读者诸君宽谅的。每类之中，则大体依生卒时序排列，借以约略显示史的线索，但不少作者虽有好文字传世，却名不见经传，事不载正史，生平难详，只能估其大致时段而决定顺序，故时序也未必全准。陈书良、郑宪春著《中国小品文史》以 1000 字为小品文字数限额，比较便于操作。虽然我们在处理那些好杂文时颇有割爱之难，而在处理那些特短的尺牍小品时又觉得失之过宽，我们还是基本上以此为界。此外，限于篇幅，我们删去了若干常见的名篇或“长篇”，倘若读者能用随手可得的那些散文选本来作补充，则本书的容量就由于您的参与而扩大了。

目　　录

心怀坦荡

家书如玉

读书雅趣

情之所钟

久在樊笼

人际春风

心在山水

世情百味

心怀坦荡

上书乞骸骨　石庆[1]

臣幸得待罪丞相，疲驽[2]无以辅治，城郭仓廪空虚，民多流亡，罪当伏斧质[3]。上不忍致法，愿归丞相侯印，乞骸骨归[4]，避贤者路。

【注释】

①石庆：西汉时河内温县（今属河南）人，居茂陵，武帝元鼎五年（前112）曾任丞相，太初二年（前103）卒，谥恬侯。

②疲驽：愚钝无能。驽，劣马。

③斧质：斩首的刑具。质，通“锧”。

④乞骸骨归：犹言乞准活命而归。骸骨，身体。

【品读】

这是一封辞职信，粮仓空虚，百姓流亡，历史上有几个丞相肯归罪于自己辅君治国无方？这个石庆却能主动引咎辞职，奉还相印，请另选贤人，自己不挡贤者路。古人曾经有有自知之明者如此，今若有尸位素餐者，石庆可鉴。

上武帝书　东方朔[1]

臣朔少失父母，长养[2]兄嫂。年十二，学书三冬，文史足用。十五学击剑，十六学诗书，诵二十二万言；十九学孙、吴兵法，战阵之具，钲鼓之教[3]，亦诵二十二万言。凡臣朔固已诵四十四万言。又常服子路[4]之言。臣朔年二十二，长九尺三寸，目若悬珠，齿若编贝[5]，勇若孟贲[6]，捷若庆忌[7]，廉若鲍叔[8]，信若尾生[9]，若此可以为天子大臣矣。臣朔昧死，再拜以闻。

【注释】

①东方朔(前 154—前 93):字曼倩,平原厌次(今山东惠民县)人,西汉文学家,以滑稽敏捷称雄。据《汉书·东方朔传》:“武帝初即位,征天下举方正贤良文学材力之士,待以不次之位,四方士多上书言得失,自炫鬻者以千数”,但多不足采,报闻即罢,而东方朔之上书独具高格,“文辞不逊,高自称誉,上伟之,令待诏公车”。

②养:养于。

③“战阵”二句:犹言兵器和指挥之术。

④子路:孔子的著名学生。

⑤“目若”二句:目若悬珠:形容眼睛明亮如珍珠。齿若编贝:古代有一种很精致洁白的贝,叫齿贝,曾用作钱币,此处说牙齿洁白整齐,就像齿贝编排在一起。

⑥孟贲:战国时勇士,卫人,后归秦武王,曾生拔牛角。

⑦庆忌:亦战国时代与孟贲同时之勇士。

⑧鲍叔:指鲍叔牙,春秋时代齐国大夫,善识人才,齐桓公任他为宰相,他辞谢,转荐管仲任之,齐渐富强。

⑨尾生:古代传说中坚守信约的人。

【品读】

这确实是尺牍中一绝妙小品,上书自荐,却一扫阿谀摇尾之态,不卑不亢,亦庄亦谐,其人格之高古,非后世媚骨文人所能望见。钱钟书先生在《管锥编》中有赞:“朔此篇干进而似勿屑乞怜,大言不惭;后世游士自炫自媒,或遥师,或暗合,遂成上书中一体。”

答东方朔书 公孙弘[①]

譬犹龙之未升,与鱼鳖为伍,及其升天,鳞不可睹。

【注释】

①公孙弘(前200—前121):字季,西汉菑川(今山东寿光南)薛人,少为狱吏,四十余岁始治《春秋公羊传》,曾建议设五经博士,置弟子员,以熟习文法吏治,被武帝任为丞相,封平津侯。

【品读】

东方朔曾经信心百倍地上书自荐,这封信可能是复函。以龙为喻,设想其大展才华的飞动情景,足可激人上进。奖掖人才,难能可贵,语新喻奇,脍炙人口。

与友人书 东方朔

不可使尘网名缰拘锁,怡然长笑,脱去十洲三岛[①],相期拾瑶草[②],吞日月之光华,共轻举[③]耳。

【注释】

①十洲三岛:古代传说神仙居住的地方。东方朔有《海内十洲记》,说巨海之中有祖、瀛、悬、炎、长、元、流、生、凤麟、聚窟十洲,又有蓬丘、方丈、昆仑三岛,乃人迹稀绝,神仙所居。合称"十洲三岛"。

②瑶草:想象中的仙境之草。

③轻举:向仙境飞升。

【品读】

东方朔性格洒脱,放达不羁,滑稽诙谐,不拘细节,他很有才干,却不受重用,在朝廷形同俳优。他曾在《十洲记序》中说:"臣学仙者耳,非得道之人。以国家盛美,特招延儒墨于文网之内,抑绝俗之道,摈虚诡之迹,臣故韬隐逸而赴玉庭,藏养生而待朱阙矣。"可见他是有学仙之志的,用世以后深感"尘网名缰拘锁",故相勉友人挣脱束缚,求仙而去。

与挚峻书 司马迁[①]

迁闻君子所贵乎道者[②]三：太上立德，其次立言，其次立功[③]。

伏惟[④]伯陵[⑤]：材德绝人，高尚其志。以善厥[⑥]身，冰清玉洁。不以细行荷累其名，固已贵矣。然未尽太上之所繇也[⑦]，愿先生少致意[⑧]焉！

【注释】

①司马迁（约前145或前135—约前87）：字子长，西汉史学家、文学家、思想家。所著《史记》，为我国最早的纪传通史。

②君子所贵乎道者：有德行修养的人所看重的人生准则。

③此三句，"太上"即最上，最高境界是树立道德风范，其次是著书立说，再次是建功立业。语出《左传·襄公二十四年》。

④伏惟：敬辞。

⑤伯陵：挚峻，字伯陵，长安人，隐居。

⑥厥：其。

⑦繇（yóu）：通"由"。

⑧少致意：稍加留意用心。

【品读】

挚峻是司马迁的朋友，品行、节操、才华都在高格，但他终生隐居不出。当时司马迁初任太史令，满怀雄心，故写信劝挚峻出仕进取。"太上立德，其次立言，其次立功"，后来成为文人士大夫普遍追求的人生境界，成为著名的人生格言警语，激励一代又一代知识分子建功立业，著书立说，并攀登道德的最高境界。

与王郎书[①] 曹丕[②]

生有七尺之形，死唯一棺之土。唯立德扬名，可以不朽;其次莫如著篇籍[3]。

疫疠数起[4],士人凋落[5],余独何人,能全其寿?故论撰所著《典论》、诗赋盖百余篇[6],集诸儒于肃城门内[7],讲论大义,侃侃无倦[8]。

【注释】

①王朗:字景兴,汉末官大理寺丞,入魏官至司空,封乐平乡侯。

②曹丕(187—226):字子桓,安徽亳县人,三国时魏国的建立者,文学家。曹操次子。有《魏文帝集》。

③著篇籍:著书立说。

④疫疠(lì)数起:建安二十二年(217)瘟疫盛行,许多著名文士在这场瘟疫中丧命,如建安七子中的徐干、刘桢、陈琳等都相继离世。

⑤凋落:零落。

⑥《典论》:曹丕所著的论文集,凡五卷,今仅存《论文》一篇完文,余皆散佚。

⑦肃城:洛阳城门名。

⑧侃侃:讲话从容不迫的样子。

【品读】

文友们在瘟疫中相继去世,引起了这位太子对生命的焦虑。"生有七尺之形,死唯一棺之土",对人生的无常是那么感伤,然而他并未由此滑向消极颓废,人生短暂更激起了他立德"扬名"以求不朽的冲动,促使他更勤奋地著书立说,对死亡的恐惧在他身上获得了一种肯定的意义。

守政帖[1]　颜真卿[2]

政可守,不可不守。

吾去岁中言事得罪[3],又不能逆道苟时[4],为千古罪人也。虽贬居远方,终身不耻[5],汝曹当须会吾之志[6],不可不守也!

【注释】

①守政:恪守职责。

②颜真卿(709—785):字清臣。唐玄宗时任监察御史,被杨国忠排挤,出任平原太守。代宗朝官至尚书右丞,封鲁郡公。德宗朝任太子太师。时逢李希烈反叛,颜奉命前往召谕,被叛将扣押,不屈而死。他是我国卓越的书法家,书风浑厚刚健,庄严大度。

③去岁:去年。言事得罪:因上书言事而获罪。

④逆道苟时:违反道义以迎合时俗。

⑤不耻:不以为耻。

⑥汝曹:你们。会:领会。

【品读】

颜真卿为人刚正不阿,在各朝都为权奸所嫉恶和排挤,多次被谗害和贬黜,但他从不愿“逆道苟时”,这封赴贬所前的告子弟书,在寥寥数十字中表现了他那“明若日月而坚若金石”的高尚人格。

上吕相公书　范仲淹[①]

伏蒙台慈叠赐钧翰[②],而褒许之意,重如金石,不任荣惧!不任荣惧!窃念仲淹草莱经生[③],服习古训,所学者惟修身治民而已。一日登朝,辄不知忌讳,效贾生恸哭太息[④]之说,为报国安危之计。而朝廷方属太平,不喜生事,仲淹于搢绅中独如妖言,情既龃龉[⑤],词乃睽戾[⑥],至有忤天子大臣之威。赖至仁之朝,不下狱以死,而天下指之为狂士。然则忤之之情无他焉,正如陆龟蒙[⑦]《怪松图赞》谓草木之性,其本不怪,乘阳而生。小已遏[⑧],不伸不直,而大丑彰于形质,天下指之为怪木,岂天性之然哉?今擢处方面,非朝廷委曲照临，则败辱久矣。昔郭汾阳与李临淮有隙[⑨]，不交一言；及讨禄山之乱[⑩]，则执手泣别，勉以忠义，终平剧盗，实二公之力。今相公有汾阳之心之言，仲淹无临淮之才之力，夙夜尽瘁，恐不副朝廷委之之意。重负泰山，未知所释之地，不任惶恐战栗之极。不宣。仲淹惶恐再拜。

【注释】

①范仲淹(1989—1052)：字希文，苏州吴县(今属江苏省)宋代有名的文学家、政治家。为人耿介正直，不合世俗，为政锐意改革，大刀阔斧，因而得罪过不少人，被人目为“狂士”。

②钧翰：书信。钧：尊称之词。

③草莱经生：野夫出身的读书人。

④贾生恸哭太息：汉代贾谊因遭谗毁，被贬为长沙王太傅，赴任路过湖南汨罗屈原投江处时，万般感慨，乃作《吊屈原赋》以哭悼屈原这位身世与自己类似的古人。后又做梁怀王太傅，怀王堕马死，贾谊“自伤为傅无状，哭泣岁余，亦死”。

⑤龃龉：抵触。

⑥睽戾：乖离不合。

⑦陆龟蒙：唐代著名诗人。

⑧遏：压制。

⑨郭汾阳：指唐代著名大将军郭子仪。郭平息安史之乱有功，被封为汾阳(今山西省汾阳)王。李临淮：指唐代大将军李光弼。李在平压安史之乱时与郭子仪齐名。隙：隔阂、矛盾。

⑩禄山：指安禄山。唐玄宗时，安禄山任平卢、范阳、河东三镇节度使。天宝十四年冬在范阳起兵叛乱，先后攻陷洛阳、长安。至德二年春，为其子庆绪所杀。

【品读】

作者在这封信中详尽地述说了自己忠直而招世俗之怨的情状，同时也表达了自己至死不悔的初衷，以及不改本性的坚定信念。全文言辞恳切，字里行间充溢着磊落伟特的阳刚之气。

与章子厚　苏轼

某启：仆居东坡[①]，作陂[②]种稻。有田五十亩，身耕妻蚕[③]，聊以卒岁。昨日一牛病几死，牛医不识其状，而老妻识之，曰："此牛发豆斑疮[④]也，法当以青蒿粥啖之[⑤]。"用其言而效。勿谓仆谪居之后，一向便作村舍翁[⑥]，老妻犹解接黑牡丹也。

言此发公千里一笑。

【注释】

①东坡：地名，在湖北黄州赤壁之西。宋朝元丰年间，苏轼贬官黄州时，曾居此，自号"东坡居士"。

②陂（bēi）：水边地。

③蚕：养蚕。

④豆斑疮：形如豆斑的疮疖。

⑤以青蒿粥啖（dàn）之：将青蒿煮成粥喂它。青蒿：菊科草本植物，叶籽均有清热解毒之药效。啖：给……吃。

⑥村舍翁：老农夫。

【品读】

苏轼神宗时曾任祠部员外郎，后任杭州通判，知密州、徐州、湖州，先后贬谪黄州、惠州、儋州。随遇而安、乐观放达是宋代豪放派词人苏东坡特有的个性。受了委屈，贬了官职，发至偏远的黄州，夫妻二人男耕女蚕，仍怡然自乐，过得快哉悠哉。生活很是艰苦，可在给朝中枢密院供职的老友章子厚写信时，还不忘给他讲讲谪居黄州时老妻以青蒿医牛疮的趣事。此信是作者率意为之，轻快的笔调、诙谐的语气中透现出作者以笑脸迎接人生苦难的潇洒风度以及忘怀得失、苦中求乐的脱俗情怀。

答何友道书 吴澄

朋友中能文辞，可与商略[①]古今者，舍足下其谁？兹蒙惠书，累数百言，言皆有用之实，而非无益之谈；虽古人相勉相成之道，何以逾此！三复之余，什袭[②]而藏之矣！

昔时子[③]道齐王之意，俾孟子为诸大夫国人矜式[④]，其意甚厚，而孟子亦岂不欲为此者哉，又岂不能为此者哉？而曰夫时子恶知其不可也。孟子言其不可而不言其所以不可，何欤？事固有未易言者，而非可以言相授受也。抑韩子[⑤]有云：知言之人，不言而其意已传。庸讵知[⑥]夫不言者之非深言之也耶！

足下知言者也，岂待言而后知；故于答足下之意，不以言而不言，惟高明亮[⑦]之。不宣。

【注释】

①商略：商讨。

②什袭：又作“十袭”。将东西一层层包捆起来。

③时子：战国时齐王的臣子。

④矜式：敬重，效法。

⑤韩子：指唐代文学家韩愈。

⑥庸讵(jù)知：哪里知道。庸、讵，都是表示反问的副词。

⑦亮：谅。

【品读】

作者吴澄是宋元之际的著名学者。其朋友何友道曾写信要他出仕，他便写了这封回信。对何友道的请求，作者没有正面表示可否，而是讲了时子代表齐王为请孟子入仕齐国而遭孟子拒绝的历史故事，从侧面表达了自己不愿与元朝统治者合作的意向。此信写得很别致，用语措词都显得十分含蓄、委婉而巧妙。

寄张世文　王守仁[①]

执谦枉问[②]之意甚盛，相与数月，无能为一字之益，乃今又将远别矣。愧负！愧负！

今时友朋，美质不无，而有志者绝少；谓圣贤不复可冀[③]，所视以为准的[④]者，不过建功名炫耀一时，以骇愚夫俗子之观听。呜呼！此身可以为尧舜[⑤]，参天地[⑥]，而自期若此[⑦]，不亦可哀也乎？故区区[⑧]于友朋中，每以“立志”为说，亦知往往有厌其烦者。然卒不能舍是[⑨]而卒有所先。诚以学不立志，如植木无根，生意将无从发端矣。自古及今，有志而无成者则有之；未有无志而能有成者也。

远别无以为赠，复申其“立志”之说。贤者不以为迂，庶勤勤执谦枉问之盛心，不为虚矣。

【注释】

①王守仁(1472—1528)：字伯安，余姚(今属浙江)人，明代著名的进步思想家。

②执谦枉问：指对方以谦虚的态度屈己下问，有愧不敢领当之意，是书信中常用的自谦之词。

③冀：企求。

④准的：典范，楷模。

⑤为尧舜：达到尧舜那样的人格境界。

⑥参天地：精神可以在天地之间遨游。

⑦而自期若此：却自己把自己降格为前面所说的那种人。

⑧区区：谦词自指。

⑨舍是：丢掉立志之说。

【品读】

这是一篇赠别门人的书信。作者在信中反复阐扬自己的“立志”之说，认为“立志”是人生的首要任务。即令是那些天赋美质的人，如不“立志”，也将如树之无根，不可能长成参天大木。他还主张“立志”要高，绝不可“以骇愚夫俗子之观听”为满足，只图“建功名炫耀一时”；有尧舜之才，即当立尧舜之志，敢于攀登人生人格的最高境界。

奉邃庵先生书　李梦阳[①]

张、陶二客，比数往来，以是得闻起居，为详为慰。

某疑似之迹，市虎成真[②]，而勘臣[③]遂以杀人媚人为心，钩织[④]窘辱，无所不至。幸素翁[⑤]当道，疑剖似解，不费言说，大诬明释[⑥]！

某尝自鄙，亦尝自幸：自鄙者，疏亢[⑦]弗容于时；自幸者，元老硕公取为覂驾之马[⑧]，目为磊珂[⑨]之材也。某反观私计[⑩]，平生不敢为污下苟且之行，即遭挤陷，不敢为门墙玷也[⑪]！

【注释】

①李梦阳(1473—1530)：字天赐，又字献吉，号空同子，庆阳(今属甘肃)人，明弘治六年(1493)进士，官户部郎中，明代著名文学家，文学复古思潮的代表人物，“前七子”之首。

②市虎成真：意谓累进谗言，可以弄假成真。引《韩非子·内储说》“三人言而成虎”之典。

③勘臣：刑部官员。

④钩织：附会罗织。

⑤素翁：刑部员外郎林俊，号见素，故称。

⑥大诬明释：弘治十八年(1505)，李梦阳曾应诏上书论时弊，书中论及寿宁侯张鹤龄招纳无赖，罔利害民，势如翼虎。张鹤龄为了报复，竟把梦阳奏疏中“陛下厚张氏”一语，歪曲为指斥孝宗的母后“张氏”。梦阳因此而被捕入狱，定为死罪。后孝宗知其冤枉，赦之。

⑦疏亢：疏放高傲。

⑧元老硕公：指德高望重的老前辈。覂（fěng）驾：覂，翻。覂驾指翻车。

⑨磊珂：或作“磊柯”，才能卓绝之意。

⑩反观私计：犹言反观自省。

⑪“即遘（gòu）”二句：意谓自己即使遭受诬陷，也绝不敢屈节，让老师的名声遭受玷污。

【品读】

邃庵，即杨一清，明朝著名官员，曾任首辅。李梦阳为人耿直，明武宗时曾因弹劾权宦刘瑾而被下狱几死。在此之前，明孝宗时，他已曾因上书论政中揭露了张鹤龄的罪行而被张鹤龄诬陷定成死罪，后冤白得赦（见本文注⑥）。李梦阳这封信里，揭露的就是专制制度这种“市虎成真”的丑恶品性和司法官员“杀人媚人”的恶劣行径。信中也以刚劲的言辞，表白了自己宁肯遭受大冤大屈，也决不改变清高节操的人生态度。

答寇子惇书　康海[①]

放逐后，流连声伎[②]，不复拘检，垂二十年。人苦不自知，仆既自知之，而又自忘之，此则深惑尔矣。有丑妇被黜[③]者，借邻女之饰，更往谓夫曰：曩以不修[④]，子故弃妾。今修矣，子何辞焉？其夫拒趋而出。其姊尤[⑤]之曰：一出已羞，更复何求？其言虽鄙，可以理喻，惟万万念之。

【注释】

①康海（1475—1540）：字德涵，号对山，武功（今属陕西）人。明弘治十五年（1502）状元，授翰林院编修。为“前七子”之一，主张文学复古。

②声伎：歌姬舞女。

③黜：休弃。

④曩(nǎng):从前,过去。修:装饰打扮。

⑤尤:责备。

【品读】

康海曾为营救李梦阳而与奸宦刘瑾交往,瑾诛,坐罪削职为民,而已复官之李梦阳却不营救,反进谗言。遂放浪形骸,纵情诗酒。他因为李梦阳不救事颇有感怀,据说《中山狼》剧本就是他为讽刺李梦阳一类"中山狼"及自己这样迂腐的"东郭先生"而作的。

这封信可能是寇天叙(字子惇,官至兵部侍郎)劝他申诉委屈以求重得朝廷委用,康海以丑妇被黜不当求归为喻,表明自己的人格尊严决不能再受侮辱。其志节难能可贵,其文辞则古朴雅淡,《古文小品咀华》评云:"似学《国策》,而实明文之矫矫者。"

与吕调阳书 海瑞[①]

今年春公当会试[②]天下,谅公以公道自持,必不以私徇太岳[③];想太岳亦以公道自守,必不以私干公道也。惟公亮之!

豫所[④]吕老先生。

【注释】

①海瑞(1514—1587):字汝贤,号刚峰,琼山(今属海南)人,明代著名法官,人称"海青天"。

②会试:明代科举制度,每三年在京城组织一次考试,称会试。

③太岳:张居正,号太岳。

④豫所:吕调阳之号。

【品读】

这样的文章千载能有几篇!当时权倾朝野的内阁首辅张居正的儿子要参加当年的会试,海瑞竟给主持这次会试的大学士吕调阳写信,警告他不要徇私舞弊以讨好张居正,而应该主持公道,择优选士;而且说张居正也不会因私干预这次会试的公平竞争,等于给首辅大人也敲了一记警钟。

复王七峰琼山知县 海瑞

承不遐弃[①],赐之华翰[②],捧诵之下,感激倍之。

琼山[③]百姓日就憔悴,正以数十年来未见一好县官也。执事满怀经济[④],小试割鸡[⑤],顾此僻邑,何幸!何幸!生亦与焉[⑥]。用是日日南望台下[⑦],切瞻仰也。今人居官,且莫说大有手段,为百姓兴其利、除其弊,止是不染一分一文,禁左右人不得为害,便出时套[⑧]中高高者矣。此不足为执事道,因有感触,姑一质[⑨]之。

人便,谨此奉候。外《条约》二册尘览[⑩],亦冀执事有以教之,有以取之也!诸不及尽者,惟台鉴!

【注释】

①遐弃:不因远而相弃。

②华翰:对对方书札的美称。

③琼山:今属海南省海口市。是海瑞的故乡。

④经济:经世济民。

⑤割鸡:"割鸡焉用牛刀"的省语,客套话。

⑥生亦与焉:我作为琼山人也获益其中。

⑦台下:对对方的尊称。

⑧时套:官场俗套。

⑨质:评论。

⑩尘览:谦词,意谓请对方阅看。

【品读】

王七峰就任琼山知县,给海瑞来信,作为琼山人,海瑞怀着一份乡情,回信热情地鼓励王七峰施展自己的经世济民之才,成为琼山数十年来没见过的好县官。针对当时官场的腐败,海瑞指出,别说什么兴利除弊的大手段,只要能自己不贪分文,并禁止左右官僚为害地方,就已经是很高尚的了。

与杨定见 李贽

此事大不可[1]。世间是非纷然，人在是非场中，安能免也。于是非上加起买好远怨等事，此亦细人常态，不足怪也[2]。古人以真情与人，卒至自陷者，不知多少，只有一笑为无事耳。

今彼讲是非，而我又与之讲是非，讲之不已，至于争辩。人之听者，反不以其初之讲是非者为可厌，而反厌彼争辩是非者矣。此事昭然，但迷在其中而不觉耳。既恶[3]人讲是非矣，吾又自讲是非。讲之不已，至于争，争不已，至于失声，失声不已，至于为仇。失声则损气，多讲则损身，为仇则失亲，其不便宜至矣。人生世间，一点便宜亦自不知求，岂得为智乎？

且我以信义与人交，已是不智矣，而又责人之背信背义，是不智上更加不智，愚上加愚，虽稍知爱身者不为，而我可为之乎？虽稍知便宜者必笑，而可坐令人笑我乎？此等去处，我素犯之，但能时时自反而克之，不肯让便宜以与人也。千万一笑，则当下安妥，精神复完，胸次[4]复旧开爽。且不论读书作举业事，只一场安稳睡觉，便属自己受用矣。此大可叹事，大可耻事，彼所争与诬者，反不见可叹可耻也。

【注释】

①此事大不可：想来当是杨定见要去与人辩论是非与诬陷，李贽认为完全没有必要。

②“于是非”句：在是非争端当中干些讨好避恨的事情，这是普通人的常事，并不奇怪。

③恶（wù）：厌恶。

④胸次：胸襟，胸怀。

【品读】

李贽是明代伟大的启蒙思想家。他在姚安知府任满之后，毅然辞别官场，送家眷还乡，并削发为僧，以一独立之身客居麻城，从事批判封建礼教和传统道德的著述活动。

杨定见是与李贽在麻城时同处龙潭湖的一位僧人，这封信劝杨定见不要执着于世俗的是非而与那些买好远怨之人去争论曲直，而应该以蔑视的态度一笑置之。这首先是智者的经验之谈，包含了在肮脏尘世中生活的人生智慧，是一种洞察世态人情的深刻哲思。同时，也是以更加愤激的情绪，对社会表示了因其不堪改造而深恶痛绝之的态度。因而，不能与佛家与世无争、消极避世的人生观等同而论。

与耿克念 李贽

我欲来已决，然反而思之，未免有瓜田之嫌①，恐或以我为专往黄安②求解免也，是以复辍不行，烦致意叔台并天台③勿怪我可。

丈夫在世，当自尽理④。我自六七岁丧母，便能自立，以至于今七十⑤，尽是单身度日，独立过时。虽或蒙天庇，或蒙人庇，然皆不求自来，若要我求庇于人，虽死不为也。历观从古大丈夫好汉尽是如此，不然，我岂无力可以起家，无财可以畜仆，而乃孤孑无依，一至此乎⑥？可以知我之不畏死矣，可以知我之不怕人矣，可以知我之不靠势矣。盖人生总只有一个死，无两个死也，但世人自迷耳。有名而死，孰与无名⑦？智者自然了了。

【注释】

①瓜田之嫌：古乐府《君子行》："君子防未然，不处嫌疑间；瓜田

不纳履，李下不整冠。"后世遂以"瓜田李下"喻涉嫌境地。

②黄安：即今湖北红安县，原名黄安，1952年改红安。

③叔台并天台：叔台指耿定力。天台指耿定向，号天台，定力之兄，官至户部尚书等职，是当时著名的理学家，封建卫道士，家住黄安。李贽因与其弟耿定理交厚，故在黄安住了三年，耿定向成为他的主要论敌。

④当自尽理：应当一切都能自理。

⑤今七十：实六十九岁，此"七十"系举其成数而言。

⑥一至此乎：以至于到这个地步吗？

⑦"有名"句：有名分缘由而死，与无名分缘由而死，哪个更好？

【品读】

耿克念，耿定理之子。其父与李贽素善。因湖广佥事史旌贤扬言要惩治并驱逐李贽出麻城，耿克念来信邀请李贽去黄安，李为避"专往黄安求解免"之嫌，决定不去。信中慨然直达了自己的人生哲学和对生命的崇高理解，宣言自己"不畏死""不怕人""不靠势""若要我求庇于人，虽死不为"，愿意为自己的事业和信仰"有名而死"。读其"人生总只有一个死，无两个死也"之句，觉壮气悲风，扑面而来，启蒙思想家的献身精神，令人感动。

与耿克念　李贽

前书悉达矣，嫌疑之际，是以不敢往，虽逆尊命，不敢辞[①]。幸告叔台与天台恕我是感！

窃谓史道[②]欲以法治我则可，欲以此吓我他去则不可。夫有罪之人，坏法乱治，案法[③]而究，诛之可也，我若告饶，即不成李卓老矣。若吓之去，是以坏法之人而移之使毒害于他方也，则其不仁甚矣！他方之人士与麻城奚择焉[④]？故我可杀不可去，我头可断而我身不可辱，是为的论，非难明者[⑤]。

【注释】

①不敢辞：指不肯因避祸离开麻城。

②史道：指湖广佥事兼任湖北分巡道史旌贤。

③案法：即按法。

④“他方”句：奚择，何择，选择什么。意谓我坏法之人麻城不接受，他方之人士又选择我什么而肯容纳呢？

⑤“是为”句：这是很清楚的道理，不难明白。

【品读】

面对地方封建官僚的威胁和恐吓，李贽表现了罕见的斗争精神，不躲避，不求饶，“头可断而我身不可辱”！耿克念一再邀请李贽去黄安，而李贽也一再回信表示宁死不屈之心。高尚人格，令人肃然起敬。

答友人书 李贽

或曰：“李卓吾谓暴怒是学[①]，不亦异乎[②]！”有友答曰：“卓老断不说暴怒是学，当说暴怒是性[③]也。”或曰：“‘发而皆中节’方是性[④]，岂有暴怒是性之理！”曰：“怒亦是未发中有的。”

吁吁！夫谓暴怒是性，是诬性也；谓暴怒是学，是诬学也。既不是学，又不是性，吾真不知从何处而来也，或待因缘[⑤]而来乎？每见世人欺天罔人之徒，便欲手刃直取其首，岂特暴哉！纵遭反噬，亦所甘心，虽死不悔，“暴”何足云！然使其复见光明正大之夫，言行相顾之士，怒又不知向何处去，喜又不知从何处来矣。则虽谓吾暴怒可也，谓吾不迁怒[⑥]可也。

【注释】

①暴怒是学：暴怒的性情是后天学得的。

②不亦异乎：岂不是太奇怪了吗？

③暴怒是性：暴怒的性格是人的天性。

④发而皆中节方是性：人的每个行为都自然合乎法度礼教才应是天性。

⑤因缘：佛教名词。佛教常以事物间的相互关系来说明它们生成和变化的现象。其中起主要作用的叫作因，为其辅助条件的叫作缘。

⑥迁怒：把对甲之愤怒，发泄到乙身上。

【品读】

李贽的人生是叛逆的人生，叛逆思想和叛逆性格使他敢说敢为。在封建秩序和封建礼教的卫道士们看来，人们的思想行为都应该“发而皆中节”，而且把这种服从人格解释为“天性”。李贽却大胆主张“暴怒”是人的天性，人应该有敢怒敢喜的权利，见到那些“欺天罔人之徒”，就应该“暴怒”到恨不得割下他的脑袋，而见到那些“光明正大之夫”，则喜又自然而来，怒又自然而去。李贽所提倡的，实际上是一种反对思想禁锢和人格束缚的自由精神。

与明因　李贽

世上人总无甚差别，唯学出世法，非出格丈夫[①]不能。今我等既为出格丈夫之事，而欲世人知我信我，不亦惑乎！既不知我，不信我，又与之辩，其为惑益甚。若我则直为无可奈何，只为汝等欲学出世法者或为魔所挠乱，不得自在，故不得不出头作魔王[②]以驱逐之，若汝等何足与辩耶！况此等皆非同住同食饮之辈，我为出世人[③]，光彩不到他头上，我不为出世人，羞辱不到他头上，如何敢来与我理论[④]！对面唾出，亦自不妨，愿始终坚心此件大事。释迦佛出家时，净饭王是其亲爷，亦自不理，况他人哉！成佛是何事，作佛是何等人，而可以世间情量为之[5]！

【注释】

①出格丈夫：超越常规俗理的人。

②魔王：佛教以卷入世俗纷争为入魔，这里是说自己为了驱魔而不得不以魔王面目出现。

③出世人：出尘超凡，达到成佛境界的人。

④理论：辩论。

⑤以世间情量为之：以俗世情理来作衡量。

【品读】

作者告诫明因和尚，既坚心做“出格丈夫”，就根本不要幻想获得世人的理解，也根本不必去与世人争辩是非。但却以正义守护神的精神要求自己，宣布自己要出头作“魔王”驱逐邪恶，坚持斗争哲学。对人对己，看似矛盾。其实这正是启蒙思想家的战士本色，李贽绝非一普通僧人。

答陆学博 汤显祖[1]

文字谀死佞生[2]，须昏夜为之。方命[3]，奈何？

【注释】

①汤显祖(1550—1616)：字义仍，号海若，晚号若士，临川(今属江西)人，所居曰玉茗堂。明代著名戏剧家，《牡丹亭》为其传世名作，是明代思想解放运动和文学浪漫思潮的重要人物。

②文字：此指碑志墓铭一类文章。谀死佞(nìng)生：是说墓志铭之类的文章多为奉承谄媚之词，对墓主的生平浮辞赞美。

③方命：亦作放命，即违命，后常用作谦词，婉言表示对对方的要求不能照办。

【品读】

汤显祖是个提倡真情的作家，他对写作那些浮言虚词奉承赞美墓主的谀墓之文深为厌恶，所以他谢绝了陆学博的请求。从短短数语即做打发来看，文章虽用语委婉，态度却果断坚决，不想啰嗦解释。

答刘念台 高攀龙[①]

杜门谢客，正是此时道理[②]。彼欲杀时，岂杜门所能逃；然即死，是尽道[③]而死，非立岩墙而死也[④]。况吾辈一室之中，自有千秋之业[⑤]，天假良缘，安得当面错过？大抵现前道理极平常，不可著[⑥]一分怕死意思，以害世教；不可著一分不怕死意思，以害世事。

想丈[⑦]于极痛愤时，未之思也。

【注释】

①高攀龙(1562—1626)：字存之，又字云从、景逸，无锡人，明万历进士，熹宗时任左都御史，后被魏忠贤削职还乡，是东林党首领之一，后被魏党矫诏逮问，从容投池自尽。

②道理：指符合此时人生境遇的恰当方式。

③尽道：为自己的信仰和事业献身。

④非立岩墙而死：指不是莫名其妙地白白死去。《孟子·尽心》："是故知命者，不立乎岩墙之下。"岩墙，指高峻的墙。人站其下，岩墙突倒，其死无辜，故应避免。

⑤千秋之业：指著书立说，宣传正义和真理，流传后世。

⑥著：显明，显出。

⑦丈：对长者的敬称。

【品读】

这封书信鼓励当时正遭受魏党迫害的哲学家刘庄周，不要畏惧迫害和死亡，但也不要鲁莽蛮干而妄舍性命，期望他坚持正义，乘机杜门谢客，著书立说，成就千秋事业。

与翁季霖 归庄[1]

弟以五月出，留滞江北，至九月归。昆山之人，见者皆惊，盖传其死久矣。按《五行志》[2]，凡讹言皆属灾异。如讹言黄龙见，讹言大水至，皆记之于史。今岁地震水溢，此灾异之见于天地者也。江南民讹言归生[3]死，此灾异之见于人事者也。不知今日史官，亦当并书之否？一笑。

弟尝谓洞庭橙橘，虞山[4]枫叶，海滨菊花，皆属盛观。而并在一时，地非同路，势难兼得。至秋冬之交，当舣一小舟[5]于河干，任风吹之，至东则东，西则西。连日西风紧，将吹到东海之滨菊花丛中矣。山中丹苞、朱实，知已烂然。

惜哉！今岁无缘，惟当梦游耳。

【注释】

①归庄(1613—1673)：字尔礼，又字玄恭，号恒轩，昆山(今属江苏)人，归有光曾孙。善书画，能诗文。明末复社成员，曾参加抗清斗争，失败后一度改僧装亡命。

②《五行志》：《汉书》中有《五行志》，专门记述灾祸和异常现象。

③归生：作者自称。

④虞山：地名。在今江苏省常熟县城西北。相传西周虞仲葬于此，故得名。

⑤舣(yǐ)舟：使船靠岸。

【品读】

作者以轻松的笔调，谈到人们以为他“死久矣”的误传，充分表现了一个经历易代巨变者对生死的达观态度。后面那种欲乘小舟，随风飘荡，以至菊丛的心愿，更体现了他旷达、洒脱的人生观。而西风黄菊，又自然寄托了以陶渊明高风亮节自况的寓意。

答子德书[1] 顾炎武[2]

接读来诗，弥增愧侧[3]！名言在兹，不啻[4]口出，古人有之。然使足下蒙朋党之讥，而老夫受虚名之祸，未必不由于此也。韩伯休[5]不欲女子知名，足下乃欲播吾名于士大夫，其去昔贤之见，何其远乎？人相忘于道术，鱼相忘于江湖[6]，若每作一诗，辄相推重，是昔人标榜之习，而大雅君子所弗为也。

愿老弟自今以往，不复挂朽人[7]于笔舌之间，则所以全之者大矣。

【注释】

①子德：李因笃，字天生，又字子德，顾炎武的朋友。清初学者、诗人。著有《受祺堂诗》。

②顾炎武（1613—1682）：字宁人，江苏昆山人，明清之际思想家、学者。世称“亭林先生”。

③愧侧：惭愧不安。

④不啻（chì）：不仅，不只。

⑤韩伯休：东汉人，名康。他在长安卖药三十余年，口无二价。某日，一女子买药，韩执价不移，女子怒曰：“公是韩伯休耶？乃不二价乎？”韩叹曰：“本欲避名，今小女子皆知有我，何用药为！”遂隐山中。

⑥“人相忘”二句：谓人若以道术相知，潜心于学问中，则自然忘掉浮名，像鱼在江湖中适得其所一样。

⑦朽人：顾炎武自谦称谓，即老朽之意。

【品读】

顾炎武是位极富民族气节的学者，“天下兴亡，匹夫有责”的名言，就出自他的《日知录》。明亡以后，他到处奔走，力图恢复，多次拒绝清廷的征召。友人赠之以诗，多有推崇他的词句，顾炎武写此信加以辞谢。充分表现了他鄙视浮名、厌恶标榜恶习的磊落个性。

与叶讱庵书[①] 顾炎武

去冬韩元少[②]书来，言曾欲为执事荐及鄙人，已而[③]中止。顷闻史局中复有物色及之者[④]。无论昏耄之资[⑤]，不能黾勉[⑥]从事；而执事，同里人也；一生怀抱，敢不直陈之左右。

先妣未嫁过门[⑦]，养姑抱嗣[⑧]，为吴中第一奇节，蒙朝廷旌表[⑨]。国亡绝粒[⑩]，以女子而蹈首阳之烈[⑪]。临终遗命，有"无仕异代"[⑫]之言，载于志状[⑬]。故人人可出而炎武必不可出矣！《记》曰："将贻父母令名，必果；将贻父母羞辱，必不果。"[⑭]七十老翁何所求？正欠一死！若必相逼，则以身殉之矣！一死而先妣之大节愈彰于天下，使不类[⑮]之子得附以成名，此亦人生难得之遭逢[⑯]也！

谨此奉闻。

【注释】

①叶讱庵：名方蔼，字子吉，讱庵其号，与顾炎武同乡。

②韩元少：韩菼（tǎn坦），字元少。长洲（今江苏苏州）人。

③已而：不久。

④史局：指清初设立的编撰明史的史馆。之，指顾炎武。

⑤无论：且不说。昏耄（mào）：糊涂，衰老。资：资质，即才情、品性。

⑥黾（mǐn）勉：勤勉，努力。

⑦先妣：旧指去世的母亲。顾炎武的嗣父顾同吉十八岁未婚早卒，他母亲王氏仍按照守节的封建观念来到顾家。

⑧养姑抱嗣：侍奉婆婆，抚育嗣子。嗣指继子。旧时自己无子，就过继别人的儿子为子。顾炎武即是以顾同吉侄子的身份做嗣

子的。

⑨蒙：受到。朝廷：这里指明朝政权。旌表：封建时代对有节烈行为的人，用立牌坊赐匾额的方式加以表彰。

⑩绝粒：绝食。

⑪蹈：遵循。首阳之烈：《史记·伯夷传》载伯夷、叔齐不食周粟，饿死首阳山之事。

⑫无仕异代：不做新朝廷的官。

⑬志状：记录一个人生平事迹的文章。

⑭"《记》曰"句：《记》，指儒家经典《礼记》。令名：美名。果：成功，成事。这里指一个人建立德行功业。

⑮不类：不像，不肖。

⑯遭逢：遭遇。

【品读】

顾炎武的嗣母在清兵南下时殉国，此处作者以母亲的节操自励，拒绝与清朝统治者合作，志节刚烈，使人钦敬。其中对母亲国亡之后绝食而死的凛然气节，描述得尤为生动，充满崇敬之情。顾炎武强烈的民族意识和情感，深受其母的影响。

与钱仲驭 萧士玮[1]

弟事事认真，骨体不媚，真势力，假声气，全不为动。一肚不合时宜，必不为世所容。独兄爱此古董[2]，摩挲之不置[3]。所谓一人知己，死不恨矣[4]！

【注释】

①萧士玮：字伯玉，号三莪，泰和（今属江西）人，明末文学家。

②古董：本指古代文物，此喻指自己这个性格孤傲一肚皮不合时宜的人。

③摩挲之不置：爱不释手地抚摸欣赏。指钱仲驭很欣赏自己的人品性格。

④“所谓”句:《三国志·吴志·虞翻传》注引《虞翻别传》云:“翻放逐南方,云‘自恨疏节,骨体不媚,犯上获罪。当长没海隅,生无可与语,死以青蝇为吊客,使天下一人知己者,足以不恨!’”此处说人生能得钱仲驭这样一个赏识自己孤傲人格的知己,已经可以死而无恨了。

【品读】

这篇尺牍小品描述了自己不向任何方式的逼迫威胁表示屈服的刚强性格,对钱仲驭欣赏自己孤傲人格甚为感动和安慰。以“古董”自比,说钱仲驭“摩挲之不置”,十分形象,富于机趣和幽默。

遗夫人书 夏完淳[①]

三月结缡[②],便遭大变[③],而累淑女[④],相依外家[⑤],未尝以家门盛衰[⑥],微见颜色[⑦]。虽德曜齐眉[⑧],未可相喻!贤淑和孝,千古所难。

不幸至今吾又不得不死;吾死之后,夫人又不得不生。上有双慈[⑨],下有一女,则上养下育,托之谁乎?然相劝以生,复何聊赖[⑩]?芜田废地,已委之蔓草荒烟;同气连枝[⑪],原等于隔肤行路[⑫]。青年丧偶,才及二九[⑬]之期;沧海横流,又丁百六之会[⑭]。茕茕一人,生理尽矣[⑮]。

呜呼!言至此,肝肠寸寸断,执笔心酸,对纸泪滴。欲书,则一字俱无;欲言,则万般难吐。吾死矣!吾死矣!方寸已乱。

平生为他人指画了了,今日为夫人一思究竟,便如乱丝积麻,身后之事,一听裁断,我不能道一语也,停笔欲绝。去年江东储贰[⑯]诞生,各官封典[⑰]俱有,我亦曾得[⑱]。夫人,夫人,汝亦先朝命妇也[⑲],吾累汝,吾误汝,复何言哉?呜呼!

见此纸如见吾也。

外[20]书,奉秦篆细君[21]。

【注释】

①夏完淳(1631—1647):原名复,字存古,松江华亭(今属上海)人,少年才华横溢,明亡,以十四岁之幼龄随父兴师抗清,后被俘遇害,临死不屈,年仅十七岁,成为著名的抗清少年英雄。他虽生命短暂,却留下不少诗文,辑为《夏完淳集》,所作多激昂雄劲。

②结缡(lí):缡,女子出嫁时所系佩巾。喻指结婚。

③大变:指明朝灭亡。

④淑女:对其妻钱秦篆的敬称。

⑤外家:娘家。

⑥家门盛衰:夏完淳之家门乃松江望族,因父子毁家捐助抗清而衰穷。

⑦微见颜色:稍露不满的脸色。

⑧德曜齐眉:德曜,东汉时著名贤妻孟光的字,她侍奉丈夫梁鸿甚为殷勤,总是举案齐眉,传为佳话。

⑨双慈:指其嫡母盛氏和生母陆氏两位母亲。

⑩聊赖:聊以依靠。

⑪同气连枝:指同族兄弟。

⑫隔肤行路:形同路人。肤,身体。

⑬二九:十八岁。

⑭丁百六之会:古谓百六阳九为厄运。丁:遭逢。

⑮“茕(qióng)茕”句:茕茕,孤独无依之状。意谓孤独无依,谋生无路。

⑯储贰:指明太祖九世孙鲁王朱以海,崇祯十七年(1644)嗣王位,次年清兵陷南京,张国维等起兵抗清,拥他监国。储贰:太子,储君。

⑰封典:皇帝对官员及其父母、妻子的荣封。

⑱我亦曾得:鲁王封授夏完淳为中书舍人。

⑲先朝:明朝。命妇:朝廷官员的母亲或妻子。

⑳外：丈夫。封建时代，丈夫称“外”，妻子称“内”。

㉑秦篆：夏完淳妻，名钱秦篆。细君：妻之代称。

【品读】

这封写于狱中临刑前的与妻诀别书，是传世散文名篇。自己慷慨赴死，少年侠骨，绝无贪生之念；对妻子却深情柔肠，哀痛万分。读之觉字字皆是血泪凝成。

答郑文用牧书　戴震[①]

立身，守二字：曰“不苟”；待人，守二字：曰“无憾”。事事欲不苟，犹未能寡[②]耻辱；念念求无憾，犹未能免怨尤。——此数十年得于行事者。其得于学：不以人蔽己；不以己自蔽[③]；不以[④]一时之名，亦不期后世之名。有名之见[⑤]，其弊二：非掊击前人以自表襮，即依傍昔儒以附骥尾[⑥]。二者不同，而鄙陋之心同。是以君子务在闻道[⑦]也。

今之博雅能文章、善考核[⑧]者，皆未志乎闻道。徒株守先儒而信之笃，如南北朝人所讥“宁言周、孔误，莫道郑、服非”[⑨]，亦未志乎闻道者也。私智[⑩]穿凿者，或非尽掊击以自表襮，积非成是[⑪]，而无从知，先入为主，而惑以终身；或非尽依傍以附骥尾，无鄙陋之心，而失与之等。故学难言也。

好友数人思归，而共讲明正道，不入四者之弊，修辞立诚[⑫]，以俟后学[⑬]。其或听或否；或传或坠；或尊信、或非议；述古圣贤之道者，所不计也。

【注释】

①戴震（1724—1777）：字东原，安徽休宁人。清代著名学者、思想家。

②寡：少。

③“其得”三句：从学习中获得的认识是，不迷信他人而抹杀自

己，也不为自己的一点成就而沾沾自喜。蔽：认识不清。

④以：用，追求。

⑤有名之见：追求虚名的表现。

⑥“非掊(pǒu)击前人”二句：掊击，抨击。襮(bó)：暴露，显现。依傍：依靠，步人后尘。骥尾：《史纪·伯夷列传》索隐：“苍蝇附骥尾而致千里。”骥：千里马。

⑦闻道：理解圣人的大道。

⑧考核：考订古籍的真伪异同。

⑨周、孔：周公、孔子。郑、服：郑玄、服虔，二人皆为东汉著名经学家。

⑩私智：一己之智，犹言主观想象。

⑪积非成是：一种错误的说法流传久了，也会被人们当成真理。

⑫修辞立诚：《易·系辞》：“修辞立其诚。”意谓文辞要反映真实的思想感情，也寓有不徒重文辞而首先要重视道德修养之意。

⑬以俟后学：等待以后的学者。

【品读】

戴震，他性格孤介，酷爱读书，治学态度严谨。深通天文、历算、史地、音韵、训诂、考据等学。对经学、语言学有卓越贡献。曾任《四库全书》纂修官。在馆五年，因过度劳累而病死。在这封信里，戴震表明了自己立身处世的准则和治学主张。把不求名、不泥古的治学主张当成自己的毕生追求。

戒子歆书　刘向[①]

告歆无忽[②]：若未有异德，蒙恩甚厚，将何以报？董生有云："吊者在门，贺者在闾。"[③]言有忧则恐惧敬事，敬事则必有善功，而福至也。又曰："贺者在门，吊者在闾。"[④]言受福则骄奢，骄奢则祸至，故吊随而来。齐顷公之始，藉霸者之余威，轻侮诸侯，跂蹇之容，故被鞍之祸，遁服而亡[⑤]，所谓"贺者在门，吊者在闾"也。兵败师破，人皆吊之，恐惧自新，百姓爱之，诸侯皆归其所夺邑[⑥]，所谓"吊者在门，贺者在闾"也。今若[⑦]年少，得黄门侍郎[⑧]，要显处也。新拜皆谢，贵人叩头[⑨]，谨战战栗栗，乃可必免。

【注释】

①刘向(前77—前6)：本名更生，改向，字子政，沛县(今属江苏)人，汉朝宗室，著名政治家、学者、文学家。

②无忽：不可疏忽。

③董生：指董仲舒，西汉著名哲学家，武帝时倡"独尊儒术，罢黜百家"，开封建社会儒学正统之先声。"吊者"句：意谓吊哀之人登家门，贺喜之人已在巷门了。

④"贺者"句：意谓贺喜之人登家门，吊哀之人已在巷门了。

⑤"齐顷公"数句：春秋时事。齐国太夫人曾笑晋国使者郤克脚跛，后郤克率晋军攻齐，战于鞍地，齐军大败，齐顷公易服下车而逃。

⑥"兵败"数句：齐顷公遭此惨败，恐惧自新，于是百姓爱戴，诸侯都把夺来的齐国土地归还给他。

⑦若：你。

⑧黄门侍郎：官名，东汉时成为专职，侍从皇帝，传达诏命。

⑨“新拜”二句：新到职的官员都要向你道谢，地位高贵的人也向你叩头。

【品读】

刘歆，刘向之子，字子骏，著名经学家、天文学家，初任黄门侍郎，后因得罪权臣而出为太守，王莽时为国师，谋诛王莽，事泄自杀。这封家书是刘向在儿子获得黄门侍郎显职时，及时提醒福祸相依的道理，告诫儿子谨慎自守，以免未来遭祸。

戒子植书　曹操[①]

吾昔为顿丘令[②]，年二十三。思此时所行，无悔于今。今汝年亦二十三矣，可不勉欤！

【注释】

①曹操(155—220)：字孟德，沛国谯县(今安徽亳州市)人，三国时著名政治家、军事家、文学家。

②顿丘：县名。今河南省清丰县西南。

【品读】

建安十九年七月(214年)，曹操南征孙权时，派他的儿子曹植留守魏都邺城(今河北临漳县西南)，这封信是临行前对儿子的告诫。他深知纸上的空谈并未能让儿子信服，信一开始就说自己二十三岁时的所作所为，无悔于今，然后笔锋一转：现在你也正处二十三岁的年龄，你能像我当年那样吗？信到此戛然而止，令人回味无穷。满腔的爱子之情蕴藏在严厉的语气之中。

诫子书　诸葛亮

夫君子之行，静以修身，俭以养德[①]。非淡泊无以明志[②]，非宁静无以致远[③]。夫学，欲静也；才，须学也。非学无以广才，非静无以成学。慆慢则不能研精[④]，险躁则不能理性[⑤]。

年与时驰，意与日去，遂成枯落[⑥]，多不接世[⑦]，悲守穷庐，将复何及！

【注释】

①静：心境专注而不骚动的精神状态。修身：进行道德修养和人格的完善。俭以养德：以节俭朴素来培养自己的品德。

②非淡泊无以明志：不恬淡寡欲就不能确立自己的志向。明：显明，此处引申为明确。

③非宁静无以致远：如果不能内心宁静，精神就不会高远，思考也不能深入。

④慆慢：漫不经心，浮泛。

⑤险躁：心境险恶躁动。理性：陶冶性情。

⑥枯落：同"瓠落"，大而无当，老而无用。

⑦不接世：与时代脱节。

【品读】

"静以修身，俭以养德"是诸葛亮这封家信的主旨，"非淡泊无以明志"承"俭"而来，"非宁静无以致远"承"静"而来。要想求学就必须心境宁静，而要心境宁静又须恬淡寡欲，如果世俗利禄的欲望过重，精神就必然轻浮险躁，骚动不宁。宋代大诗人陆游说："外物不移方是学。"这封不足一百字的短信把修身治学的大道理谈得如此透彻，无怪诸葛亮成为智慧的象征了。"淡泊以明志，宁静以致远"已成妇孺皆知的名言。

与子俨等疏　陶渊明[①]

告俨、俟、份、佚、佟[②]：天地赋命[③]，生必有死。自古圣贤，谁能独免。子夏[④]有言曰："死生有命，富贵在天。"四友之人[5]，亲受音旨[6]，发斯谈[7]者，将非穷达不可妄求[8]，寿夭永无外请故耶？

吾年过五十，少而穷苦，每以家弊，东西游走。性刚才拙，与物多忤[9]。自量为已，必贻俗患[10]。僶俛辞世[11]，使汝等幼而饥寒。余尝感孺仲贤妻之言，败絮自拥，何惭儿子[12]。此既一事矣。但恨邻靡二仲[13]，室无莱妇[14]，抱兹苦心，良独内愧。

少学琴书，偶爱闲静，开卷有得，便欣然忘食。见树木交荫，时鸟变声，亦复欢然有喜。常言：五六月中，北窗下卧，遇凉风暂至，自谓是羲皇上人[15]。意浅识罕，谓斯言可保：日月遂往，机巧好疏[16]。缅求在昔[17]，眇然如何！疾患以来，渐就衰损。亲旧不遗，每以药石见救，自恐大分将有限也[18]。

汝辈稚小家贫，每役柴水之劳，何时可免？念之在心，若何可言！然汝等虽不同生[19]，当思四海皆兄弟之义。鲍叔、管仲，分财无猜[20]；归生、伍举，班荆道旧[21]。遂能以败为成[22]，因丧立功[23]。他人尚尔，况同父之人哉？颍川韩元长，汉末名士，身处卿佐，八十而终，兄弟同居，至于没齿[24]。济北氾稚春[25]，晋时操行人也，七世同财，家人无怨色。《诗》曰："高山仰止，景行行止[26]。"虽不能尔，至心尚之[27]。汝其慎哉！吾复何言。

【注释】

①陶渊明41岁以前，曾任过江州祭酒、镇军参军、彭泽令等职，因深感尔虞我诈的官场是自己精神上的桎梏，不愿同腐败昏庸的上司屈膝应酬，做了八十多天彭泽令后就辞官归隐。他是我国伟大的诗人，诗风平淡自然，达到了极高的艺术境界。

②俨、俟、份、佚、佟：陶渊明五个儿子的名字，他们的小名是：舒、宣、雍、端、通。

③赋命：创造了生命。

④子夏：春秋时卫人，姓卜名商，孔子弟子。

⑤四友：指孔门弟子颜回、子贡、子路、子张四人。子夏也是孔子的得意门生，所以称他是"四友之人"。

⑥亲受音旨：亲身受过孔子的教育。

⑦斯谈：指上面"死生有命"两句。

⑧将非：岂非，岂不是。

⑨与物多忤：和世人的意见不合。忤：逆，不顺从。

⑩"自量"句：自己估计这样下去，必定要招来世俗的祸患。

⑪僶俛：同黾勉，勉力的意思。辞世：避世隐居。

⑫孺仲：王霸字孺仲，东汉人。《列女传》记载王霸看到友人的儿子容服光彩，自己的儿子却蓬发破衣，觉得惭愧。他妻子对他说：既然立志不仕，躬耕自养，则儿子们蓬发破衣是当然的事，你怎么忘了自己的志向而为儿子惭愧呢？败絮自拥：盖着破絮。

⑬邻靡二仲：汉蒋诩字元卿，归隐后屏绝交游，只与邻居羊仲、求仲二人往来，时人称为二仲。靡：无。

⑭莱妇：老莱子之妻。《列女传》载楚老莱子隐居耕田，楚王请他出仕，其妻谏止之，遂共隐江南。

⑮羲皇上人：羲皇，传说中的上古帝王伏羲氏。羲皇上人：指上古时代的人。

⑯机巧好疏：机缘巧遇容易失去。

⑰缅：远。在昔：往昔。

⑱大分：犹大数，指寿命。

⑲不同生：不是一母所生。

⑳"鲍叔"二句：管仲，战国时齐人，与鲍叔友善。管仲贫困时曾与鲍叔经商，分财时自取多利，鲍叔知道他家贫，不认为他贪婪。

㉑"归生"二句：归生：春秋时蔡人。伍举：春秋时楚人。他们二人友善。后伍举奔郑，将至晋，在路上遇到归生，二人当即铺荆条在地上谈起旧来。班荆：在地上铺列荆草之类，以便于坐。

㉒以败为成：管仲先佐公子纠，鲍叔佐齐桓公；后公子纠败，管

仲被囚，鲍叔荐之于齐桓公，以为宰相。管仲曾说："生我者父母，知我者鲍叔也。"

㉓因丧立功：《左传》昭公元年记伍举佐楚公子围出使郑国，未出境，公子围闻王有疾而还，杀死楚王而代之。后伍举对郑即不称："寡大夫围"而称"共王之子围为长"，为维护公子围的地位立下了功劳。

㉔"颍川"句：颍川，今河南禹县。韩元长名融，汉献帝初平年间任大鸿胪。没齿：犹言至死、终身。

㉕济北：今山东茌平县。汜(sì)稚春：名毓，西晋人，少有高名，安于贫贱，清静自守。事见《晋书·儒林传》。

㉖"高山"二句：《诗经·小雅》中的二句诗。仰：仰望。景行：大道。二句是说：仰望高山，走着大道。

㉗"至心"句：心中真诚地崇敬他们。之：上面所列举的人。

【品读】

这是封写给5个儿子的信，约作于宋武帝永初二年(421)诗人52岁时，信的前半部分向后代说明自己的个性、追求，以及自己面临死亡时坦然自若的态度，并描述了他所向往的人生境界：身心自由，放达自适。还说到因自己的人生选择使后代落得"饥寒"的处境，希望儿子们能理解和体谅自己。后半部分谆谆告诫儿子们在未来的岁月里要彼此真诚相待。诗人在后辈面前剖肝露胆，话虽说得平易朴质，感情却真挚深沉。

为书诫子崧　徐勉[①]

吾家世清廉，故常居贫素，至于产业之事，所未尝言，非直不经营而已[②]。

薄躬遭逢[③]，遂至今日，尊官厚禄，可谓备之。每念叨窃若斯[④]，岂由才致？仰藉先代风范及以福庆[⑤]，故臻此耳[⑥]。古人所谓以清白遗子孙，不亦厚乎[⑦]！

【注释】

①徐勉：字修仁，南朝东海郯（今山东郯县）人。

②直：只是，仅仅。

③薄躬：自称的谦词。

④叨窃：不当占有却占有了。

⑤“仰藉”句：仰仗先人穗行恩泽。

⑥臻：至，达到。

⑦“古人”二句：《后汉书·杨震传》：“震公廉，不受私谒，子孙常疏食步行。故旧长者，或欲令开产业，震不肯，曰：“使后称为清白吏子孙，以此遗之，不亦厚乎？”

【品读】

徐勉孤贫好学，尤其注重个人的道德修养，仕梁历任吏部尚书、中书令等职。居官以清廉闻名，有人向他求官碰了一鼻子灰：“今夕只可谈风月，不宜及公事。”他教育子女要把人格的完善放在首位：“人遗子孙以财，我遗子孙以清白。”这封诫子书中的“以清白遗子孙”，的确是一种富有远见的教育方法。

训家人 史桂芳[①]

陶侃运甓[②]，自谓习劳，盖有难以直语人者[③]。劳则善心生，养德、养身咸在焉[④]；逸则妄念生，丧德、丧身咸在焉。

吾命言儿、稽孙[⑤]，不外一“劳”字；言劳耕稼，稽劳书史，汝父子其图[⑥]之！

【注释】

①史桂芳：字景实，号惺堂，鄱阳（今属江西）人，明嘉靖间进士。

②陶侃运甓（pì）：陶侃，字士衡，东晋著名将领，曾出任荆州刺史，广州刺史，官至征西大将军。运甓：运砖，《晋书·陶侃传》：“侃在州无事，辄朝运百甓于斋外，暮运于斋内。人问其故，答曰：‘吾方致力中原，过尔优逸，恐不堪事。’其励志勤，皆类此也。”

③难以直语人者：难以直接对人说清楚的话。

④咸在焉：都在这里了。

⑤言儿、稽孙：言，其儿名。稽，其孙名。

⑥图：思索谋虑。

【品读】

这封家书告诫儿孙要热爱劳动，劳动既可锻炼身体，又可以磨砺精神和培养道德。反之，安逸不但会使人丧失身体健康，还会腐蚀人的灵魂，使人丧失健康的人格和精神。他提炼出一个"劳"字来训诫儿孙，语重心长，值得为人父母者深思。

示儿 支大纶[①]

丈夫遇权门[②]须脚硬，在谏垣[③]须口硬，入史局[④]须手硬，值肤受之愬[⑤]须心硬，浸润之谮[⑥]须耳硬。

【注释】

①支大纶：字心易，一字华平，槜李（今属浙江）人，明万历二年（1574）进士，卒于奉新知县。

②权门：权贵之门。

③谏垣（yuán）：犹言谏院，是掌管规谏朝政得失、考察政府官员、对各部工作提出建议并有弹劾官吏之责的部门。

④史局：掌管编修国史的机构。

⑤值肤受之愬（sù）：指当自己受到谗言攻击时。

⑥浸润之谮（zèn）：指别人向自己进谗言暗中诽谤他人时。

【品读】

支大纶为人正直，为官有节，这篇《示儿》中，他以五个"硬"字教育后代，要他们在权贵门前不腿软，谏院里面敢直言，写史敢说真话，自己遭受打击要坚强，别人向自己进谗时则不要轻信，在封建专制集权控制的政治生活和人际关系中，这确实是难能可贵的硬骨头精神。

毛太初 袁宏道[①]

弟已得吴令，令甚烦苦，殊不如田舍翁饮酒下棋之乐也。两甥想益聪明，读书何处？肉铺河畔，三叉港[②]前，恐非陶铸[③]举人进士之所，移至县中[④]如何？

大凡教子弟，一要择地，二要出学钱，银中不可夹铜，货中不可夹布，此尤第一紧要事。

计此字到时，田中青翠可爱矣。要得富，须真正下老实种田，莫儿戏。人生三十岁，何可使囊无余钱，囤无余米，居住无高堂广厦，到口无肥酒大肉也，可羞也。

【注释】

①袁宏道(1568—1610)：字中郎，号石公，公安(今属湖北)人，与其兄宗道、其弟中道号称“三袁”，在李贽的影响下，创“公安派”，以“独抒性灵，不拘格套”倡导文学解放运动，成为明代诗文中最富个性独创性的作家之一。

②肉铺河、三叉港：袁宏道故乡公安县乡下的小地名。

③陶铸：陶冶熔铸，犹言培养。

④移至县中：指转到县学去读书。

【品读】

袁宏道小品文最好，并以尺牍大师享誉文坛。这封短简，清新可读。毛太初是宏道大姐夫，在公安务农，袁中道在《寿大姊五十序》中曾描述毛太初“出对客则胡卢大笑，入室则焦家计，两眉蹙合可作髻”。可见其创家立业之艰。袁宏道这时在做吴县令，他致信姐夫，勉励他择地出钱，送子读书，老实种田，改善家境。“银中不可夹铜，货中不可夹布”，是说给老师的报酬赠礼要真诚，决不可掺假，否则孩子得不到最好的教育。

示儿婿　彭士望[1]

少年须常有一片春暖之意，如植物从地茁出。天气浑含只滋根土[2]，美闷春融[3]，绝无雕节[4]，自会发生盛大。

今之少年，往往情不足而智有余[5]，发泄多歧，本地单薄[6]。专力为己，饰意[7]待人，展转效摹，人各自为，过失莫知，患难莫救，殖落岁逝[8]，竟成孤立[9]。千年之木，华尽一朝[10]，良可惜也！

【注释】

①彭士望：字达生，号躬庵。江西南昌人。明亡后，讲学于易堂，与魏禧等号称“易堂九子”。具有很强的民族意识，著有《耻躬堂诗文集》四十卷。

②“天气”句：雨露滋润大地和植物的根源。

③美闷春融：春风和暖，促进植物生长。

④雕节：人工雕饰。

⑤情：感情。智：机巧。

⑥本地单薄：根基薄浅不牢。

⑦饰意：假意。

⑧殖落岁逝：有作为的机会随着岁月的流逝失去了。

⑨竟成孤立：终于成为一个一无所成的人。

⑩“千年”二句：本可以生长千年的大树，却只开一次花就枯萎了。

【品读】

作者以植物在春天的生长来比喻青少年时代在人生历程中的重要性。要求子婿在为人方面真诚有情，有美好品德，在学问方面，打好基础，根基扎实。而不要根基浮浅，交友不慎，沾染恶习。否则，就会使大好时光白白浪费，落得个“老大徒伤悲”的结局。

戒　弟　李定昂[①]

凡人矜气饰名[②]，日纷逐于是非场中，无了期，亦无益处。惟平心以待，扫除人我之见，自然荆棘不生[③]。

【注释】

①李定昂：明末人，生卒年不详。

②矜气：自高自大。饰名：沽名钓誉。

③荆棘：即"芥蒂"，比喻人与人之间的嫌隙和矛盾。

【品读】

作者以恬静的心境处世，于名誉、利益淡然视之，以求得生活的平和与无忧。这种观点虽然在某种程度上带有老庄哲学的意味，却也是人生经验的总结。

示儿燕　孙枝蔚[①]

初读古书，切莫惜书；惜书之甚，必至高阁[②]。便须动圈点[③]为是，看坏一本，不妨更买一本。盖惜书是有力之家藏书者所为，吾贫人未遑效此也。譬如茶杯饭碗，明知是旧窑[④]，当珍惜；然贫家止有此器，将忍渴忍饥作珍藏计乎？儿当知之。

【注释】

①孙枝蔚(1620—1687)：字豹人，明末三原(今属陕西)人。明亡后只身定居江都读书，清康熙年间举博学鸿词，授中书舍人，不久辞归。是清初重要诗人，有《溉堂集》。

②高阁：束之高阁，不去阅读。

③圈点：古书不断句，没有标点，读书人必须自行断句标点。精读者往往还在此基础上进一步圈示重点，点评文意。这是古人读书

的基本功和传统方法。

④旧窑：指年代久远的珍贵古瓷。

【品读】

这封信告诉儿子一个道理，藏书必须读书，若不读，便失去了藏书的意义。若为了读书，则不须“惜书”，看坏不妨再买。“旧窑”的比方十分贴切，说明贫家藏书不能像富贵人家那样仅仅装点斯文，而应该务实求知。

与子侄 毛先舒[①]

年富力强，却涣散精神，肆应于外[②]，多事无益妨有益，将岁月虚过，才情浪掷，及至晓得收拾精神，近里着己时[③]，而年力向衰，途长日暮[④]，已不堪发愤有为矣。回而思之，真可痛哭！汝等虽在少年，日月易逝，斯言常当猛省。

【注释】

①毛先舒(1620—1688)：清初文学家。字稚黄，又名骙，字驰黄，浙江钱塘(今杭州)人。明初生，明亡后不求仕进。

②涣散精神，肆应于外：浪费精力，任意从事一些于身心无益的事情。

③收拾精神，近里着己时：集中精力，想自己做一番事业时。

④途长日暮：路途很遥远，而太阳快要落山了。喻指离事业成功还很远，而年岁已大。

【品读】

毛先舒曾从事音韵学研究，也能诗文。与毛奇龄、毛际可齐名，时称“浙中三毛，文中三豪”。著有《思古堂集》、《音韵通指》等。

在这封信中，作者指出，一个人“年富力强”时如果“岁月虚过，才情浪掷”，上了年纪，即使想“发愤有为”，也会力不从心，悔之晚矣。年轻人不要自恃年龄优势，须知“日月易逝”，时不我待！

雍正十年杭州韬光庵中寄舍弟墨 郑燮[①]

谁非黄帝尧舜之子孙，而至于今日，其不幸而为臧获[②]，为婢妾，为舆台、皂隶[③]，窘穷迫逼，无可奈何。非其数十代以前即自臧获、婢妾、舆台、皂隶来也。一旦奋发有为，精勤不倦，有及身而富贵者矣，有及其子孙而富贵者矣，王侯将相岂有种乎！而一二失路[④]名家，落魄贵胄[⑤]，借祖宗以欺人，述先代而自大。辄[⑥]曰：彼何人也，反在霄汉；我何人也，反在泥涂。天道不可凭，人事不可问[⑦]。嗟乎！不知此正所谓天道人事也。天道福善祸淫，彼善而富贵，尔淫而贫贱，理也，庸何伤[⑧]？天道循环倚伏，彼祖宗贫贱，今当富贵；尔祖宗富贵，今当贫贱，理也，又何伤？天道如此，人事即在其中矣。愚兄为秀才时，检家中旧书簏，得前代家奴契券，即于灯下焚去，并不返诸其人[⑨]。恐明与之，反多一番形迹，增一番愧恧[⑩]。自我用人，从不书券，合则留，不合则去。何苦存此一纸，使吾后世子孙，借为口实，以便苛求抑勒[⑪]乎！如此存心，是为人处，即是为己处。若事事预留把柄，使入其网罗，无能逃脱，其穷愈速，其祸即来，其子孙即有不可问之事、不可测之忧。试看世间会打算的，何曾打算得别人一点，真是算尽自家耳！可哀可叹，吾弟识之。

【注释】

①郑燮(1693—1765)：清代文学家，书画家。字克柔，号板桥。江苏兴化人。乾隆元年进士。曾任山东范县知县，又调知潍县。为官清廉，同情平民，抑制富豪。后因触忤大吏而辞官。

②臧获：古代对奴婢的蔑称。

③舆台：古代奴隶社会中两个低的等级的名称，后泛指地位低下的人。

④失路：不得志。

⑤贵胄：贵族的子孙。胄，后代。

⑥辄：总是，就。

⑦天道：古代哲学术语。有两种不同的解释，一种认为它是自然界及其发展变化的客观规律。一种认为它是上帝意志的表现。人事：即人世间的事情，这里指吉凶祸福等情况。

⑧庸：难道，怎么。

⑨并不返诸其人：并不把它（契券）还给他们（家奴）。诸，之、于的合音词。

⑩恧（nǜ）：惭愧。

⑪抑勒：压制，勒索。

【品读】

这封家书具有近代启蒙思想的因素，它明确地指出，一个人要改变自己的贫贱处境，就要靠自身“奋发有为，精勤不倦”。而那种“借祖宗以欺人，述先代而自大”的人是可鄙和可悲的。这种强调个人后天努力，充分发挥主观能动性的思想，突破了封建意识的藩篱。信中那些为别人打算，即是为自己打算的劝勉，至今仍具有积极意义。

淮安舟中寄舍弟墨 郑燮

以人为可爱，而我亦可爱矣；以人为可恶，而我亦可恶矣。东坡[①]一生觉得世上没有不好的人，最是他好处。

愚兄平生漫骂无礼，然人有一才一技之长，一行一言之美，未尝不啧啧称道。橐[②]中数千金，随手散尽，爱人故也。至于缺厄欹危[③]之处，亦往往得人之力。好骂人，尤好骂秀才[④]。细细想杀[⑤]，秀才受病，只是推廓不开[⑥]；他若推廓得开，又不是秀才了。且专骂秀才，亦是冤屈，而今世上那个是推廓得开的？

年老身孤，当慎口过[7]。爱人是好处，骂人是不好处。东坡以此受病，况板桥乎！

老弟亦当时时劝我。

【注释】

①东坡：苏轼，号东坡居士。北宋著名文学家。

②橐（tuó）：口袋。

③缺厄欹危：贫困危急。

④秀才：这里泛指一般读书人。

⑤想杀：深思。“杀”用于动词后表示加深程度。如“愁杀”“急杀”等。

⑥推廓不开：犹言心胸狭窄，目光短浅。

⑦口过：以话语犯过失。

【品读】

郑板桥教导弟弟要宽厚爱人，不掠人之美。这样，别人会以同样的态度回报。这封信的口语色彩非常鲜明。

训大儿　纪昀[1]

尔初入世途，择交宜慎，友直友谅友多闻益矣[2]。误交真小人，其害犹浅；误交伪君子，其祸为烈矣。盖伪君子之心，百无一同；有拗捩者[3]；有偏倚者；有黑如漆者；有曲如钩者；有如荆棘者；有如刀剑者；有如蜂虿者[4]；有如狼虎者；有现冠盖形者[5]；有现金银气者。业镜高悬[6]，亦难照彻。缘其包藏不测，起灭无端，而回顾其形，则皆岸然道貌[7]，非若真小人之一望可知也。并且此等外貌麟鸾中藏鬼蜮之人，最喜与人结交，儿其慎之。

【注释】

①纪昀(1724—1805)：清学者，文学家。字晓岚，一字春帆，直隶献县(今属河北)人。乾隆进士，官至礼部尚书、协办大学士。谥文达。学识渊博，曾任四库全书馆总纂官，纂定《四库全书总目提要》。能诗及骈文。有《纪文达公遗集》，并撰有笔记体小说集《阅微草堂笔记》。

②友：结交。友直：结交正直的人。友谅：结交诚实的人。友多闻：结交见识广的人。

③拗捩(liè)：本指植物之茎干枝叶等生长时偏转于一定方向的现象。这里指乖张。

④蜂虿(chài)：蜂与蝎，毒虫的泛称。这里指狠毒如蜂蝎的人。

⑤现：显现，显露。冠盖：指仕宦的冠服和车盖。此作仕宦的代称。

⑥业镜：佛教指冥界照映众生善恶业的镜子。

⑦岸然道貌：即道貌岸然。形容外貌严肃正经的样子。

【品读】

作者希望自己的孩子“择交宜慎”，要多交诚实、正直的朋友，不要同“小人”交往，尤其要防止“误交伪君子”。接着，围绕“伪君子之心，百无一同”的特点，用排比的句式，为伪君子画像造型，生动形象。既指出了此类人的机巧善变，也为人们的提防敲响了警钟。

与诸弟书　曾国藩[①]

诸位贤弟足下：

九弟到家，遍走各亲戚家，必有一番景况，何不详以告我？四妹小产，以后生育颇难，然此事最大，断不可以人力勉强，劝渠家只须听其自然，不可过于矜持[②]。又闻四妹起最晏，往往其姑反服事他[③]；此反常之事，最足折福，天下未有不孝之妇而可得好处者。诸弟必须时时劝导之，晓之以大义。

诸弟在家读书，不审每日如何用功[4]？余自十月初一日立志自新以来，虽懒惰如故，而每日楷书写日记，每日读史十页，每日记茶余偶谈二则，此三事者，未尝一日间断。十月二十一日立誓永戒吃水烟，洎今已两月不吃烟[5]，已习惯成自然矣。予自立课程甚多，惟记茶余偶谈，读史十页，写日记楷本，此三事者，誓终身不间断也。诸弟每日自立课程，必须有日日不断之功，虽行船走路，须带在身边。予除此三事外，他课程不必能有成，而此三事者，将终身行之。

盖士人读书，第一要有志，第二要有识，第三要有恒。有志则断不敢为下流，有识则知学问无尽，不敢以一得自足，如河伯之观海[6]，如井蛙之窥天，皆无识也。有恒则断无不成之事。此三者，缺一不可。诸弟此时惟有识不可以骤几[7]，至于有志有恒，则诸弟勉之而已。予身体甚弱，不能苦思，苦思则头晕；不耐久坐，久坐则倦乏，时时属望，惟诸弟而已。兄国藩手草。道光二十二年十二月二十[8]。

【注释】

①曾国藩(1811—1872)：近代著名的政治家、军事家、文学家，清政府的封疆大吏。

②渠：他(她)。矜持：庄重、拘谨，有做作、不自然之意。

③晏(yàn)：晚，迟。其姑：她的婆母。姑：丈夫的母亲，即婆婆。

④审：清楚，明白。

⑤洎(jì)：至，到。

⑥河伯观海：据《庄子·秋水》载：“河伯欣然自喜，以天下之美为尽在己。顺流而东行，至于北海，东面而视，不见水端，于是焉河伯始旋其面目，望洋向若(北海神)而叹……”

⑦骤几：很快成功。

⑧道光二十二年十二月二十：即公元1843年1月20日。

【品读】

曾国藩在教育兄弟、子女方面，亦有不少成功之处，至今留存家书300余封。在这封与诸弟谈读书方法的家书中，他以自己每日“写日记”“读史十页”“记茶余偶谈二则”而“未尝一日间断”的实践经验为例，教育、勉励诸弟要“自立课程”“有日日不间断之功”。至于如何读书，曾国藩提出了三条要求：“一要有志”“二要有识”“三要有恒”，并阐明了三者之间的关系，认为“此三者，缺一不可”。

致纪鸿书[①] 曾国藩

字谕纪鸿儿：

家中人来营者，多称尔举止大方，余为少慰。凡人多望子孙为大官，余不愿为大官，但愿为读书明理之君子。勤俭自持，习劳习苦，可以处乐，可以处约[②]，此君子也。余服官二十年，不敢稍染官宦气习，饮食起居，尚守寒素家风，极俭也可，略丰也可，太丰则吾不敢也。

凡仕宦之家，由俭入奢易，由奢返俭难。尔年尚幼，切不可贪爱奢华，不可惯习懒惰。无论大家小家，士农工商，勤苦俭约未有不兴，骄奢倦怠未有不败。尔读书写字，不可间断。早晨要早起，莫坠高曾祖考以来相传之家风。吾父吾叔，皆黎明即起，尔之所知也。

凡富贵功名，皆有命定，半由人力，半由天事。惟学作圣贤，全由自己作主，不与天命相干涉。吾有志学为圣贤，少时欠居敬工夫，至今犹不免偶有戏言戏动。尔宜举止端庄，言不妄发，则入德之基也。

手谕（时在江西抚州门外）

咸丰六年九月二十九夜[③]

【注释】

①纪鸿：曾国藩之次子，赏举人，在古代算学的研究上已取得相当成就，早逝。

②约：节俭。

③咸丰六年九月二十九：即公元 1856 年 10 月 27 日，时曾国藩正在江西围剿镇压太平天国起义军队。

【品读】

这是曾国藩与儿子谈读书做人的一封家书。对于子孙，他不求其为官发财，只求其读书明理，认为“凡仕宦之家，由俭入奢易，由奢返俭难”，而“勤苦俭约未有不兴，骄奢倦怠未有不败”，要求儿子尚勤俭而戒骄奢。不仅如此，他还言传身教，勇于在后辈面前承认自己的不足：“吾有志学为圣贤，少时欠居敬工夫，至今犹不免偶有戏言戏动”，希望儿子“举止端庄，言不妄发”，指出这是“入德之基”。细细品味，真可谓语重心长，切实中肯，感人至深。

致四弟书　曾国藩

澄侯四弟左右：

腊底由九弟处寄到弟信，具悉一切[①]。弟于世事，阅历渐深，而信中不免有一种骄气，天地间惟谦谨是载福之道，骄则满，满则倾矣[②]。凡动口动笔，厌人之俗，嫌人之鄙，议人之短，发人之覆[③]，皆骄也。无论所指未必果当，即使一一切当，已为天道所不许。

吾家子弟，满腔骄傲之气，开口便道人短长，笑人鄙陋，均非好气象。贤弟欲戒子弟之骄，先须将自己好议人之短，好发人覆之习气，痛改一番，然后令后辈事事警改[④]。

欲去骄字，总以不轻非笑人为第一义，欲去惰字，总以不晏起为第一义。弟若能谨守星冈公之八字，三不信[⑤]，又谨记愚兄之去骄去惰，则家中子弟，日趋于恭谨而不自觉矣。咸丰十一年正月初四日[⑥]。

【注释】

①腊底：腊月底。腊，古代阴历十二月的一种祭祀，始于周代。后因称阴历十二月为腊月。具悉：完全知道，全部知道。

②倾：倒出来。

③发人之覆：揭发他人遮盖掩蔽的私隐之事。

④警改：戒备改正。

⑤三不信：曾国藩在咸丰十一年二月二十四日给四弟的信中对其有过说明："又谨记祖父（按：即前文所指星冈公者）之三不信，曰不信地师，不信医药，不信僧巫。"

⑥咸丰十一年正月初四日：即公元1861年2月13日。

【品读】

这是曾国藩告诫弟弟一定要"去骄去惰"的家书。在这封家书中，曾氏针对具体情况，谈了骄的各种表现，希望弟弟为后辈树立榜样，带头去骄，并具体谈了诫骄去惰的方法。全信有的放矢，层次清楚，语重心长，对今天的青年具有启发意义。

谕儿书　吴汝纶[①]

忍让为居家美德。不闻孟子之言，三自反乎[②]？若必以相争为胜，乃是大愚不灵，自寻烦恼。人生在世，安得与我同心者相与共处乎？凡遇不易处之境，皆能掌学问识见[③]。孟子"生于忧患"，"存乎疢疾"，皆至言也[④]。

【注释】

①吴汝纶（1840—1903）：字挚甫，安徽桐城人，桐城派后期的重要作家。同治四年进士，曾任冀州知州，后主讲保安莲池书院多年，弟子甚众。又曾从曾国藩学古文，与李鸿章交亦颇深。后任京师大学堂总教习，赴日本考察学制。著有《桐城吴先生全书》。

②三自反：语出《孟子·离娄下》，大意为：有人对我蛮横无理，君子必然反躬自问，是否不仁无礼，然后改之；其人蛮横无理仍不改，君子必再反躬自问，然后改之；再蛮横无理，君子就会说：这人不过是个狂人罢了。

③掌：同“长”。

④疢(chèn)疾：疾病，比喻忧患。语见《孟子·尽心上》：“人之有德慧术知者，恒存于疢疾。”其意为：人之所以有道德、智慧、思想(本领)、知识，常常是由于他有忧患意识。

【品读】

在这封家书中，吴氏告诫儿子居家一定要忍让，并用孟子“生于忧患”、“存乎疢疾”的话来说明忍让的重要性。因为人生在世，会接触到各种各样的人，要经常注意克制，时常反躬自问：自己在待人接物方面是否有缺点、错误，只有这样才容易相处，不会自寻烦恼而促使人长进，生活也才会平安、愉快。古往今来，无不如此。

读书雅趣

诫当阳公大心书[①] 萧纲[②]

汝年时尚幼，所阙者学。可久可大，其惟学欤[③]！所以孔丘言："吾尝终日不食，终夜不寝，以思，无益，不如学也[④]。"若使面墙而立，沐猴而冠[⑤]，吾所不取。

立身之道，与文章异：立身先须谨重，文章且须放荡[⑥]。

【注释】

①大心：即萧大心，字仁恕，萧纲第二子，封当阳公。

②萧纲(503—551)：即梁简文帝，字世缵，南兰陵(今江苏常州西北)人。在位两年，被叛将侯景所杀。

③"可久可大"二句：能使你名声不朽事业光大的，大概只有学习吧。《易·系辞上》："有亲则可久，有功则可大。"

④"吾尝"五句：语出《论语·卫灵公篇》。

⑤面墙：《尚书·周官》："不学面墙。"意思是说不学如对墙而立，眼界狭隘，终无所见。沐猴而冠：语出《史记·项羽本纪》："人言楚人沐猴而冠耳，果然。"沐猴：猕猴。冠：戴帽子。比喻不学无术，徒具人样。

⑥且：还。放荡：放纵恣肆。

【品读】

"文如其人"是文学理论中的老生常谈，在文学批评中往往将人与文划等号，萧纲认为应把做人与作文区别开来：为人处世要谨慎庄重，而挥翰为文不妨恣肆放纵。从积极方面看，萧纲强调了被传统文论漠视的一面，的确有其新颖和深刻之处。从消极方面看，萧纲把文学创作只看作取乐之方，而剥离了它的应有的社会功能，也为他自己倡导的色情浓厚的宫体诗作了理论上的辩护。特别是就他个人情况而言，立身的“谨重”并不明显，而作文的“放荡”却说到做到了。

与学生书 萧绎[①]

吾闻斫玉为器，谕乎知道[②]；惟山出泉，譬乎从学。是以执射执御，虽圣犹然[③]；为弓为箕，不无以矣[④]。抑又闻曰：汉人流麦，晋人聚萤[⑤]。安有挟册读书，不觉风雨已至；朗月章奏，不知爝火为微[⑥]，所以然者，良有以夫！

可久可大，莫过乎学。求之于己，道在则尊。

【注释】

①萧绎：即梁元帝，梁武帝之子，萧纲之弟。

②斫(zhuó)：砍，削。谕：比喻。

③“是以”二句：执，执掌。这里引申为学习。射、御：射箭、驾车。圣：指孔子。虽圣犹然：圣人也同样要通过学习。

④“为弓”二句：《礼记·学记》：“良弓之子，必学为箕。”箕，簸箕，柳条编制而成。不无以矣：不是没有原因的。

⑤汉人流麦：东汉高凤酷好读书，妻子在院子里晒麦，突然天降暴雨，高凤读书如故，院子里的麦被水冲走了。晋人聚萤：晋人车胤好读书，家贫买不起油，夏夜常常收聚萤火虫放在练囊中以照书。

⑥爝(jué)火：小火。

【品读】

这封短简向学生阐明这样一条至理：要想有所成就，只有通过刻苦的学习。否则即使圣人也不会骑射，良弓之子也未必会做弓。学习没有什么捷径可走，必须拿出前人流麦聚萤的劲头。“可久可大，莫过乎学”，诚哉斯言。

与彦正判官　苏轼

古琴当与响泉韵磬，并为当世之宝，而铿金瑟瑟[①]，遂蒙辍惠，拜赐之间，赧汗[②]不已。又不敢远逆来意，仅当传示子孙，永以为好也。然某素不解弹，适纪老枉道见过，令其侍者快作数曲，拂历[③]铿然，正如若人之语也。试以一偈[④]问之："若言琴上有琴声，放在匣中何不鸣？若言声在指头上，何不于君指上听？"录以奉君，以发千里一笑也。寄惠佳纸、名荈[⑤]，重烦厚意，一一捧领讫，感怍不已。适有少冗[⑥]，书不周谨。

【注释】

①铿金瑟瑟：此处谓古琴能发出响亮的声音。

②赧（nǎn）汗：因羞愧脸红而出汗。

③拂历：弹奏的意思。

④偈（jì）：佛家唱诵的一种颂词。

⑤荈（chuǎn）：晚采的茶。

⑥冗：空闲时间。

【品读】

这封信是苏轼谪居黄州时写给彦正判官的。信的内容很简单：一是对彦正判官惠赠古琴一事表示了衷心的感激之情；二则将自己听了纪老侍者的弹奏后所作的一首偈诗抄录给了彦正判官。信中这首偈诗写得十分新奇、别致，很值得玩味。这四句诗分成两联，每联各组成一个小单位。诗中，作者采用只问不答、只驳不辩，而答辩又自在其中的方法阐说了琴、琴声与手指之间相互依赖、相互制约的辩证关系。该诗富于理趣，具有哲理诗的品位。作者在诗中虽然只谈了琴、琴声、手指之间的关系，但其中所蕴含的哲理在生活中具有普遍意义，它可让读者推而广之，认识到：现实生活中主观与客观之间往往构成一种对立、统一的矛盾关系，彼此依存，不可分离。分离则一事无成，统一则可有所作为。此偈诗借物言理，言近旨远，具有清新、奇警之美；此外，还颇有禅理机锋之妙，这当与作者深受佛教影响有关。《楞严经》有云："虽有妙音，若无妙指，终不能发。"苏轼此诗的立意很难说没有得到佛经中这类言论的启发。

答毕仲举 苏轼

轼启。奉别忽十余年，愚瞽[①]顿仆，不复自比于朋友，不谓故人尚尔记录，远枉手教[②]，存问甚厚，且审比来起居佳胜，感慰不可言。罗山素号善地，不应有瘴疠，岂岁时适尔。既无所失亡，而有得于齐宠辱[③]，忘得丧者，是天相子也。仆既以任意直前不用长者所教以触罪罟[④]，然祸福要不可推避，初不论巧拙也。黄州滨江带山，既适耳目之好，而生事百须，亦不难致，早寝晚起，又不知所谓祸福果安在哉？偶读《战国策》，见处士颜斶之语"晚食以当肉"[⑤]，欣然而笑。若斶者，可谓巧于居贫者也。菜羹菽黍，差饥而食，其味与八珍等。而既饱之余，刍豢[⑥]满前，惟恐其不持去也。美恶在我，何与于物。所云读佛书及合药救人二事，以为闲居之赐甚厚。佛书旧亦尝看，但闇塞[⑦]不能通其妙，独时取其粗浅假说以自洗濯[⑧]，若农夫之去草，旋去旋生，虽若无益，然终愈于不去也。若世之君子，所谓超然玄悟者，仆不识也。往时陈述古好论禅，自以为至矣，而鄙仆所言为浅陋。仆尝语述古，公之所谈，譬之饮食龙肉也，而仆之所学，猪肉也，猪之与龙，则有间[⑨]矣，然公终日说龙肉，不如仆之食猪肉实美而真饱也。不知君所得于佛书者果何耶？为出生死、超三乘[⑩]，遂作佛乎？抑尚与仆辈俯仰也？学佛老者，本期于静而达，静似懒，达似放，学者或未至其所期，而先得其所似，不为无害。仆常以此自疑，故亦以为献。来书云，处世得安稳无病，粗衣饱饭，不造冤业[11]，乃是至足。三复斯言，感叹无穷。世人所作，举足动念，无非是业，取非其有，然后为冤业也。无缘面论，以当一笑而已。

【注释】

①愚瞽(gǔ)：愚笨无加。瞽：眼瞎。

②远枉手教：意谓从远方写信来。枉：古时指地位高的人降低自己的身份，为客套语。

③齐宠辱：把宠辱看成一个样。

④罪罟(gǔ)：罪网。

⑤"处士颜斶"句：颜斶：人名，战国时齐国的隐士。"晚食以当肉"句，见《战国策·齐策》。

⑥刍豢：本指家畜，此指肉食。

⑦闇(àn)塞：昏暗闭塞。此处谓读书难以通晓旨意。

⑧洗濯：清洗。此处喻指修炼。

⑨间：距离，差别。

⑩三乘：佛家语，指声闻乘，缘觉乘，菩萨乘。佛教认为这三乘能将人带到各自不同的果地。

⑪冤业：佛家语。指引起恶报的一切身心活动。

【品读】

这是苏轼谪居黄州时期回复友人的一封信，信中谈到了自己参禅学佛的一些心得体会以及在佛教影响下形成的安贫乐道，忘怀得失的处世态度。信中关于读佛书，悟禅理的文字十分精妙有趣。在苏轼看来，于佛理不精其妙不要紧，重要的是不能"超然玄悟"，而要在学佛过程中不断地修身养性，身体力行。因此，他认为友人的终日说佛有如"终日说龙肉"；"龙肉"固然好，不予食用，终究"不如仆之食猪肉"——诚心行佛——"实美而真饱"。作者还认为，学佛老，不能只求其"似"。得其所"似"，只能学得懒散而放浪，而不能得佛老"静""达"之本旨。这篇短信是一篇说理的文字，但写得生动而有趣味，这在很大程度上得助于作者说理过程中能辅以浅近、形象的比喻，如"若农夫之去草，旋去旋生""公之所谈，譬如饮食龙肉也，而仆之所学，猪肉也"等句，都收到了较好的艺术效果。

与王子予书　黄庭坚[①]

比来不审读书何似？想以道义敌纷华之兵，战胜久矣[②]。古人有言："并敌一向，千里杀将。"[③]要须心地收汗马之功，读书乃有味[④]；弃书策而游息，书味犹在胸中，久之乃见古人用心处。如此则尽心于一两书，其余如破竹节，皆迎刃而解也，古人尝喻植杨。盖杨，天下易生之木也，倒植之而生，横植之而生。十人植之，一人拔之，虽千日之功皆弃[⑤]。此最善喻！

顾衰老终无益于高明，子予以为如何？

【注释】

①黄庭坚（1045—1105）：字鲁直，号山谷道人、涪翁，洪州分宁（今江西修水）人。北宋诗人、书法家。

②"想以"二句：意谓以道义克服了读书过程中的私心杂念。

③"并敌"二句：语出《孙子·九地篇》。意谓集中兵力，能把千里之外的敌将杀死。此处喻专心致志，方可克服困难。

④"要须"二句：意谓读书只有用心刻苦，才可获得真正的体会。汗马之功：形容战斗生活之艰苦。此处比喻读书刻苦。

⑤"盖杨"数句：《战国策·魏策》："惠子曰：'今夫杨，横树之则生，倒树之则生，折而树之又生。然使十人树杨，一人拔之，则无生杨矣。'"

【品读】

这是一封论读书方法的信。作者关于读书方法的一些见解，十分精辟。他认为读书要专心致志，刻苦用功；要善于思索，悉心揣摩；要力戒随读随弃之弊。这些看法，在今天仍值得借鉴。此信多用形象之比喻，因而说理透彻，语言生动。

答王子飞书 黄庭坚

陈履常正字[1]，天下士也。读书如禹之治水，知天下之络脉，有开有塞，而至于九川涤原[2]，四海会同者也。其作诗渊源，得老杜[3]句法，今之诗人，不能当[4]也！至于作文，深知古人之关键；其论事，救首救尾，如常山之蛇[5]，时辈未见其比。

公有意于学者，不可不往扫斯人之门[6]。古人云："读书十年，不如一诣习主簿。"[7]端有此理。

若见，为问讯，千万！

【注释】

①陈履常正字：陈履常，即宋代著名文学家陈师道。正字：官名，掌管校书之事。

②九川涤原：语出《尚书・禹贡》，意谓九条大河奔流大地。

③老杜：即指杜甫。

④当：相匹敌。

⑤常山之蛇：《孙子・九地》："故善用兵，譬如率然。率然者，常山之蛇也，击其首则尾至，击其尾则首至，其中则首尾俱至。"此喻陈师道的文章能首尾呼应。

⑥往扫斯人之门：《史记・齐悼魏王世家》载，西汉魏勃欲见齐相曹参，每天早上、晚上都拿着扫帚在齐相的舍人门下打扫，终于感动了曹参，乃被召见。

⑦"读书"二句：《晋书・习凿齿传》中桓温有云："三十年看儒书，不如一诣习主簿。"诣：到，往，此作拜访讲。习主簿指晋代著名学者习凿齿。

【品读】

黄庭坚这封给王子飞的信，主要是称赞陈师道的读书方法以及诗文创作的妙处。读之，可以得到有关读书方法、诗文写作方面的教益。此信语言精练，用典妥帖，恰到好处。

与两画史 徐渭[①]

奇峰绝壁，大水悬流，怪石苍松，幽人羽客[②]：大抵墨汁淋漓，烟岚满纸[③]，旷如无天，密如无地，为上[④]。

百丛媚萼[⑤]，一干枯枝：墨则雨润，彩则露鲜[⑥]；飞鸟栖息，动静如生。悦性弄情，工而入逸[⑦]，斯多妙品。

【注释】

①徐渭(1521—1593)：字文长，号天池山人、青藤道士等，山阴(今浙江绍兴)人。徐渭是明代极有思想个性和艺术个性的作家，受到袁宏道等进步文学家的极高赞誉和推崇。

②幽人羽客：幽居隐士或修道求仙之人。

③烟岚满纸：浓墨挥洒造成的满纸如烟笼雾罩的效果。

④为上：为最佳效果。

⑤媚萼(è)：娇媚的花朵。萼是花瓣下部的一圈绿色小片。

⑥“墨则”二句：用水墨则会显出春雨一样的滋润，用颜色则会显出露珠般的鲜活。

⑦工而入逸：工细之外且进入一种飘逸超然的境界。

【品读】

画史，是古代画家的别一称谓，可能更常用于尊称宫廷画师。这封信谈的是徐渭画画的宝贵经验。徐渭是明代写意画的著名大师，其作品放纵恣肆，用墨挥洒，风格奇特。他在这里以凝练的语言，谈了山水画和花鸟画的意境和笔法。画山水时，他主张大胆用墨，以创造一种烟水凄迷、无地无天、浑然一体的超然境界。画花鸟时，则主张枯媚结合，墨彩并用，动静相生，创造出看似工细，却又意境飘逸的艺术效果，能够悦人性情。作者用绘画语言谈绘画，使我们读此文字，有如正在目睹画师用墨挥彩，在想象中获得了中国画的美感享受。徐谓天才卓绝，诗文书画及戏曲，俱臻妙境。又懂兵法，多有奇谋。但屡试不中，怀才不遇。曾发狂自戕，后又因嫉而误杀继室，系狱七年。出狱后，纵情山水，漫游齐鲁燕赵，以诗文书画糊口。

答许口北　徐渭

公之选诗，可谓一归于正，复得其大矣。此事更无他端，即公所谓可兴、可观、可群、可怨[①]，一诀尽之矣。试取所选者读之，果能如冷水浇背，陡然一惊，便是兴观群怨之品，如其不然，便不是矣。

然有一种直展横铺，粗而似豪，质而似雅，可动俗眼，如顽块大脔，入嘉宴则斥，在屠手则取者，不可不慎之也。

鄙本盲于诗，偶去取，无甚异同于公，然有异同，亦恃公之知，不敢诡随也，不妨更尔。惟子安[②]《采莲》、《长安》等篇，涉艳者，愚意在所必选，比之真西山《文章正宗》[③]附李斯《逐客书》可也。如何如何？

【注释】

①“可兴”句：《论语·阳货》：“诗，可以兴，可以观，可以群，可以怨。”后来成为儒家传统的诗学观念。

②子安：初唐诗人王勃，字子安。

③“真西山”句：宋代文学家真德秀，字景元，学者称西山先生，著有《文章正宗》。

【品读】

徐渭赞成“兴、观、群、怨”的经典诗论，但他心目中的“兴观群怨之品”，是读之“能如冷水浇背，陡然一惊”那样的作品，这就跟儒家“温柔敦厚”的“诗教”有别了。对于那些“直展横排，粗而似豪，质而似雅”的故作“豪放”之作，他力主慎取，则表现了他诗歌美学的深厚修养和精细的鉴别力。选诗要有眼力，是一门精深的学问，这篇尺牍表现了徐渭选诗的主张，也可看出其人生旨趣。

与友人论文　李贽

凡人作文皆从外边攻进里去，我为文章只就里面攻打出来，就他城池，食他粮草，统率他兵马，直冲横撞，搅得他粉碎，故不费一毫气力而自然有余也。凡事皆然，宁独为文章哉！只自各人自有各人这事，各人题目不同，各人只就题目里滚出去，无不妙者。如该终养[1]者只宜就终养作题目，便是切题，便就是得意好文字。若舍却正经题目不做，却去别寻题目做，人便理会不得，有识者却反生厌矣。此数语比《易》说是何如？

【注释】

①终养：古人辞官还乡奉养父母或祖父母，直到寿终，叫“终养”。明清有官吏呈请终养的有关条例。李密《陈情表》：“乌鸟私情，愿乞终养。”

【品读】

李贽是个杂文高手和杂文辣手，这里谈的是他写作杂文的经验。前面数句谈怎样抓住论敌本身的致命之处淋漓痛快地进行批驳，以攻城作战为喻，说得非常形象生动。后面几句讲文章要写自己的真思想和真感情，才会成为“得意好文字”。

答吕姜山　汤显祖

寄吴中曲论良是[1]。“唱曲当知[2]，作曲不尽当知也。”

此语大可轩渠[3]！凡文以意、趣、神、色为主，四者到时，或有丽词俊音可用，尔时能一一顾九宫四声[4]否？如必按字摸声[5]，即有窒滞迸拽[6]之苦，恐不能成句矣。

弟虽郡住[7]，一岁不再谒有司[8]。异地同心，惟与儿辈时作磻溪之想[9]。

【注释】

①吴中：旧称吴郡或苏州。曲论：有关戏曲、散曲的理论。良是：很对。

②知：此指应懂音律。

③轩渠：渠，通举。亦作"轩举"。本指儿童举手耸身以就父母。后转为形容笑貌。此处意谓赞同。

④九宫四声：泛指音律。九宫：曲调名，即仙吕宫、南吕宫、中吕宫、黄钟宫、正宫、大石调、双调、商调和越调的合称。四声：平、上、去、入四种声调。

⑤按字摸声：按照音律来选择文字。

⑥窒滞迸拽：意谓音调滞涩，不能流畅婉转。

⑦郡住：指在城市闲居。

⑧"一岁"句：古时闲居在家的官员，按例每年得拜谒地方官员一次。

⑨磻溪之想：隐居的想法。磻溪，水名，一名璜河；在今陕西宝鸡市东南，北流入渭水。相传姜太公隐居垂钓于此而遇周文王。

【品读】

汤显祖是明代戏曲文采派的代表人物，《牡丹亭》是他的名作，与文采派相对的是以沈璟为代表的格律派。汤显祖认为戏曲创作要以内容为旨归，用富于文采的语言来表达真情，如果过分强调格律音韵，必将受其束缚，影响情感的自然抒发。这封信里提出的"意、趣、神、色"四字，成为汤显祖戏曲创作的重要主张。吕胤昌，字姜山，余姚（今属浙江）人，是汤显祖同年进士，爱好戏曲。其子吕天成是著名的戏曲理论家，著有《曲品》。

与李龙湖 袁宏道

小修[①]帖来，知翁在栖霞[②]，彼中有何人士可与语者？生在此甚闲适，得一意观书。学[③]中又有廿一史及古名文集可读。穷官不须借书，尤是快事！

近日最得意，无如批点欧、苏[④]二公文集。欧公文之佳无论，其诗如倾江倒海，直欲伯仲少陵[⑤]。宇宙间自有此一种奇观，但恨今人为先入恶诗所障难，不能虚心尽读耳。苏公诗高古不如老杜，而超脱变怪过之；有天地来，一人而已。

仆尝谓六朝无诗，陶公有诗趣，谢公有诗料[⑥]，余子碌碌，无足观者。至李、杜而诗道始大。韩、柳、元、白、欧[⑦]，诗之圣也；苏，诗之神也。彼谓宋不如唐者，观场之见耳[⑧]。岂真知诗为何物哉！

【注释】

①小修：袁中道，字小修，袁宏道之弟。

②翁：指李龙湖，即李贽，号龙湖居士。栖霞：县名，今属山东。

③学：指县学。明代县例设县学一所，为地方教育机构。

④欧、苏：指宋代文学家欧阳修和苏轼。

⑤伯仲：本为兄弟排行名称，此处可解为相匹敌、相抗衡。少陵，即唐代诗人杜甫，因杜甫自号少陵野老。

⑥六朝：三国时期的吴和东晋及南北朝时的宋、齐、梁、陈六个朝代。陶公：指陶渊明。谢公：指谢灵运。

⑦韩、柳、元、白：指唐代诗人韩愈、柳宗元、元稹、白居易。欧：指欧阳修。

⑧“彼谓”句：指明代前后七子李梦阳等人主张“文必秦汉，诗必盛唐”的见解不当。观场：指矮人看戏，目不能见，只得随人长短。

【品读】

袁宏道兄弟都很敬仰李贽，他们之间曾有亲切的交往关系。这封书信是谈诗的，当时复古思潮甚嚣尘上，席卷文坛，人们都附和前后七子的复古拟古主张，深信“文必秦汉，诗必盛唐”，唐以后诗都不足观了。针对这种错误思潮，袁宏道通过标举欧阳修、苏轼在诗歌史上的地位，来说明宋代也有大诗人和好诗文，而且可以和“诗圣”杜甫匹敌而争高下，表现了一种进步的文学发展观。不过他说“六朝无诗”，陶渊明也只有“诗趣”，谢灵运更只有“诗料”，“余子碌碌，无足观者”，却是比较偏激的看法。矫枉过正，这是明代文学批评的一个共同品格。

答张东阿[①] 袁宏道

读佳集，清新雄丽，无一语入近代蹊径，知兄丈非随人脚跟者，而邢少卿[②]诗序中，亦谓兄直法李唐[③]，不从王、李[④]入，此语甚是。仆窃谓王、李固不足法，法李唐，犹王、李也。唐人妙处，正在无法耳。如六朝、汉、魏者，唐人既以为不必法，沈、宋、李、杜[⑤]者，唐之人虽慕之，亦决不肯法，此李唐所以度越千古也。兄丈冥识玄解，正以无法法唐[⑥]者，此又少卿序中未发之意，故不肖为补足之。

【注释】

①张东阿：即张光纪，河间（今属河北）人，万历间进士，曾任东阿（今属山东）知县，故人称张东阿。

②邢少卿：邢云路，字士登，一字泽宇，号少卿，安肃（今河北徐水）人，万历间进士，官至河南按察使，能诗，有《邢泽宇诗集》，又有《山塞吟》。

③李唐：唐朝皇帝姓李，故称唐朝为李唐。

④王、李：指文学复古派领袖“后七子”之代表王世贞、李攀龙。

⑤沈、宋、李、杜：指唐代诗人沈佺期、宋之问、李白、杜甫。

⑥以无法法唐：唐人之法，就是无法，故执无法的创作观念，就是真正地效法唐人。

【品读】

袁宏道作为公安派的中坚人物，在文学界努力倡导“独抒性灵，不拘格套”的风格，反对王、李为代表的复古派“诗必盛唐”的狭隘主张。这封信通过称赞张东阿诗作不步时人蹊径，不随前人脚跟的独创作风，宣传自己的文学思想。邢少卿诗序称张东阿“不从王、李”而“直法李唐”，而作者显然眼界更高，更能抓住问题的根本所在。他指出，不法王、李，固然表现了一定的超越意识，但以唐诗为样本来效法摹拟，复又掉入王、李之中了，因为王、李正是以拟唐相号召的。真正的向唐诗学习，是要学习唐代诗人“以无法力法”的开创精神。

答王以明 袁宏道

近日始学读书，尽心观欧九、老苏、曾子固、陈同甫、陆务观诸公[①]文集。每读一篇，心悸口呿[②]，自以为未尝识字。然性不耐静，读未终帙[③]，已呼羸马[④]，促诸年少出游，或逢佳山水，耽玩竟日。

归而自责，顽钝如此，当何所成？乃以一婢自监。读书稍倦，令得呵责，或提其耳，或敲其头，或擦其鼻，须快醒乃止。婢不如命者，罚治之。

习久，渐惯苦读，古人微意，或有一二悟解处，辄叫号跳跃，如渴鹿之奔泉也！曹公曰：“老而好学，惟吾与袁伯业。”[⑤]当知读书亦是难事。

求之于今，若老秃、去华、弱侯其人也[⑥]。去华《易解》[⑦]，已三脱稿，而求精不已。生精神散缓，甚仗此老为药石[⑧]，毕竟旧习难除也。

【注释】

①欧九:欧阳修排行老九,故称。老苏:苏洵,号老泉,苏轼、苏辙之父,父子三人并称"三苏",皆入"唐宋八大家"之列。曾子固:曾巩,字子固,亦"八大家"之一。陈同甫:陈亮,字同甫,南宋文学家。陆务观:陆游,字务观,南宋著名诗词作家。

②心悸口呿(qū):指读书受到震惊的模样。心悸,心跳。口呿,张开口呿合不拢。

③帙(zhì):书的封套。终帙,即终卷。

④羸(léi)马:羸,瘦弱,羸马即瘦马。然此处解作"瘦马"意不甚通。"羸"又通"累",束缚缠绕之意。解作呼人牵马备马似更合意。

⑤"曹公曰"句:语出《三国志·魏书·武帝纪》注引之《英雄纪》:"太祖(曹操)称:'长大而能勤学者,惟吾与袁伯业耳。'"袁伯业指袁绍从兄袁遗,字伯业。

⑥老秃:李贽晚年削发,自号秃翁。去华:潘士藻,字去华,号雪松。弱侯:焦竑,字弱侯。三人皆宏道当时师友,学识精深。

⑦去华《易解》:指潘雪松解《易经》的著作,名《洗心斋读易述》。

⑧药石:治病的药物和砭石,泛指药物,引申喻指劝人改过迁善的话。

【品读】

这封信描述自己读前辈文豪的作品受到震惊,因而想出巧法子整治自己耽玩不耐静的习性,发愤苦读,终于从书中获得了无穷乐趣。"以一婢自监"之法仍未脱公子玩笑作风,但目的却是严肃认真的。形容苦读深思而有妙悟时,"辄叫号跳跃,如渴鹿之奔泉",生动逼真,是一个清新的好比喻!王以明,名辂,公安人,曾做过袁宏道的老师。

与杨三 宋懋澄[①]

诗文非怨不工,我于世无憾,遂断二业。

【注释】

①宋懋澄(1570—1622):字幼清,明代万历年间著名文学家和藏书家,擅尺牍小品,多片言只语,而意义精警。

【品读】

"诗文非怨不工",是中西美学的一个共识。宋懋澄诗文俱佳,有"奇矫雄特,无俗子韵"之誉,所以,他的"于世无憾,遂断二业"恐只能作另有深意解。其实,宋懋澄"少遭闵凶""落魄四方,偃蹇万状"(见其《与心洛曹侍御书》);又才华出众,远见卓识,少慕古烈士风,且私习兵法,欲建不世之功,结果却空无一成:如此人生,岂能无怨?只是他可能更偏于思想家型,所以愿意用更具思想锋芒的散文和杂文来表达识见、情志和怨愤。

与范大　宋懋澄

村居遇雨,来往绝人,自晨昏侍食之外,虽妻子罕见[①]。居植修竹,间有鸟鸣,女墙低槛,疑近山岫[②],昼则雠校[③]史书,夜则屈伸一榻,谢绝肥甘,疏远苦醴[④],胸中无思,或会古今得失,一顿足而已。如此数日,天亦将晴,人亦将至,我亦将出,不可以不记也,因就灯书之。

【注释】

①妻子:妻与子。罕见:很少相见。

②"居植修竹"四句:居:住处。修竹:修长的美竹。女墙:城墙上的矮墙。槛:栏杆。岫(xiù):峰峦。

③雠(chóu)校:校勘考证。

④苦醴:酒。

【品读】

作者少孤而有奇才,诗文奇矫俊拔,尤工精短尺牍及稗家言。此文虽短,却算他尺牍小品中较长而述事的一篇,写其村居独处的一段读书生活,闲情逸致,意趣饶人,文笔雅洁,颇堪一品。

与戈五 宋懋澄

曹子建假令绝意功名，其才当满一石。

【品读】

曹植，字子建，曹操第三子，才华横溢。是建安文学的核心人物，当时有“天下共有才一石（dàn），子建独有八斗”之誉。宋懋澄说他如不被功名困扰，那么八斗之才将满成一石，即十斗。

与高孩之观察 钟惺[①]

向捧读回示，辱谕以惺所评《诗归》，反复于厚之一字，而下笔多有未厚者，此洞见深中之言，然而有说：

夫所谓反复于厚之一字者，心知诗中实有此境也；其下笔未能如此者，则所谓知而未蹈，期而未至，望而未之见也。何以言之？诗至于厚而无余事矣。然从古未有无灵心而能为诗者，厚出于灵，而灵者不即能厚。弟尝谓古人诗有两派难入手处：有如元气大化，声臭[②]已绝，此以平而厚者也，《古诗十九首》、苏、李[③]是也；有如高岩浚壑，岸壁无阶，此以险而厚者也，汉《郊祀》、《铙歌》、魏武帝乐府[④]是也。非不灵也，厚之极，灵不足以言之也。然必保此灵心，方可读书养气，以求其厚，若夫以顽冥不灵为厚，又岂吾孩之所谓厚哉？

曹能始[⑤]谓弟与谭友夏[⑥]诗，清新而未免于痕；又言《诗归》[⑦]一书，和盘托出，未免有好尽[⑧]之累。夫所谓有痕与好尽，正不厚之说也。弟心服其言。然和盘托出，亦一片婆心婆舌，为此顽冥不灵之人设。至于痕则未可强融，须由清新入厚以救之，岂有舍其清新而即自谓无痕者哉？何时得相聚？一细论之。

【注释】

①钟惺(1574—1624)：字伯敬，号退谷，竟陵(今湖北天门)人，明万历间进士，累官南京礼部郎中，出为福建提学佥事，著有《隐秀轩集》。他和同里后辈谭元春结成忘年交，共倡竟陵派，以“灵厚”“幽深孤峭”矫正公安派末流的轻率浅俗，在当时产生了巨大影响。

②声臭(xiù)：声音气味。

③《古诗十九首》：汉人所作十九首五言诗，《文选》题为《古诗十九首》，风格朴素，韵味深厚。苏、李：苏武、李陵，皆汉代文学家。苏武出使匈奴被留，誓死不从，其挚友李陵被迫降匈奴，奉命劝苏武屈节，苏武有《答李陵诗》《别李陵》等四首诗，今传。李陵为当时著名将领，曾屡败匈奴，他的《答苏武书》诉说迫降苦衷，十分感人。

④《郊祀(sì)》、《铙(náo)歌》：皆乐府曲名，《郊祀》是郊祀仪式中赞美天地神祇的曲子，《铙歌》用于激励士气或宴饮功臣。魏武帝乐府：指曹操的诗。

⑤曹能始：曹学佺，字能始，号石仓，明末著名选家，曾选上古至明的作品为《石仓十二代诗选》，自己也有《石仓诗文集》传世，诗风沉郁。

⑥谭友夏：谭元春，字友夏，竟陵派另一代表人物。

⑦《诗归》：钟惺、谭元春合选之古诗集。

⑧好尽：好把话说尽，意谓含蕴不足。

【品读】

公安派倡导“性灵”说，开拓了诗歌的境界，但公安派末流过于信心信口，又才华不足，故或流于浅薄，钟惺作为竟陵派的领袖人物，起而纠偏，提出“厚”之一字，以补“灵”之不足。“灵厚”说以“灵”为本，以“厚”为归，在文学观念上是比较圆满的见解。

与毅儒八弟　张岱①

见示《明诗存》，博搜精选，具见心力。但窥吾弟立意，存人为急，存诗次之。故存人者诗多不佳，存诗者人多不备。简阅此集，大约是明人存，非明诗存也。愚意只以诗品为主。诗不佳，虽有名者亦删；诗果佳，虽无名者不废。盖诗删则诗存；不能诗之人删，则能诗之人存；能诗之人存，则能诗之明人亦俱存，仍不失吾弟存人与存明之本意也。且子房不见词章，玄龄仅辩符檄；不能诗，无害于人[②]。不能诗而存其人，则深有害于诗也。吾弟以余言为然否？

【注释】

①张岱(1597—1679)：字宗子、石公，号陶庵，又号蝶庵，山阴(今绍兴)人，侨寓杭州。明末著名散文家，小品文大师。

②子房：张良，字子房，刘邦创立汉朝天下的重要谋臣，封留侯。玄龄：唐代名臣房玄龄，字乔，一说名乔，字玄龄。是李世民统一天下的重要助手，曾长期执政，后封梁国公。符檄：符命与檄文，指朝廷公文之类的文章。他们都不擅写诗，但并不妨碍他们传名后世。

【品读】

张岱不但小品文写得精美绝伦，而且还在小品文写作中阐发了很是精彩深刻的文艺理论思想，本书所选张岱书牍小品，便都是谈文论艺的佳什。

这封短牍讨论了如何选诗的问题。作诗固要才华，选诗也是学问，做一个好的选家也不容易。张岱批评八弟毅儒太注意“存人”，而没把视意中心放在“品诗”。太注意“存人”则容易降低诗的档次，可能弄成《明人存》，而不是《明诗存》，这样就失去了选诗的本旨。因此，应该敢于放开眼光，大胆取舍，敢因诗劣而废名人，也敢因诗好而取无名者。他认为，有些名人，如果诗不好，就不必要借诗传名，例如汉朝名臣张良、唐朝名臣房玄龄，他们没有诗名，却并未妨碍他们以别的功业传名后世。如果硬要因人存诗，那些品位较低的诗，会损害诗这个美的天国的。这种不因人(有名)存诗，也不因人(无名)废诗的选诗原则，是世代选家都应遵循的一个正确原则。

与何紫翔 张岱

昨听松江何鸣台、王本吾二人弹琴,何鸣台不能化板为活,其蔽也实;王本吾不能练熟为生,其蔽也油。二者皆是大病,而本吾为甚。何者?弹琴者,初学入手,患不能熟;及至一熟,患不能生。夫生,非涩勒离歧遗忘断续之谓也。古人弹琴,吟揉掉注[①],得手应心。其间勾留之巧,穿度之奇,呼应之灵,顿挫之妙,真有非指非弦,非勾非剔,一种生鲜之气,人不及知,己不及觉者。非十分纯熟,十分淘洗,十分脱化,必不能到此地步。盖此练熟还生之法,自弹琴拨阮[②],蹴鞠[③]吹箫,唱曲演戏,描画写字,作文做诗,凡百诸项,皆藉此一口生气。得此生气者,自致清虚;失此生气者,终成渣秽。吾辈弹琴,亦惟取此一段生气已矣。今苏下之人弹琴者,一字音绝,方出一声,停搁既久,脉络既断,生气全无。此是死法,吾辈不学之可也。吾兄素以钟期自任[④],其以弟言为然否?

【注释】

①吟揉掉注:形容弹琴的各种指法效果。

②阮:一种弦乐器,四弦。西晋阮咸善此琴,故称“阮咸”,简称“阮”。

③蹴鞠(cùjū):古代足球。

④钟期:相传春秋时俞伯牙鼓琴,钟子期善听之。

【品读】

张岱是一个鉴赏力十分精细的艺术批评家,十分讲究艺术的分寸感及“度”的把握。在《答袁箨庵》的信中,他曾经提出戏剧创作若过分追求怪幻热闹,则过犹不及的看法。这里说的是弹琴。他对昨天才听过的何鸣台、王本吾二人的演奏作了一个精细的评判，认为前者不活而太实，后者过熟而太油，这是弹琴两大通病，即或者不及，或者太过。比较起来，熟而不能返生，是更大的毛病。只有熟而返生，才能避免油滑，进入那种“非指非弦，非勾非剔”，充满“生鲜之气”，巧、奇、灵、妙的艺术境界。这里，表现出张岱深厚的艺术修养，灵慧的艺术悟解力，和对立统一的艺术辩证思维。他进而把这种生与熟的艺术辩证关系，推广到文学艺术领域的所有品种，实质上就是要求文学家、艺术家们从技术、匠人的低层次，提高到艺术、艺术家的清虚境界。

与包严介 张岱

前承垂顾[①]，弟偶他出，不及倒屣迎兄[②]，殊为懊恨。今承邮致兰亭属和诸诗，如金谷园石崇斗富，火浣布衣及仆从珊瑚树堆垛阶墀，弟如范丹，望之却走矣[③]。后见《画诗楼诗》，又复奇妙，真得诗画合一之理。弟独谓诗中有画，画中有诗，因摩诘[④]一身兼此二妙，故连合言之。若以有诗句之画作画，画不能佳；以有画意之诗为诗，诗必不妙。如李青莲《静夜思》诗：“举头望明月，低头思故乡”，有何可画？王摩诘《山路》诗：“蓝田白石出，玉川红叶稀”，尚可入画；“山路原无雨，空翠湿人衣”，则如何入画？又《香积寺》诗：“泉声咽危石，日色冷青松。”泉声、危石、日色、青松，皆可描摩；而“咽”字、“冷”字，则决难画出。故诗以空灵才为妙诗，可以入画之诗，尚是眼中金银屑[⑤]也。画如小李将军[⑥]，楼台殿阁，界画写摩，细入毫发，自不若元人之画，点染依稀，烟云灭没，反得奇趣。由此观之，有诗之画，未免板实，而胸中邱壑，反不若匠心训手之为不可及也。吾兄精于藻鉴，故以此言就正高明，惟祈晋而教之。

【注释】

①垂顾:敬称他人来访。

②倒屣(xǐ):《三国志·魏志·王粲传》:"(蔡邕)闻粲在门,倒屣迎之,"屣,鞋。古人家居脱鞋席地而坐,"倒屣"是指突有佳客来访,急起迎客,把鞋都穿倒了。后以"倒屣相迎"形容对来客的热烈欢迎。

③"今承"句:晋代富豪石崇好与人斗富。据《世说新语·汰侈》载,晋武帝的舅舅王恺虽得晋武帝相助而与石崇斗富,亦不能胜。有一次,晋武帝赐王恺一罕见珊瑚树,王恺以之示崇,石崇看后,竟用铁如意敲碎之,王恺甚怒,石崇命左右抬出六七枚更罕见的珊瑚树赔给王恺,恺惘然自失。火浣布衣:亦当是斗富情节。范丹,一作范冉,字史云,东汉经学家,桓帝时,任他为莱芜长,不就。生活极贫,常绝粮,被称为"甑中生尘范史云,釜中生鱼范莱芜"。此处以石崇比人,以范丹自比,形容包严介寄来的诗又多又好,自己不敢相比。

④摩诘:指唐代著名山水诗人王维,字摩诘。苏轼《书摩诘蓝田烟雨图》说:"味摩诘之诗,诗中有画;观摩诘之画,画中有诗。"

⑤眼中金银屑:意谓虽极贵重,究竟扎眼。

⑥小李将军:唐代画家李昭道,擅画金碧山水,画风工巧繁缛。其父李思训,官左武卫大将军,著名画家,明董其昌推为"北宗"之祖。他们父子,人称"大李将军""小李将军"。

【品读】

唐代山水诗人兼画家王维因其诗画兼擅的独特艺术修养,开创了"诗中有画,画中有诗"的独特风格,成为后代诗人画家们竞相追求的一种境界。人们注意到了诗与画的艺术共性,却往往忘记了各自的艺术个性,张岱对此提出批评,认为如果像作画那样去作诗,必然显得机械,就像金银屑掉进眼里,虽然是贵重之物,但却会把眼睛刺得难受,反之,如果像作诗那样去画画,则未免板实,反不如一般画家的作品。他主要是反对人们把"诗中有画,画中有诗"理解得过实而去机械实行,主张诗要"空灵",画要有"奇趣"。

与任升之　金圣叹

弟于世间，不惟不贪嗜欲，亦更不贪名誉。胸前一寸之心，眷眷惟是古人几本残书[1]，自来辱在泥涂者[2]，却不自揣力弱，必欲与之昭雪。只此一事，是弟前件[3]！其余弟皆不惜。

【注释】

①古人几本残书：这里指广为人们熟读的几部古典名著，如《离骚》、《庄子》、《史记》、"杜诗"、《水浒》与《西厢记》等。作者曾打算对这些书一一加以批点，但只完成了《水浒传》《西厢记》和"杜诗"一部分。

②辱在泥涂者：被埋没的人。

③前件：前述之事件，即前面所说"眷眷"于心的事。

【品读】

金圣叹是明末清初杰出的文学批评家。此信表达了他对名和利的淡泊，对古代优秀文学的挚爱。

与人书（一）　顾炎武

人之为学，不日进则日退。独学无友，则孤陋而难成；久处一方，则习染[1]而不自觉。不幸而在穷僻之域，无车马之资[2]，犹当博学审问[3]，古人与稽[4]，以求其是非之所在，庶几可得十之五六。若既不出户，又不读书，则是面墙之士[5]，虽子羔、原宪之贤[6]，终无济于天下。

子曰："十室之邑，必有忠信如丘者焉[7]，不如丘之好学也。"夫以孔子之圣，犹须好学，今人可不勉乎？

【注释】

①习染：逐渐沾染不好的习气。

②“无车”句：意为不具备广泛交游的物质条件。

③审问：细致深入地思索探究。

④与稽：进行探讨。与，参予。稽，考核。

⑤面墙：喻不学，如面向墙而一无所见。

⑥子羔、原宪：都是孔子弟子。子羔，姓高，名柴，曾为卫国士师。原宪，字子思，曾为鲁国邑宰。

⑦“十室”二句：意为即使在只有十户人家的小地方，也必定有像我孔丘一样忠诚信义之士。

【品读】

这封信以自己的切身体会，强调了勤学的重要性，指出了学习的方法。认为获得知识必须“博学审问，古人与稽”，最好能广泛交游，扩大视野。否则就可能拘于一隅而孤陋寡闻。

与人书一则　顾炎武

君诗之病在于有杜[1]，君文之病在于有韩、欧[2]。有此蹊径于胸中，便终身不脱“依傍”二字，断不能登峰造极。

【注释】

①杜：指唐代大诗人杜甫。

②韩、欧：指唐宋散文八大家中的韩愈、欧阳修。

【品读】

这封短牍涉及文学创作独创性的问题，跟着前代大师的门径和道路走，固然也能摹仿出作品，却永远登不上艺术的顶峰。

答孙生书　侯方域[1]

域附白：孙生足下，比见文二首，益复奇宕有英气，甚喜！亦数欲有言，以答足下之意，而自审无所得，又甚愧！

仆尝闻马有振鬣长鸣而万马皆喑者[②]，其骏迈之气空[③]之也。虽有天机[④]焉，若灭若没，放之不知其千里，息焉则止于闲[⑤]；非是则踢之啮之，且泛驾[⑥]矣。吾宁知泛驾焉之果愈于群耶？

此昔人之善言马，有不止于马者。仆以为文亦宜然。文之所贵者，气也。然必以神朴而思洁者御之，斯无浮漫卤莽之失，此非多读书未易见也。即多读书，而矜且负，亦不能见。倘识者所谓道力者耶？惟道为有力[⑦]，足下勉矣。

足下方年少有余于力，而虚名无所得如仆[⑧]，犹不惮数问，岂矜与负音哉！然以其求之于仆者，而益诚求之于古人，无患乎文之不日进也。

呜呼！果年少有余于力，而又心不自满，以诚求之，其可为者，将独文乎哉！足下殆自此远矣[⑨]。

【注释】

①侯方域(1618—1655)：明末清初人，字朝宗，河南商丘人。复社成员，与方以智、陈贞慧、冒襄并称“四公子”。

②振鬣(liè)：仰首。鬣，马的鬃毛。喑，哑。

③空：扫空。此处理解为震慑。

④天机：天赋秉性。

⑤闲：马厩。

⑥泛驾：覆驾。指不受驾驭。

⑦道力：本指宗教教徒修道的功力，这里指熟知为文的规律从而具有的功力。惟道为有力：只有掌握为文之道的人，才会具有深厚的功力。

⑧“足下”句：模仿《庄子》“君其自此远矣”句。意谓你今后会有长足的进步。仆：作者自称。

⑨殆：大概。

【品读】

作者认为：“文之所贵者，气也。”并以一马振鬣长呼而万马皆喑为例，强调为文气势的重要。而这种气的形成，又在于多读书，而且还应戒除“矜且负”。只有这样，才能获得“道力”，使文章日有所进。信结尾处将为文之道推及立身处世，对孙生进行勉励。

上沈旭轮师　尤侗[1]

如长江秋注[2]，千里一道，极汪洋之观；如危峰绝壑，穿倚河汉[3]，径路俱绝；如空山月明，遥天鹤唳，清旷无尘；如蒲团入定[4]，炉烟细袅，能资人静悟[5]；如铁骑疾驰，笳鼓[6]竞作，时增悲壮；如疏帘舞风，雅琴徐抚[7]，有和平之乐：此吾师三十篇之大概也。

愿与世人共识庐山面目[8]，勿云后遂无问津者。

【注释】

①尤侗(1618—1704)：字同人、展成，号悔庵、艮斋、西堂老人等，长洲(今江苏苏州)人。清初文学家、戏曲家。工诗、词、曲、骈文，多富文采。又好为嬉戏文字，时称才子。有《西堂全集》。

②秋注：秋水骤涨。注，流入大海。

③穿倚：斜插。河汉：银河。

④蒲团入定：如佛教徒坐在蒲团上定心悟禅。蒲团：佛教徒打坐时的用具，多为草制。入定：佛教用语，指屏息静气，心定于一处，是佛教徒修炼的主要方法。

⑤静悟：在宁静中得到悟解。

⑥笳鼓：胡笳和鼓。

⑦徐抚：慢慢弹奏。

⑧庐山面目：喻指事物真象。语源苏轼《题西林壁》：“横看成岭侧成峰，远近高低各不同。不识庐山真面目，只缘身在此山中。”

【品读】

这是作者对老师诗文的读后感。全篇以具体生动的物象作譬喻，极言对方诗文的风格多变和意境的多样化。语言优美，比喻贴切。特别是博喻方法的使用，从头至尾，贯彻全篇，将抽象的诗文特点表现为具体可感的物象和境界，充分显示了我国传统诗文评论方法的独特艺术魅力。

与蒋虎臣　施闰章[1]

夫诗以自然为至，以深造为功[2]。才智之士，镂心刿肾[3]，钻奇凿诡，矜诩高远，铲削元气[4]，其病在艰涩。

若藉口浑沦，脱手[5]成篇，因陈袭故，如官庖市贩，咄嗟辐辏[6]，而不能惊魂骇目，深入人肺肠，浸就[7]浅陋，其病反在艰涩下。

【注释】

①施闰章(1618—1683)：字尚白，号愚山，安徽宣城人。清初诗人，康熙年间举博学宏词，官至侍读。诗风朴素纯净，与山东宋琬齐名，时称“南施北宋”。有《学余堂集》。

②自然：天然浑成，无人力雕琢痕迹。至：极，顶点，这里指诗的最高境界。深造：刻意追求之作。功：精善。

③镂心刿肾：形容殚精竭虑，苦心经营。刿：刺，刻。

④矜诩：骄傲，夸耀。元气：人的生命力。这里指诗的神韵。

⑤藉：音义同“借”。浑沦：不分明，此处指自然不加雕饰。脱手：随手。

⑥“如官庖”二句：指市场上人声嘈杂，车马拥腾。官庖：官府的厨子。市贩：市场上的小贩。咄嗟(duōjiē)：吆喝。辐辏：形容人或物聚集拥挤。本指车轮上的辐条和车轮中心转轴部分。

⑦浸就：渐至。

【品读】

作者认为，诗歌的最高境界在于自然，如“清水出芙蓉”一般。那种苦心经营，追求奇诡高远的作品，已入“病诗”之列。而那种信手成篇，因袭前人而无创新的平庸之作，更比前者不如。由此可见，诗人将诗分成了三个档次，一曰天然，二是人功，三为因袭。这种观点无疑是作家的创见和心得。

与徐丙文 孔尚任[①]

江南江北，选家[②]林立，大都扬风扢雅[③]，而从事尺牍者绝少。盖尺牍一体，即古之辞命[④]，所云使四方能专对者[⑤]，实亦原本风雅[⑥]。人但知词为诗之余，而不知尺牍亦诗之余也。

足下肯驻寒衙，早夜搜辑，诚为快举！考古今文章家，体裁不一，代不专美，盖一时人心之所尚，即千古气运[⑦]之所归。而居其先者，虽极力开创，不能盛；承其后者，虽极力蹈袭，不能似；当其际者，虽极力摆脱，不能免。一二有心人，微窥其意，不先不后，以全力调护，标榜[⑧]其间，用[⑨]成一代之文章。其在兹举[⑩]乎？其在兹举乎？

【注释】

①孔尚任(1648—1718)：字聘之、季重，号东塘、岸堂、云亭山人，山东曲阜人，孔子64代孙。清代戏曲作家。

②选家：指从事选辑评定某一类文章的人。

③扬风扢(gǔ)雅：即“扬扢风雅”，意谓宣扬、评论风雅。风雅指诗歌。扢：摩，拭。

④“盖尺牍”二句：刘勰《文心雕龙·书记》云：“三代政暇，文翰颇疏；春秋聘繁，书介弥盛。”认为尺牍起源于春秋各诸侯国之间的外交往来。孔尚任所说本此。辞命，即外交辞令。

⑤使四方能专对者：指代表国家和地区出使四方并能就双方间的某些问题作出回答和解决的人。这种人古称“行人”，亦即今天的外交官员。

⑥原本风雅：继承《诗经》中《国风》《小雅》的传统。

⑦气运：气数，命运。古人用以指事物的自然推移过程。

⑧标榜：宣扬，推举。

⑨用：因。

⑩兹举：指从事尺牍编纂工作。

【品读】

明清以来，尺牍作为一种专门文体逐渐受到人们的重视。许多士大夫在编辑文集时把尺牍列为一类，编纂尺牍专书者也不乏其人。如周亮工编的《尺牍新钞》等。孔尚任得知徐丙文在从事这项工作，于是就写了这封信给他，对之进行鼓励和赞扬，并从文学发展的时代特点出发，提出尺牍是“诗之余”的见解。这是极有见地的观点，对提高尺牍的文学地位，有很大的影响作用，值得人们重视。

焦山读书寄四弟墨 郑燮

僧人遍满天下，不是西域[①]送来的，即吾中国之父兄子弟，穷而无归，入而难返者也。削去头发便是他，留起头发还是我[②]。怒眉瞋目，叱为异端，而深恶痛绝之，亦觉太过。佛[③]自周昭王时下生，迄于灭度[④]，足迹未尝履中国土。后八百年而有汉明帝，说谎说梦[⑤]，惹出这场事来，佛实不闻不晓。今不责明帝而齐声骂佛，佛何辜乎？

况自昌黎辟佛[⑥]以来，孔道[⑦]大明，佛焰渐息，帝王卿相，一遵六经四子[⑧]之书，以为齐家、治国、平天下之道，此时而犹言辟佛，亦如同嚼蜡而已。

和尚是佛之罪人，杀盗淫妄，贪婪势利，无复明心见性[⑨]之规；秀才亦是孔子罪人，不仁不智，无礼无义，无复守先待后[⑩]之意。秀才骂和尚，和尚亦骂秀才。语云：“各人自扫阶前雪，莫管他家屋瓦霜。”老弟以为然否？

偶有所触，书以寄汝。并示无方师一笑也。

【注释】

①西域：指今印度、尼泊尔一带。

②我：原来的形象。意谓和我们一样的人。

③佛：指释迦牟尼（约公元前565—前486），佛教创始人。周昭王：西周康王之子姬瑕，在位年代不详。我国西周时代约当公元前11世纪至前771年，故郑说不确。

④灭度：佛教“涅槃”一词的意译，即死亡。

⑤而有汉明帝，说谎说梦：汉明帝，东汉皇帝，名刘庄，公元59～75年在位，年号永平。《资治通鉴·汉纪》注引魏收言：“明帝夜梦金人，顶有白光，飞行殿廷。乃访群臣，傅毅始以佛对。帝遣郎中蔡愔等使天竺，写浮屠遗范，仍与沙门摄摩腾、竺法兰东还洛阳。中国有沙门跪拜之法自此始。”

⑥辟佛：排斥佛教。唐宪宗元和十四年（819年）迎佛骨，韩愈作《谏迎佛骨表》极谏，宪宗怒甚，贬愈为潮州刺史。

⑦孔道：孔子之学，即儒学。

⑧六经四子：皆儒家经典。六经指《诗》《书》《礼》《乐》《易》《春秋》，亦称“六艺”；四子指孔子的《论语》、孟子的《孟子》和相传为子思的《中庸》、曾子的《大学》。

⑨明心见性：佛教的禅宗认为“心”可转变（由迷转悟），只要明悟了本心，就可发现佛性，也就可以成佛。

⑩守先待后：谨守先儒的教义，启迪后世的学者。

【品读】

封建时代的知识分子，大多信奉儒家“致君尧舜”等积极的用世思想，但随着封建政治日益腐败，黑暗现实使人压抑苦闷，因此，他们中的许多人就借佛教特别是其中的禅宗来麻醉和解脱自己内心的郁闷。郑板桥认为不必辟佛，就是明证。这种对佛的兼容是基于他对佛教教义的理解和赏契。不过看来他对和尚颇反感，认为他们不仅不懂教义，与佛无涉，相反，还“杀盗淫妄，贪婪势利”，因而是“佛之罪人”。基于同样的心理，他认为秀才“不仁不智，无礼无义”，廉耻丧尽，亦是“孔子罪人”。

情之所钟

与相如书 卓文君

群华[1]竟芳，五色凌素[2]，琴尚在御，而新声代故。锦水[3]有鸳，汉宫有木。彼木而亲，嗟世之人兮，瞀于淫[4]而不悟。朱弦啮[5]，明镜缺。朝露晞[6]，芳弦歇。白头吟，伤离别。努力加餐毋念妾。锦水汤汤，与君长诀。

【注释】

①华：同“花”。

②素：白绢。

③锦水：锦江，泯江分支之一，在四川成都平原。传说古人织锦濯其中，较他水鲜明，故名。

④瞀(mào)：愚昧。淫：过于沉溺。

⑤啮(niè)：咬断。

⑥晞：干。

【品读】

卓文君，西汉临邛(今四川邛崃)人，卓王孙女，善鼓琴。十七岁丧夫，寡居娘家，与司马相如相恋，一同逃往成都。不久又同返临邛，自己当垆卖酒。这是一个勇敢追求爱情，敢于超越礼教的古代女性，她与司马相如的婚姻，成为千古佳话。

这封给司马相如的信，情感比较复杂，有情有怨，也有担心，读来韵味深长。《古文小品咀华》刘越石评云：“宜嗔宜喜春风面。”锡周评云：“哀音缭乱，急管繁弦。”都很精切。

报卓文君书　司马相如①

五味虽甘，宁先稻黍；五色有灿，而不掩韦②布。惟此绿衣，将执子之釜③。“锦水有鸳，汉宫有木”。诵子嘉吟④，而回予故步⑤。当不令负丹青感白头也。

【注释】

①司马相如（前179—前117）：字长卿，成都人，西汉著名辞赋家，《子虚赋》《上林赋》是其代表作。

②韦：加工后的兽皮。

③“惟此”句：可能是说只有一个绿衣丫头，让她给你掌炊事。

④“锦水”两句是卓文君尺牍中美句，故曰“诵子嘉吟”。

⑤回予故步：使我回步。

【品读】

在梁孝王死后，司马相如归蜀，结识富商卓王孙，以琴挑动其寡居之女，文君乃夜奔相如，同归成都。

这是司马相如读卓文君信后，回信表达对卓文君的爱情，安慰她不要担心，一定不让她有白头之叹。

答夫秦嘉书　徐淑

知屈圭璋，应奉岁使①，策名王府，观国之光②。虽失高素皓然之业，亦是仲尼执鞭之操也③。

自初承问，心愿东还，迫疾未宜，抱叹而已。日月已尽，行有伴列④。想严装已办，发迈在近⑤。“谁谓宋远？企予望之”⑥。室迩人遐，我劳如何⑦！深谷逶迤，而君是涉；高山岩岩，而君是越。斯亦难矣！长路悠悠，而君是践；冰霜惨冽，而君是履。身非形影，何得动而辄俱？体非比目⑧，何得同而不离？于是咏萱草之喻[9]，以消两家之思；割今者之恨，以待将来之欢。

今适乐土，优游京邑。观王都之壮丽，察天下之珍妙，得无目玩意移[10]，往而不能出耶？

【注释】

①“知届”二句：圭璋，官员之符信。岁使，每年都要出使京师致事。

②“策名”二句：名登王府官员名册，观览国都之文明光华。

③“虽失”二句：《论语》有云：“富而可求也，虽执鞭之士，吾亦为之。”意谓虽失高雅素洁的自由生活，但还是孔子都愿意奉行的那种谋生尽职的操守吧。

④行有伴列：旅途有伴同行。

⑤严装：指衣服行李。发迈：启程远行。

⑥谁谓宋远？企予望之：语出《诗经·卫风·河广》。企：通“跂”，踮起脚尖。此处借以写思亲望归之情。

⑦劳：痛苦。

⑧比目：比目鱼。旧说此鱼只一目，必须两相并比而游。

⑨萱草之喻：《诗经·卫风·伯兮》：“焉得谖草？言树之背。”“谖”与萱同音，故或叫萱草，即忘忧草。“背”通“北”。此句意谓借萱草以忘忧于暂时。

⑩目玩意移：一边赏玩一边动了心思，见异思迁。

【品读】

徐淑，东汉女诗人，秦嘉之妻。夫妻恩爱情深，其相互寄情尺牍，皆传为美文。秦嘉先死，其时淑尚年轻，然守情不嫁，虽兄弟逼其改嫁也不移其志，不久因过度哀恸而卒。这封书信是秦嘉赴洛阳时派车去迎徐淑回来面别，而徐淑在娘家养病不能成行，于是写给秦嘉的。信中表达了对丈夫出仕尽职的理解，及自己不能回来话别的遗憾，想象丈夫远赴京都的途程，涉深谷，越高山，践长路，履冰霜，而自己不能影形相随，比目而行，心中充满无限的思念。其情其词，感人肺腑，催人泪下。末尾担心丈夫“观王都之壮丽，察天下之珍妙”以后“目玩意移”，往不而归，或为戏谑，也是真心，隐约透露出那一时代女性不能把握生活和爱情的心态，虽如秦嘉与徐淑之恩爱，亦难免有此隐忧。

重报妻书 秦嘉[①]

车还空返，甚失所望，兼叙远别恨恨之情，顾有怅然！

间[②]得此镜，既明且好，形观文彩，世所希有，意甚爱之，故以相与。并致宝钗一双，价值千金；龙虎组履一緉[③]；好香四种，各一斤；素琴一张，常所自弹也。

明镜可以鉴形，宝钗可以耀首，芳香可以馥身去秽，麝香可以辟恶气[④]，素琴可以娱耳。

【注释】

①秦嘉：字士会，陇西（今甘肃东南）人，东汉诗人。与妻徐淑恩爱情深。

②间：近来。

③“龙虎”句：有龙虎图案用丝线编织成的鞋子一双。緉(liǎng)：亦作两，古代计算鞋子的量词。

④辟恶气：“辟”可通“避”，恶气指臭气。

【品读】

汉桓帝时，秦嘉出为郡上计吏，入洛除黄门郎，赴洛阳就职时，其妻因病回娘家，故未能面别，又遣车往迎，亦因故未致，遂有“车还空返，甚失所望”之憾，乃赋诗写信，并赠明镜、宝钗、丝履、好香、素琴，以表相思情深。赠言赠物，体贴入微；字里行间，恩爱流淌。在那个女性尚未获得独立地位和独立人格的时代，这真是一位难得的多情男儿！

别郗氏妻[1] 王献之[2]

虽奉对积年，可以为尽日之欢，常苦不尽触类之畅。方欲与姊极当年之匹，以之偕老，岂谓乖别至此[3]！诸怀怅塞实深[4]，当复何由日夕见姊邪？俯仰悲咽，惟当绝气耳[5]。

【注释】

①郗氏：指作者前妻郗道茂。

②王献之(344—386)：字子敬，生于山阴(今浙江绍兴)，东晋书法家。

③乖别：分别，分离。

④诸怀：各种情绪。

⑤绝气：断气。

【品读】

王献之前妻是郗道茂，后由于被新安公主选中，不得不与郗氏离婚。这件事给作者造成了很深的精神创伤，临终前有人问他这一生“有何得失”，他回答说：“不觉余，惟忆与郗家离婚。”这封信先告诉前妻与新安公主婚后生活不和谐的苦恼，再表白自己对她深沉的思念和真诚的忏悔，缠绵悱恻，感人肺腑。

为衡山侯与妇书[1] 何逊[2]

昔人遨游洛汭，会遇阳台[3]，神仙仿佛，有如今别。虽帐前微笑，涉想犹存；而幄里余香[4]，从风且歇。掩屏为疾，引领成劳[5]。镜想分鸾，琴悲别鹤[6]。心如膏火，独夜自煎；思等流波，终朝不息。始知萋萋谖草[7]，忘忧之言不实；团团轻扇，合欢之用为虚。路迩人遐，音尘寂绝。一日三秋[8]，不足为喻。聊陈往翰，宁写款怀[9]！迟枉琼瑶[10]，慰其杼轴[11]。

【注释】

①衡山侯：指萧恭，字敬范，南平王子，封衡山县侯。

②何逊(？—518)：字仲言，东海郯(今山东郯城一带)人。出身寒素，虽然弱冠就举秀才，但在仕途上却坎坷不顺，官仅止于在人幕府做记室，做幕僚时兼任过尚书水部郎，世称“何记室”或“何水部”。他在当时文坛以诗见称，诗风流丽谐美。

③昔人遨游洛汭(ruì)：据曹植《洛神赋》中说，他从京城回到自己的藩地，途经洛川，遇到洛水之神宓妃，别后相思成疾，因而作《洛神赋》。汭：河水汇聚的地方。会遇阳台：把宋玉《高唐赋》载：楚怀王游高唐时梦与巫山神女相会，神女辞别他时说：“妾在巫山之阳，高丘之阻。旦为朝云，暮为行雨。朝朝暮暮，阳台之下。”后人遂以巫山、云雨、高唐、阳台代指男女幽会或私情。

④幄：帐幕。

⑤引领：伸长脖子翘首而望。

⑥镜想分鸾：南朝宋范泰《鸾鸟诗序》载：“昔罽宾王得鸾鸟甚爱之，欲其鸣而不能致。夫人曰：‘闻鸟得类而后鸣，何不悬镜以映之。’王从其言。鸾鸟睹影而鸣，一奋而绝。”后来人们常以此喻失偶，这里引申为夫妻相思。琴悲别鹤：“别鹤”指一古琴曲《别鹤操》。相传商陵牧子娶妻五年而不见生育，父母欲为改妻，他于是拿起琴来作《别鹤操》。

⑦谖(xuān)草：一种植物，古人称此草令人善忘，故俗称“忘忧草”。

⑧一日三秋：语出《诗经·王风·采葛》：“一日不见，如三秋兮。”后来用“一日三秋”表示离别后相思之深之切。

⑨款怀：犹言“衷情”，殷勤的心意。

⑩琼瑶：美玉或美石，引申为对别人酬答的礼品或投赠诗文、书信的美称。此处特指书信。

⑪杼(zhù)轴：织布机上的两个部件。杼：即“梭”。轴：本作“柚”，滚筒，卷织物的轴。因为古代的生活方式是男耕女织，所以以杼轴作为妻子的代称。

【品读】

《为衡山侯与妇书》虽是代人捉笔，内容也不过是闺房之语，但以其出语清丽工巧、对仗工稳流畅见赏词林。如“虽帐前微笑，涉想犹存；而幄里余香，从风且歇。掩屏为疾，引领成劳。镜想分鸾，琴悲别鹤”，造语极见工力。

上河东公启[①] 李商隐[②]

商隐启：两日前，于张评事处[③]，伏睹手笔，兼评事传指意，于乐籍中书赐一人以归备纫补[④]。

某悼伤以来[⑤]，光阴未几。梧桐半死，才有述哀[⑥]；灵光独存，且兼多病[⑦]。眷言息胤，不暇提携[⑧]。或小于叔夜之男，或幼于伯喈之女[⑨]，检庾信《荀娘》之启，常有酸辛；咏陶潜《通子》之诗，每嗟漂泊[⑩]。

所赖因依德宇[⑪]，驰骤府庭；方思效命旌旄[⑫]，不敢载怀乡土。锦茵象榻[⑬]，石馆金台，入则陪奉光尘，出则揣摩铅钝[⑭]。兼之早岁，志在玄门；及到此都，更敦夙契[⑮]。自安哀薄，微得端倪[⑯]。至此南国妖姬，丛台妙妓，虽有涉于篇什，实不接于风流。

况张懿仙本自无双[⑰]，曾未独立。既从上将，又托英僚。汲县勒铭，方依崔瑗[⑱]；汉庭曳履，独忆郑崇[⑲]。宁复河里飞星，云间堕月，窥西家之宋玉，恨东舍之王昌[⑳]？诚出恩私，非所宜称。伏惟克从至愿，赐寝前言[㉑]。使国人尽保展禽，酒肆不疑阮籍[㉒]。则恩优之理，何以加焉？干冒尊严，伏用惶灼。谨启。

【注释】

①河东公：即柳仲郢，字渝蒙。元和十三年进士及第，后为梓州刺史，剑南东川节度使。柳仲郢曾辟李商隐为判官。河东：柳氏

郡望。

②李商隐：晚唐杰出的诗人，诗风浓丽而沉郁，流美而凝重。同时，他又是一名骈文高手，其所作骈文用事精切，属对工巧，风华流丽。

③张评事：其人不详。评事：官名，掌决断疑狱。

④书赐一人：送一官妓给李商隐，并立下文书。乐籍：官妓。

⑤悼伤以来：大中五年，李商隐丧妻。

⑥"梧桐"句：枚乘《七发》："龙门之桐，高百尺而无枝，其根半死半生。"此处借指丧偶后的景况。

⑦"灵光"句：王延寿《鲁灵光殿赋序》："自西京未央建章之殿，皆见隳坏，而灵光岿然独存。"此处为作者自喻。

⑧眷言：照顾、关怀。言：虚词，无实义。息胤(yìn)：子女。

⑨叔夜：嵇康字。伯喈(jiē)：蔡邕字。

⑩庾信《荀娘》之启：庾信有《谢赵王赉荀娘丝布启》。荀娘：庾信之女。陶潜《通子》之诗：陶潜《责子》诗说："通子年九龄，但觅梨与栗。"通：陶潜第五子的小名。

⑪因依：依托。德宇：器量。

⑫旌旄(máo)：旌旗，代指节度使柳仲郢，为柳效命。

⑬锦茵：锦制垫席。象榻：象牙床。

⑭光尘：对人风采的敬称，指河东公。铅钝：自谦之词。

⑮玄门：老庄哲学在魏晋被称为玄学，"玄门"在这里指老庄之道。夙契：夙愿。

⑯端倪：头绪。

⑰张懿仙：大概是所赐乐妓名。

⑱崔瑗(yuàn)：《后汉书·崔瑗传》："迁汲令，开稻田数百顷，百姓歌之。"后崔瑗升迁离开汲县，该县的人民"立碑颂德而祠之"。汲县，今属河南省。

⑲"汉庭"二句：《汉书·郑崇传》："哀帝擢为尚书仆射，数谏诤。每见曳履，上笑曰：'我识郑尚书履声。'"曳履：拖着鞋走路。

⑳宋玉：宋玉有《登徒子好色赋》，说东邻有一女子，"嫣然一笑，

惑阳城，迷下蔡”，她偷看宋玉三年，而宋玉未曾动情。王昌：人名，唐宋诗文中屡见引用，生平失考。

㉑赐寝前言：请收回先前送我乐妓一名的诺言。

㉒“国人”句：《荀子·大略篇》载：柳下惠一天遇到一个无处投宿的女子，见她冻得冰凉，就把她抱在怀中坐了一夜，但没有任何越轨的行为。展禽：即柳下惠，春秋时鲁国大夫。“酒肆”句：《世说新语》载：“阮公邻家妇有美色，当垆沽酒，阮与王安丰常从妇饮，阮醉便眠其妇侧，夫始殊疑之，伺察终无他意。”

【品读】

这封信约写于大中六年，时作者在剑南东川节度使柳仲郢处做幕僚，当时他妻亡子幼，生活清苦孤单，因而柳仲郢送他一名官妓。信中陈述自己丧妻未久，风怀淡宕，谢绝了上司的“恩私”。李商隐的《无题》善写缠绵之情，“春蚕到死丝方尽，蜡烛成灰泪始干”，在一般人心目中他是一个风流小生，而这封信中却说自己“虽有涉于篇什，实不接于风流”，在男女私情上他丝毫也不苟且，对亡妻更是一往情深。

答永乐帝书　徐妙锦

臣女生长华门，性甘淡泊。不羡禁苑深宫，钟鸣鼎食[①]，愿去荒庵小院，青磬红鱼[②]；不学园里夭桃[③]，邀人欣赏，愿作山中小草，独自荣枯。听墙外秋虫，人嫌凄切；睹窗前冷月，自觉清辉。盖人生境遇各殊，因之观赏异趣。矧[④]臣女素耽寂静，处此幽旷清寂之境，隔绝荣华富贵之场，心胸颇觉朗然。

乃日昨[⑤]阿兄遣使捧上谕来，臣女跪读之下，深感陛下哀怜臣女之至意，臣女诚万死莫赎也。伏思陛下以万乘之尊，宵旰[⑥]勤劳，自宜求愉快身心之乐。幸外有台阁诸臣，袍笏跻跄[7]；内有六宫嫔御，粉黛如云。而臣女一弱女子耳：才不足以辅佐万岁，德不足以母仪天下[8]。既得失无裨于陛下，而实违臣女之素志。

臣女之所未愿者，谅陛下亦未必强愿之也。

臣女愿为世外闲人，不作繁华之想。前经面奏，陛下犹能忆之也。伏乞陛下俯允所求，并乞从此弗再以臣女为念，则尤为万幸耳。盖人善夭桃秾李[9]，我爱翠竹丹枫。从此贝叶蒲团[10]，青灯古佛，长参寂静，了此余生。臣女前曾荷沐圣恩，万千眷注[11]。伏恳再哀而怜之，以全臣女之志愿，则不胜衔感待命之至。

【注释】

①钟鸣鼎食：击钟列鼎而食，形容皇室贵族的豪奢排场。

②青磬红鱼：青铜的磬和红色的木鱼，僧尼使用的法器。

③夭桃：形容茂盛而艳丽的桃花。

④矧(shěn)：何况。

⑤日昨：昨日。

⑥宵旰(gàn)："宵衣旰食"的略语，旧时多用于称谀帝王勤于政事。"宵衣"是天不亮就起身穿衣，"旰食"指因心忧事繁而延迟到晚上才吃饭。

⑦袍笏(hù)跻跄：袍笏，官服和手板，此代指朝廷众官。形容袍飞笏舞，百官为皇帝而驰驱奔忙的样子。

⑧母仪天下：作为天下为母者的典范。多用于皇后，因为皇后是"国母"。

⑨夭桃秾(nóng)李：桃李茂盛貌。多用为婚嫁祝颂之词。

⑩贝叶：印度贝多罗树的叶子，水沤后可作纸用，古印度人多用以写佛教经文，后因以"贝叶"代指佛经。蒲团：僧尼或道士打坐或跪拜时，所使用的蒲草编成的圆形垫具。

⑪眷注：眷顾和关照。

【品读】

封建帝王拥有天下的一切，包括天下的女人，所以，一旦“后宫寂寞”，他便可以刷选天下。而在封建文化的长久熏浸下，天下的美女不但承认和接受了皇帝的这份特权，且大都以被选入宫伴君享受荣华为最幸福的机遇。

但是，徐妙锦，这位明代永乐年间的佳人才女，却宁肯在荒庵小院、青灯古佛、暮鼓晨钟中了此余生，在面奏未许之后，她又以书信决然地劝告永乐皇帝断此念头，这在暴戾专横的永乐帝朱棣面前，是怎样的一种人格和节操？全信在清词丽句、恭言敬语之间，流淌着一股淡淡的悲情。

寄龙希哲书 陈淑娟

姊不幸生长蓬门[①]，家复多故。所幸令姑母恺悌[②]慈祥，视同己出，故常得依依膝下。而令姑母又爱吾弟聪明好学，且善伺人意，以是相处一家，举室欢欣。承吾弟以骨肉视姊，故姊亦以骨肉待吾弟，即老母亦爱弟逾恒[③]焉。犹记誓言凤尾[④]，诗咏楼头，顷刻成言，才思敏捷，诚使姊敬慕无已。当时并为姊解释诗意，谆谆不倦。此情此景，若在目前。乃流光如矢[⑤]，忽忽已越三年。尔时姊即默念吾弟决非池中物，他日定当贵显。窃欲以蒲柳之质[⑥]为托，盖父既早亡，母年渐老，长兄则书写公门，次兄则陷身吏役，二嫂并皆悍恶。此吾弟之所深知。但得远离凶犷，获托丝萝[⑦]，则吾弟纵无官，亦不失为士君子妻耳。否则，万一流落俗子手中，有死而已。姊自审志识若此，谅不为吾弟所窃笑。故于梅花香里，即面达吾弟，吾弟曾云：“拳拳于怀，未尝或忘[⑧]。即堂上[⑨]亦久蓄此心，惟以嫂氏凶悍，姑母未敢竭意怂恿，致使堂上未免犹豫耳。返家之后，定当禀明堂上，早为玉成，决不使姊怅惘也。”一语既诺，两情共矢。姊之欢慰，为何如乎！

然自与吾弟别后，又将期年。梅开岭上，竟无消息之传；竹翠园中，未得平安之报。言犹在耳，人岂忘情！惟念弟本信人[10]，得无[11]姊真薄命欤？前尘[12]回首，泪下沾襟矣！想吾弟此时，正猛攻学业，他日飞黄腾达，姊未识能分得余荣否也。私忖今日似不当再以琐事渎吾弟，然事有不得不为吾弟告者：盖前因老母留住戚家，二嫂时以厉色疾言，向姊寻衅，终日汹汹，刻无宁晷[13]。姊虽中心忿忿，奈莫敢出言，惟有执巾揾泪，倚几含颦[14]，日常处身于荆棘丛中，虽老母归来，亦难左袒[15]。嗟乎！姊之死所，顾安在耶？每拟月明人静，趋赴夜台[16]。弟一念老母，辄惧与姊俱尽，以是残喘苟延。而吾弟婚姻，因循未决[17]，不将为姊所误，亦非计也。岁月迁延，徒看狰狞面目。姊寸心已乱，五内如焚，万念皆休，一筹莫展。辗转思维，除老母外，惟吾弟差堪告语。想弟多情人也，定能披荆斩棘，拯姊而登诸坦途。临书迫切，不知所云，惟吾弟念之图之。

【注释】

①蓬门：喻穷家小户。

②恺悌：和易亲近。

③逾恒：超过一般。

④誓言凤尾：在凤尾竹下发下誓言。

⑤矢：箭。

⑥蒲柳之质：蒲柳，即水杨，一种植物。女性常用作体弱及身份低微的谦词。

⑦获托丝萝：《古诗十九首》：“与君为新婚，兔丝附女萝。”兔丝和女萝皆蔓生植物，如生长一处，则相互缠结难分，比喻婚姻把双方结合在一起，不可分割。

⑧“拳拳”句：牢记在心，不敢相忘。

⑨堂上：母亲。

⑩信人：诚实可信之人。

⑪得无：莫不，难道。

⑫前尘：往事。

⑬刻无宁晷（guǐ）：晷，日影，引申为时间。没有一刻时间的安宁。

⑭倚几含颦：靠在桌旁皱眉发愁。

⑮左袒：露出左臂。《史记·吕太后本纪》记载，汉朝大将周勃欲除吕氏，维护刘家天下，对众军发号召说：拥护吕氏的请右袒，拥护刘氏的请左袒。结果众军皆左袒。后以维护一方为“左袒”。

⑯夜台：坟墓。《文选·陆机〈挽歌〉》：“送子长夜台。”李周翰注：“坟墓一闭，无复见明，故云长夜台。”

⑰因循未决：仍旧拖着没有决定。

【品读】

这是一位明代少女陈淑娟写给旧日情人龙希哲的情书。淑娟之父与希哲之姑父是盟兄弟，因而提供了淑娟与希哲交往的机会，他们曾经相处一家，情同骨肉，才子佳人，相互爱慕：“誓言凤尾，诗咏楼头”，何等浪漫多情！淑娟是一位有自主意识的勇敢女孩，她害怕错失良缘，将来流落俗尘，就挑选了一个梅花芬芳的日子向希哲表达了爱情，希哲也欣然应诺，遂约下百年之好。但是岭梅又开，却不见希哲来迎娶，甚至断了信息。淑娟的两个嫂子都性情粗野，使淑娟如处荆棘丛中，更增添了淑娟的相思之情，月明人静之时，竟时萌轻生之念，转念老母，才不得不残喘苟延，于是致信希哲，希望早圆情梦，脱离苦海。从信中，我们深切感受了一个纯情女子的热烈爱情和窘迫处境，似可悟到，封建家庭的复杂人际关系是他们爱情不得成就的障碍之一。

遗文郎书　柳儿

文生郎君足下：柳绿衣贱质[①]，朱粉微姿。托沐清光，充于下陈[2]。花间泫露，月下娇风，一度相逢，几番薄幸[3]。自谓侍巾执拂，长过此生，暮雨朝云，当无虚望。孰知哀生于乐，欢极而愁。行乐及期，风波顿起。衅生同席，祸始平头[4]。郎既湖海生涯，音书迢递；柳遂风尘轻薄，花絮飘零。无计侍郎，有东风之两泪；何颜辞主，落西江之一枝[5]。石氏斛珠[6]，非余所望；谢家团扇[7]，从此长辞。焚笔架之珊瑚，陪牙筹[8]之钱帛。春风秋月，已非唱和之场；烟草红花，永绝风流之会。层层锦帐，不解恨颜；淡淡银釭，独悬秋泪。或酒醒梦回，忽然念及；或樽前镜里，触意寻思。万感交深，三生永断[9]。想郎之意，颇同鄙怀[10]。但落花无返树之期，逝云无归山之理。况郎壮质，以妾陋姿，使他日裘马封侯，绮罗接席，新欢伊迩[11]，无忘故人。郎存菅蒯之心[12]，妾免蘼芜之恨[13]，则环草微忱，死生靡替者也[14]。呜呼！幽恨茫茫，新愁耿耿。金凫烟冷，银鸭香沉[15]。黄衫之谐[16]，非敢望矣；青衣之诮[17]，能无恨焉！

嗟乎文生！儿女柔情，去而顿远；英雄侠骨，炼则愈坚。四海荆榛，一身金玉。片言珍重，寸心欲绝矣。春罗一幅，豆蔻香销[18]；锦带二围，鸳鸯睡暖。悬郎下体[19]，如见旧人。妾恨如山，侯门似海[20]。生死之际，如斯而已。

【注释】

①柳绿衣贱质：柳，柳儿自称。绿衣：多用作侍女之代称，此处自指身份。

②下陈：古代宫廷或贵族官僚迎接宾客时，在堂下陈列礼品、站立傧从之处，借指宫中地位低下的姬侍。《国策·齐策四》："宫中积珍宝，狗马实外厩，美人充下陈。"

③薄幸：犹言薄情，负心，此指男女欢合。

④平头：头巾名。南朝梁武帝《河中之水歌》："珊瑚挂镜烂生光，平头奴子擎履箱。"此亦柳儿自指。

⑤一枝:《庄子·逍遥游》:“鷦鹩巢于深林,不过一枝。”此处喻指自己流离失所。

⑥石氏斛珠:石氏指石崇,晋代巨富,曾用明珠十斛买美女绿珠。斛,量器名,古时以十斗为一斛,后又以五斗为一斛。用斛量珠宝,喻石崇买绿珠之花费豪奢。

⑦谢家团扇:谢家指谢芳姿。团扇,圆形有柄的扇子。《宋书·乐志》载,中书令王珉喜欢白团扇,与其嫂之婢女谢芳姿私情甚笃,其嫂怒挞芳姿,芳姿善歌,遂以《团扇歌》诉说心中情怨。又扇为夏用秋弃之物,常以之喻指女性时宠时辱的可悲境遇。

⑧牙筹:象牙制的筹码,赌博用具。

⑨三生:佛教有前生、今生、来生之说。

⑩“想郎”句:想来郎君的心境,同我的情怀也很相似吧。

⑪新欢伊迩:迩,近,接近。犹言新欢陪侍在侧。

⑫菅(jiān)蒯:两种草名,《左传·成公九年》:“虽有丝麻,无弃菅蒯”。此处希望文郎结新欢不忘旧好。

⑬蘼芜:香草名。汉乐府民歌《上山采蘼芜》:“上山采蘼芜,下山逢故夫。”写弃妇重逢故夫,对喜新厌旧的故夫提出了责难。此处“蘼芜之恨”即“弃妇之恨”。

⑭“环草”句:环草,结草衔环的省语,比喻感恩报德,至死不忘。结草典出《左传·宣公十五年》,衔环典出《续齐谐记》。此句是说结草衔环的情怀,生死不忘。

⑮“金凫”句:金凫、银鸭,指制成凫、鸭形状的香炉。

⑯黄衫之谐:唐人蒋防传奇小说《霍小玉传》写李益对霍小玉始乱终弃,有黄衫豪士挟李益至小玉室中,强其重会小玉,小玉在相见中愤激而亡。此指柳儿不敢想象有黄衫客那样的豪士来相助。

⑰青衣:古时婢女多穿青衣,故以青衣代指奴婢,此柳儿自指。

⑱“春罗”二句:春罗,一种丝织品。豆蔻:本植物名,后喻处女。

⑲下体:身体下部。唐传奇《莺莺传》中莺莺致书张生,有“玉环一枚,是儿婴年所弄,寄充君子下体所佩”。

⑳侯门似海:形容富贵豪门之深邃。崔郊《赠去婢》诗:“侯门一

入深如海，从此萧郎是路人。”

【品读】

明代云间（今上海松江）人文生的侍女柳儿，字荷香，是个才女，曾著《荷香集》，她与文生有情，后因文生之妻妒恨不容而被逐。这是柳儿被逐之后写给文郎的情书，诉说了自己对往日爱情的深情回忆及对文郎的无比怀念。信中一再用“绿衣”“下陈”“平头”“青衣”及“石崇斛珠”“谢家团扇”“菅蒯”“蘼芜”“黄衫”等文词和典故，强调自己贱婢的低微身份和始乱终弃的悲苦命运，使悲剧情境显得十分浓重，格外令人同情。作为才女情书，这篇尺牍文字精练，语言秀美，语气悲婉，排比工细，用典灵活，充分展示了柳儿的才情。

遗文郎永别书　柳儿

红粉飘零，青衣憔悴。柔情薄命，遗恨千秋。命也何如，时乎不再。生离死别，春往秋来。黯然销魂，悲哉永诀。

一年行乐，月何事而频亏[①]？三月艳阳，草何心而更绿？银釭夜夜，愁添鹦鹉之杯[②]；锦帐年年，恨积鸳鸯之冢[③]。郎非负义，妾岂忘心！才子风流，绮罗如梦。阿侬[④]心事，云水成尘！沧海珠归[⑤]，于今绝念；昆山玉碎[⑥]，无用偷生。看路畔之萧郎，恨河间之姹女[⑦]。朱栏独倚，绿绮[⑧]空焚。已矣何言！哀哉自悼。使后人知我心者，春酒一樽，秋江两泪，吊我于夜台之下，则蔓草青烟，兹恨不朽。庶有以报君之恩，完郎之志。

嗟乎文生！芦花江上，柳絮楼边，烟雨凄然，知郎心矣。郎心若此，妾恨如斯。葳蕤之锁九重[⑨]，难遮去梦；宛转之山千迭，不断来愁。恨耶恨耶！寸心不忘，千里如重闱耳。新旧忽移，匪红楼之自眩[⑩]；屠沽相对，比青冢而尤哀[⑪]。天乎？人乎？果何道乎！

【注释】

①“月何”句：月亮为什么不断地圆了又缺？此与苏东坡《水调歌头》中“不应有恨，何事长向别时圆”反用，也很有表现力。

②银缸(gāng)：银饰的灯具。鹦鹉杯：鹦鹉贝制成的酒杯。

③鸳鸯之冢(zhǒng)：相爱男女合葬之墓。

④阿侬：吴人自称之习语，即“我”。

⑤沧海珠还：沧海遗珠的典故，多喻人才之埋没，用以喻柳儿青春美貌之埋没亦可。又合“合浦珠还”之典，见《答金静安书》注③。指自己复归文郎身边之望。

⑥昆山玉：《晋书·郤诜传》：“累迁雍州刺史，武帝于东堂会送，问诜曰：‘卿自以为何如?’诜对曰：‘臣举贤良对策，为天下第一，犹桂林之一枝，昆山之片玉。’”本为谦词，谓仅为众美之一，后转喻众美中之杰出者。

⑦萧郎：典出《梁书·武帝纪》，本指姓萧的男子，即梁武帝萧衍，后泛指女子所恋之男子。河间之姹女：姹女，美丽的少女。《后汉书·五行志一》：“河间姹女工数钱。”河间：地名，今属河北。

⑧绿绮：晋代傅玄《琴赋序》：“齐桓公有鸣琴曰号钟，楚庄有鸣琴曰绕梁，中世司马相如有绿绮，蔡邕有焦尾，皆名器也。”后以绿绮作琴的代称。

⑨葳蕤(wēiruí)：草木茂盛貌，引为盛多。张衡《东京赋》：“羽盖葳蕤”。九重：《楚辞·九辩》：“君子门以九重”。后以九重代指帝王居处。此处是形容重门深锁难入。

⑩“匪红楼”句：不是红楼自己在摇晃。匪：非。

⑪“屠沽”二句：与屠夫酒贩那样一些俗不可耐之辈相处在一起，比死了埋入坟墓还更悲哀。

【品读】

这是柳儿给文郎的绝命词。春往秋来，月圆月缺，草枯草绿，夜来夜去，时光飞逝，使这位多情才女痛感青春消磨，心事如烟。既已殊还无望，玉碎难复，何必偷生人间？与其活在那些俗不可耐的市井贱流中间，还不如死去独自躺入黑沉沉的墓穴！于是，她用自己五彩生花的妙笔，来给自己黯淡绝望的人生谱写最后的一段乐章。她希望借此把自己的漫漫情恨永留人间，她希望后世的知音能够理解她的悲苦命运，“春酒一樽，秋江两泪，吊我于夜台之下，则蔓草青烟，兹恨个朽。”她的美丽文笔帮她达到了目的，这篇告别人间的书信让每一时代的少男少女们读起来都会动情下泪。

在南都后宫私寄侯公子书 李香君

落花无主，妾所深悲；飞絮依人，妾所深耻。自君远赴汴梁，屈指流光，梅开二度矣。日与母氏相依，未下胡梯一步[①]。方冀重来崔护，人面相逢[②]；前度刘郎，天台再到[③]。而乃音乖黄犬，卜残灯畔金钱[④]；信杳青鸾，盼断天边明月[⑤]。已焉哉！悲莫悲于生别离。妾之处境，亦如李后主所云：“终日以泪洗面”而已[⑥]。

比闻燕京戒严，君后下殿。龙友[⑦]偶来过访，妾探询音耗，渠惟望北涕零，哽无一语。呜呼！花残月缺，望夫方深化石之嗟；地坼天崩，神州忽抱陆沉之痛[⑧]。由甲申迄乙酉[⑨]，此数月中，烽烟蔽日，鼙鼓震空。南都君臣，遭此奇变，意必存包胥哭楚之心，子房复韩之志，卧薪尝胆，敌忾同仇[⑩]。不谓正位以后，马入阁，阮巡江[⑪]。虎狼杂进，猫鼠同眠。翻三朝之旧案，党祸重兴；投一网于诸贤，蔓抄殆遍[⑫]。而妾以却奁夙恨[⑬]，几蹈非灾。所幸龙友一力斡旋，方免提钦勘问，然犹逼充乐部，供奉掖庭[⑭]。奏新声于玉树，春风歌燕子之笺[⑮]；叶雅调于红牙，夜月谱春灯之曲[⑯]。嗟嗟！天子无愁，相臣有度[⑰]，此妾言之而伤心，公子闻之而疾首者也。

虽然，我躬不阅，遑恤其他[18]。睹星河之耿耿，永巷如年[19]；听钟鼓之迟迟，良宵未曙。花真独活，何时再斗芳菲[20]；草是寄生，惟有相依形影。乃有苏髯幼弟，柳老疏宗[21]，同为菊部之俦，共隶梨园之队。哀妾无告，悯妾可怜，愿传红叶之书，慨作黄衫之客[22]。噫！佳人虽属沙吒利，义士今逢古押衙[23]。患难知己，妾真感激涕零矣。

远望中州，神飞左右。未裁素纸，若有千言；及拂红笺，竟无一字。回转柔肠，寸寸欲折。附寄素扇香囊，并玉玦金钿各一。吁！桃花艳褪，血痕岂化胭脂[24]；豆蔻香销，手泽尚含兰麝[25]。妾之志固如玉玦，未卜公子之志，能似金钿否也？宏光二月[26]，香君手缄。

【注释】

①母：指鸨母，妓女的养母。胡梯：楼梯。

②崔护：唐代诗人。其《题都城南庄》诗云："去年今日此门中，人面桃花相映红。人面只今何处去，桃花依旧笑春风。"后来男女相识随即分离，男子追念旧事，称"人面桃花之感"。

③天台再到：参见陈凤仙《答周煦春书》注②。

④音乖黄犬：指音讯隔绝。乖：背离，隔绝。黄犬：传说晋陆机有黄耳犬，能长途传递家书。

⑤青鸾：即青鸟，传说中的神鸟。后多借指使者。

⑥李后主：五代南唐后主李煜。宋开宝八年（公元九七五年）占金陵，俘煜入汴。煜由人主而沦为阶下囚，自言"终日以泪洗面"。

⑦龙友：杨文骢，字龙友。明末画家。在浙江衢州抵抗清兵，败退浦城，被俘杀。

⑧陆沉：本为陆地，无水而沉。比喻国土沦陷。

⑨甲申迄乙酉：公元 1644 年至 1645 年。1644 年李自成攻克北京，明崇祯帝自缢煤山。1645 年福王朱由崧在南京被马士英拥立为帝，是为南明，年号弘光。同年，清兵下江南，广为杀戮。

⑩包胥：申包胥，姓公孙，封于申，春秋时楚国大夫。伍员以吴

军攻楚，包胥至秦求救，哭于秦庭七日七夜，感动秦君，出兵救楚，击退吴军。子房：张良，字子房。战国时韩人。秦灭韩，张良结纳刺客，椎击秦始皇于博浪沙，未遂，逃匿下邳。后辅佐刘邦灭秦建汉。

⑪正位：指福王被立于南京。马：指马士英，明末奸臣。北京陷，立福王于南京，升东阁大学士。与阮大铖勾结，专权昏聩，后为清兵擒杀。阮：指阮大铖，明熹宗时谄附魏忠贤，迫害东林党人。马士英立福王于南京，阮出任兵部尚书，重兴党狱，捕杀复社文人。后降清，为虎作伥，引清兵攻仙霞关，死于路上。

⑫"三朝之旧案"四句：三朝指神宗、光宗、熹宗三朝。万历间，吏部郎中无锡人顾宪成被革职还乡，倡议重修东林书院，与高攀龙等讲学其中，评议朝政。天启末，宦官魏忠贤专权，东林诸人与之相抗，被目为党人，附魏者造《东林点将录》，谋作一网打尽之计。天启五年杀杨涟、左光斗等人。崇祯即位，魏失势自杀，党禁始解。

⑬却奁（lián）夙恨：奁，古代盛梳妆用品的器具，常用作聘礼。阮大铖为讨好东林党人，于是拉拢侯方域，替他出妆奁酒席之资。香君深明大义，严辞拒绝。南明弘光朝阮大铖得势，为报复香君却奁之恨，逼她嫁给漕抚田仰做妾，香君坚拒，血溅诗扇，杨龙友因血点画成折枝桃花。清代孔尚任作《桃花扇》传奇，剧名本此。

⑭乐部：主管音乐的官署。掖庭：宫中旁舍，妃嫔居住的地方。

⑮燕子之笺：即《燕子笺》传奇，阮大铖著。记唐霍都梁与郦氏女飞云遇合事。

⑯叶：通"协"。红牙：乐器名。春灯之曲：即《春灯谜》传奇，亦为阮大铖著。叙宇文彦兄弟与韦影娘姊妹遇合至成婚姻事。

⑰有度：度，度曲，作曲。此处用为名词，指戏曲作品。二句意指弘光朝君臣腐朽荒唐，不问国事。

⑱"我躬不阅"二句：《诗经·邶风·谷风》："我躬不阅，遑恤我后！"阅：容。遑恤：何暇顾及。

⑲永巷：汉宫中的长巷，为囚禁妃嫔之地。

⑳独活：草药名，花五瓣，白色。"花真独活"是用"独活花"之名，双关"独自得活"之意。下文"草是寄生"，手法相同。

㉑苏髯：指苏轼。幼弟：指苏昆生，因其姓苏，故有此说。苏昆生，蔡州人，善歌。柳老：指柳宗元。疏宗：指柳敬亭。柳善说书。

㉒红叶之书：唐玄宗时，宫女韩氏在红叶上题一绝句："流水何太急，深宫尽日闲，殷勤谢红叶，好去到人间。"她将红叶置于御沟，漂流宫外，为应举秀才卢偓拾得。黄衫之客：唐代蒋防《霍小玉传》：霍小玉与陇西李益通好，后为益所弃，小玉抑郁而病。忽有身穿黄衫的侠客挟益至其家，小玉既相见，长恸而绝。

㉓沙吒利：唐朝韩翃与姬柳儿，在安史之乱中走散。柳为蕃将沙吒利所劫，翃以虞侯许俊之计，两人得以重聚。古押衙：唐代小说中的人物。曾舍身救人，成人之好。后来多用为"侠士"的代称。

㉔此句指血溅诗扇之事，见本文注⑬。

㉕手泽：犹言手汗。兰麝：兰和麝香。

㉖宏光：通作"弘光"。明福王朱由崧在南京即位时的年号。即公元1645年。

【品读】

李香君，明末清初人。金陵（今南京）名妓。名香，时称香君。她与侯方域的爱情悲剧，衍成孔尚任的《桃花扇》。

此柬既是一封情书，又是一篇历史散文。它将主人公对情人的思念之情融于往事的追忆之中。这种追忆又和其他情书的生活悲喜，儿女情长不同。它记叙了明末清初那个特定时代的风风雨雨。既有"天坼地崩"的改朝换代，又有忠臣义士的"望北涕零"；既有南明王朝的草草创立，又有新朝君臣醉生梦死的嬉戏荒唐；更有权奸挟私报怨，败坏朝纲。将南明王朝短命的缘由展现给世人，还有对自己身世凄苦无依的哀叹感伤。文辞凄艳，情感悲凉。

侯公子，即侯方域，字朝宗，号雪苑，河南商丘人。清初文学家。

寄钱牧斋书 柳如是[①]

古来才子佳妇，儿女英雄，遇合甚奇，终始不易。如司马相如之遇文君[②]，如红拂之归李靖[③]，心窃慕之。

自悲沦落，堕入平康[④]。每当花晨月夕，侑酒征歌之时，亦不鲜少年郎君，风流学士，绸缪缱绻，无尽无休。但是事过情移，便如梦幻泡影，故觉味同嚼蜡，情似春蚕。年复一年，因服饰之奢糜，食用之耗费，入不敷出，渐渐债负不赀，交游淡薄。故又觉一身躯壳以外，都是为累，几乎欲把八千烦恼丝割去[⑤]，一意焚修，长斋事佛。

自从相公辱临寒家，一见倾心，密谈尽夕。此夕恩情美满，盟誓如山，为有生以来所未有，遂又觉入世尚有此生欢乐。复蒙挥霍万金，始得委身，服伺朝夕。春宵苦短，冬日正长。冰雪情坚，芙蓉帐暖；海棠睡足，松柏耐寒。此中情事，十年如一日。

不意河山变迁，家国多难[⑥]。相公勤劳国家，日不暇给。奔走北上，跋涉风霜[⑦]。从此分手，独抱灯昏。妾以为相公富贵已足，功业已高，正好偕隐林泉，以娱晚景。江南春好，柳丝牵舫，湖镜开颜。相公徜徉于此间，亦得乐趣。妾虽不足比文君、红拂之才之美，藉得追陪杖履，学朝云之侍东坡[⑧]，了此一生，愿斯足矣。

【注释】

①柳如是(1618—1664)，吴江(今属江苏)人，明末名妓，后为钱谦益妾。善书画，工诗，风格幽怨婉丽，有《柳如是诗》。

②司马相如之遇文君：《史记・司马相如传》载汉临邛大富商卓王孙女文君，寡居在家，好音。司马相如以琴心挑之，文君夜奔相如，同归成都。因家贫又返临邛，与相如卖酒，卓王孙深以为耻，分财产与之，使回成都。

③红拂之归李靖：相传隋末李靖以布衣谒越国公杨素，杨侍婢罗列，中有一执红拂者，貌美，深情瞩目李靖。李归旅店，夜五更，红拂来投，两人相与奔归太原。

④平康：指妓院。唐代长安有平康坊，是教习乐伎的教坊所在，后用作妓院的代称。

⑤八千烦恼丝：指头发。

⑥此句清兵入主中原。

⑦此句言钱谦益仕清事。

⑧朝云：宋苏东坡之妾，姓王，钱塘（今浙江杭州）人。轼贬惠州，云相随，后卒于惠州。

【品读】

红颜薄命，自古而然。但有才女子更甚。作者形容自己的风尘生活，用“如梦幻泡影”“味同嚼蜡”来概括，极为允当。将那表面的歌舞繁华和骨子里的无聊厌烦都表现了出来。钱谦益脱她于风尘之中，又知音相赏，使她沉醉于“入世尚有此生欢乐”的情爱生活。

然不意河山巨变，明亡清立，钱氏迅速降清。对此，柳如是颇难赞同。她认为钱谦益“富贵已足，功业已高”，不应降清，而应“偕隐林泉，以娱晚景”，表现了她——一个弱女子在民族气节问题上比那些名公巨卿高尚得多的识见。

钱谦益，明末清初常熟人。字受之，号牧斋，晚号蒙叟。明万历进士。崇祯初官礼部侍郎。与温体仁争权失败，革职。弘光时谄事马士英，为礼部尚书。清兵南下，率先迎降，以礼部侍郎管秘书院事。博览群书，诗文在当时甚负盛名，与吴伟业、龚鼎孳并称“江左三大家”。

答周煦春书　陈凤仙

周郎足下：妾守香闺，一任春色年年，不解着看花眼[①]。不意天台之洞未扃[②]，使我刘郎直入，百炼钢竟化作绕指柔矣[③]。数宵恩爱，一旦分离，使妾落落难言[④]。念兄之姿貌也，六郎似莲花也[⑤]；忆兄之才华也，李白唾珠玉也[⑥]；想兄之笑语也，萧郎吹凤萧也[7]。早知相会倍相思，何似当初不相识。

向者所赠金鱼扇坠、金蟆戒指，然扇坠在手，玉人在心；戒指在指，情人在握。睹物兴怀，心如舂杵；是岂金鱼金蟆，在吾心之跳跃耶？此虽表记，实作愁端。嗟哉愁乎！梦断巫山岭上云[8]；嗟哉愁乎！泪流扬子江中水。妾不知离恨天如此其高也[9]！妾不知相思海如此其深也。妾无他愿，苍穹有意，后土有情，两姓有缘，三生有幸[10]，使妾得与兄作并头莲、比翼鸟，吾愿毕矣。纸短情长，略抒数语，伏惟心照。荷荷[11]。

【注释】

①花眼：花心。施肩吾《赠友人下第闲居》："花眼绽红斟酒看，药心抽绿带烟锄。"此句言自己不解春情。

②天台之洞：天台山桃源洞。南朝宋刘义庆《幽明录》载：东汉刘晨、阮肇在天台桃源洞遇仙女。此处"刘郎"指周煦春。

③百炼钢、绕指柔：刘琨《重赠卢谌》："何意百炼钢，化为绕指柔。"这里指爱情经过艰苦锻炼而成熟。这几句暗含男女欢合之意。

④落落：孤单寂寞的样子。

⑤六郎似莲花：唐武则天的宠臣张昌宗，排行第六，貌美。杨再思奉承他说："人言六郎似莲华，非也，正谓莲华似六郎耳。"莲华：荷花。

⑥珠玉：这里比喻精美的诗文。

⑦萧郎吹凤箫：萧郎即萧史，传说为春秋时人。善吹箫，作凤鸣。秦穆公以女弄玉妻之，为作凤台以居。一夕吹箫引凤，与弄玉共升天仙去。事见《列仙传》上。

⑧巫山岭上云：宋玉《高唐赋》："昔者先王尝游高唐，怠而昼寝，梦见一妇人，曰：'妾巫山之女也，为高唐之客，闻君游高唐，愿荐枕席。'王因幸之。去而辞曰：'妾在巫山之阳，高丘之阻，旦为朝云，暮为行雨，朝朝暮暮，阳台之下。'"后人附会，为之塑像立庙，号为朝

云。后称男女幽会为巫山、云雨、高唐、阳台，皆本此。

⑨离恨天：俗传“三十三天，离恨天最高；四百四病，相思病最苦”。喻男女之情不得通的怨恨愁苦。

⑩三生：佛教语。指前生、今生、来生。

⑪荷荷：怨恨声。

【品读】

陈凤仙，清代吴（今江浙一带）人。周煦春表妹，才貌绝伦，后成夫妇。

思念之辞，在相会之后更显得凄艳动人。由此柬可知，这是一个看似纤弱，但在情感追求中却勇敢大胆的女性。她先忆与所爱的欢会，再叙别离所引发的痛苦，最后表达结为伉俪的强烈愿望。用精当的比喻，夸张的语言，赞美对方的才华品貌，以映衬自己的相思之深。特别是形容自己因思念而情怀落寞，忐忑不安的心情时，对恋人所赠金蟆戒指加以发挥：“是岂金鱼金蟆，在吾心之跳跃耶？”极为生动传神。

致状元顾晴芬书　云仙

筑庵在云栖烟霞之间，一琴一瓢，一炉一钵，亦啸亦咏。春来名花解语，好鸟弄晴；夏时清风徐来，荷香清暑；秋月明辉，蟾华皎洁[①]；冬日可爱，岭秀孤松。有时引鹤于孤山断桥之畔，凭眺晚晴；亦有时泛舟于柳浪花港之中，倘佯美景。怡然自乐，悠悠忘机[②]。

不期潘岳投闲[③]，携琴湖上，顿使妙常[④]感遇，惊燕帘间。撤帐夜寒，帏灯春暖，人生至此，不负青春。别来经岁经年，伤情伤意。李易安[⑤]词：“帘卷西风，人比黄花瘦”一语，可为我写照。以寄左右[⑥]，君闻之，当不知并何感触也。

君廷试以第一人入选，闻之雀跃三百。从来才人，均须经过此一日。此日志高意得可知,然不知经多少日之锻炼而成,始不负此日之举。方外人[⑦]闻之,均为之色喜。要亦有一段情缘在,情缘一结,索解殊难。我非大彻大悟人,于此中三昧[⑧],放得过,忍不过。近来只觉意马心猿[⑨],羁勒不住。日在清静道场中,夜永如年,颠倒梦想,不能自己。《经》云:“照见五蕴皆空。”[⑩]我说,五蕴皆空,即非五蕴皆空。作如是观,何住应云耶[⑪]?此吾之堕落苦厄障中,君能一度[⑫]否?云栖烟霞之间,一庵如寄,怎禁得风雨飘摇。同是天涯沦落人,青衫泪湿君怀袖[⑬]。蒲团枯寐,垆香琴韵,非复旧时。春秋佳日,啸咏情怀。质之金马玉堂人[⑭]:当如何发付我也?

【注释】

①蟾华:月光。传说月亮中有蟾蜍,故以“蟾”为月的代称。华,光辉,光彩。

②忘机:忘却计较或巧诈之心。

③潘岳投闲:潘岳,字安仁,晋代人,美姿仪,后常借以称妇女所爱羡的男子、美男子。投闲:乘隙,趁空。

④妙常:姓陈,女尼,与观主的侄儿潘必正相爱,观主发现后,逼潘必正去临安赶考。妙常追到秋江河边,在老艄公的帮助下,终于追上了潘必正。

⑤李易安:李清照,号易安居士,宋代著名女词人。其《醉花阴》词有“莫道不消魂,帘卷西风,人比黄花瘦”等语,用比喻和夸张的手法塑造了一个多愁善感、怀人思远的上层妇女形象,是历代传诵的名句。

⑥左右:对受信人的敬称。

⑦方外人:世外人。憎人、道人被称为方外人。

⑧大彻大悟:佛教用语。指去烦恼,悟真理,破迷妄,开真智。三昧:佛教用语。谓心专注一境而不散乱的精神状态。《大智度论》卷五:“善心一处不动,是名三昧。”

⑨意马心猿：谓意如奔马，心似躁猿。比喻心意不定。

⑩照见五蕴皆空：唐玄奘译《般若波罗密多心经》："照见五蕴皆空，度一切苦厄。"五蕴：佛教用语，即色（形相）、爱（情欲）、想（意念）、行（行为）、识（心灵）。

⑪何住应云：《金刚般若波罗密经》："善男子，善女人，发阿耨多罗三藐三菩提心，应云何住？云何降伏其心？"这里"何住应云"即由"应云何住"变化而来，即怎样压抑约束欲念之意。

⑫度：宗教术语。谓使人解脱人世的苦难，到达仙佛境界。

⑬"同是天涯"二句：白居易《琵琶行》："同是天涯沦落人，相逢何必曾相识""座中泣下谁最多？江州司马青衫湿"。

⑭金马玉堂：汉代有金马门，玉堂殿。后亦以金马玉堂称翰林院。

【品读】

云仙，俗姓陆，清代余杭（今浙江杭州）人。带发修行。

宗教的禁欲，从根本上违反人性，难以通行。云仙对顾晴芬的恋情，就是一个明证。

此柬的突出之处，就在于极为细腻地描绘了一个"方外人"心存"方内"之想的矛盾、苦闷心理。从宗教的教义看，她应"五蕴皆空"，斩断一切使人"意马心猿"的缕缕情丝；但她又是一个青春少女，大自然那"名花解语，好鸟弄晴""清风徐来，荷香清暑"的美好景色，无不使她痴迷沉醉，从而萌生出寻情觅爱之心。恰在此时，她与顾生相识，堕入情网。从而感受到道观门外的幸福，发出"人生至此，不负青春"的欣慰之叹。但她毕竟是道场中人，虽然对佛道"五蕴皆空"不信，以为"云空未必空"，但对自己的忘情仍心存罪感，以为"堕落苦厄障中"。这种理念与情感的搏杀，内心的煎熬，表观出世俗男女恋情所没有的独特个性色彩。

此柬文字优美流畅，构景清新自然。

寄邹论园 吴锡麒[①]

仆归里后，内子[②]已自病危，乃不数日间，遽然化去[③]。以数十年同艰共苦者，而目中忽无此人，觉“蒙楚”一诗[④]，字字皆为我辈画出泪痕，方知此种伤心，固自同于千古。特[⑤]仆不幸，适然觏之[⑥]，惨惨何已！

【注释】

①吴锡麒(1746—1818)：清代文学家，字圣征，号谷人，钱塘(今浙江杭州)人。他是乾隆进士，曾任祭酒之职。后在扬州安定书院讲学。工诗词，精骈文。著有《有正味斋集》。

②内子：妻子。

③遽然：突然。化去：死的委婉说法。

④“蒙楚”一诗：指《诗经·唐风·葛生》中有句云：“葛生蒙楚，蔹蔓于野。予美亡此，谁与独处！”这是一首悼念亡妻的诗。

⑤特：独。

⑥适然觏构(gòu)之：恰恰遇到了它(指亡妻之痛)。

【品读】

首起数句，以极寻常的语言，叙述极悲痛之事，更增添了悲痛情感的深度，真的痛苦是无须言语修饰的。数十年厮守，也许习以为常到无视其存在与否的人，突然不见，那种孤独和失落感又是多么令人惶惶难安啊。恰在此时，前人那悼亡的诗句又不期而至，它不但不能给人以丝毫的安慰，相反，使人产生“千古固同”的“伤心”事，偏偏被我遇到的痛伤之感。文字简短而蕴意丰富，语言平淡但情感真挚。

寄汤贻汾书 董畹贞[①]

自君之出，几历星霜。紫燕伯劳，分飞两地[②]。“岂无膏沐，谁适为容？[③]”虽有弱女慰情，争似齐眉举案[④]？天寒日暮，倚伫抚松，寂寂无可排遣。有时寄兴，写梅数帧，天地心孤，亦复谁能省得？

夫子浙西远官，郭诗说礼，幸值承平。然训练士卒，骑射劳形。纵春夏读书，秋冬射猎，亦足以骋其壮怀。惟君以累代书香，只因先人殉国家之难，袭此武职，遂令抛弃笔砚，从事执干戈以卫社稷。诗云：“伯也执殳，为王前驱”，夫子之谓也[⑤]；又云：“自伯之东，首如飞蓬”[⑥]，畹贞之谓也。诗言其志，亦言其情。情之所至，志为之坚。君有其志，妾有其情。有时志为情移，情为志转。君为志而移其情耶？夫志在功名富贵，则其志渝；志在流水高山，则其志笃[⑦]。君渝其志而转其情欤？抑移其情而笃其志欤？

孟浩然有南山归卧之诗，孔稚圭有北山招隐之文[⑧]。山南山北，即君与妾鸿光唱随之地也。况钟阜云深，蒋岩林密，泉清泉浊，可以栖迟，何必向软红尖里求生活哉[⑨]？转使容膝庐虚，画眉阁冷[⑩]。李白所谓“人生若梦，为欢几何”，此言及时行乐也[⑪]；陶潜有云：“三径就荒，松菊犹存”，此言今是昨非也[⑫]。君何惜一官而不赋归去来兮，自甘心为形役乎[⑬]？归与[⑭]！归与！陌上花开，可以缓缓归矣[⑮]。

【注释】

①董畹贞，近代阳湖(今江苏常州市)人。

②紫燕：燕的一种，因颔下色紫而得称。伯劳：鸟名，语出《玉台新咏·东飞伯劳歌》：“东飞伯劳西飞燕，黄姑(牵牛)织女时相见。”后指亲朋别离为劳燕分飞。

③“岂无”句：意为哪里是没有脂粉头油啊，叫我为谁去梳洗打扮呢？

④齐眉举案：送饭时将饭菜的托盘举得齐眉毛那样高，形容夫妻互敬互爱。典出《后汉书·梁鸿传》。

⑤伯也执殳(shū),为王前驱:语出《诗经·卫风·伯兮》。

⑥自伯之东,首如飞蓬:语出《诗经·卫风·伯兮》。

⑦流水高山:据《列子》载,伯牙鼓琴,志在高山,钟子期曰:"善哉!峨峨兮若泰山。"志在流水,钟子期曰:"善哉!洋洋兮若江河。"后人以此喻寻觅知音。

⑧孟浩然:唐代诗人。南山归卧之诗:南山,即终南山,代指隐士隐居之处;孟浩然《京还赠张维》有"拂衣去何处,高枕南山南"句,表露出隐居之意。孔稚圭:字德璋,南北朝时会稽山阴(今浙江绍兴市)人。北山招隐之文:北山,又名钟山,即南京紫金山;与孔稚圭同时的周颙,曾隐居北山,后应诏出任海盐县令,期满入京,经过北山,孔稚圭便写了一篇《北山移文》声讨周颙,表明他对利禄熏心的假隐士的深恶痛绝。

⑨钟阜:即钟山。蒋岩:常作"蒋山",即钟山;据说汉末时蒋子文逐盗死于此,吴孙权在钟山为他立庙;孙权祖父名钟,因避讳改称蒋山。软红尖:谓京都车马繁喧的景象。

⑩容膝:谓立足之地,喻其地小。语出《韩诗外传》九:"今如结驷列骑,所安不过容膝。"画眉:据《汉书·张敞传》载,敞为京兆尹,为妇画眉。

⑪"人生"句:语见李白《春夜宴从弟桃花园序》:"浮生若梦,为欢几何?"

⑫陶潜:即陶渊明。陶渊明《归去来兮辞》云:"三径就荒,松菊犹存。"三径:西汉末,王莽专权,兖州刺史蒋诩以病辞官,隐居乡里,于院中辟三径,唯与求仲、平仲往来。后以此指家园。今是昨非:语见陶潜《归去来兮辞》:"实迷途其未远,觉今是而昨非。"

⑬形役:指为形骸所拘束、役使,意为功名利禄所束缚。

⑭归与:语见《论语·公冶长》:"子在陈曰:'归与!归与!'"

⑮陌上花:语见苏轼《陌上花诗》引"吴越王妃每岁春必归临安,王以诗遗妃云:'陌上花开,可缓缓归矣。'"

【品读】

在这封给远戍浙西的丈夫的信中,她向丈夫倾诉了自己的思念之情:“天寒日暮,倚伫抚松,寂寂无可排遣”;并引《诗经》中诗句说明自己的心情,表明了自己关于志向与感情相互关系的看法。最后希望丈夫早日归来,夫妻隐居山林,过一种夫唱妻随的自由生活。全信写得情真意切,自然生动;且句式整齐,辞藻华丽,读来朗朗上口,给人以美的享受。

久在樊笼

遗大夫种书　范蠡[①]

吾闻天有四时，春生冬伐[②]；人有盛衰，泰终必否[③]。知进退存亡而不失其正，惟贤人乎？蠡虽不才，明知进退。高鸟已散，良弓将藏；狡兔已尽，良犬就烹[④]。夫越王为人，长颈鸟喙，鹰视狼步，可与共患难，而不可共处乐；可与履危，不可与安。子若不去，将害于子，明矣！

【注释】

①范蠡(lǐ)：字少伯，春秋末年楚国宛(今河南南阳)人，曾任越国大夫，助越王勾践灭吴，功成身退，泛海而赴齐国经商，是中国文化史上功成即退，全身远害的典型。种，即文种，也是助越王灭吴复国的功臣。

②伐：砍伐，引为摧残，指冬之凋零。

③泰终必否(pǐ)："泰"、"否"，皆《易经》中卦名，其意相反，"泰"指通达，"否"指穷塞，意谓顺利通达到极点时，事物就向反面发展了。

④就：接受。

【品读】

范蠡虽助越灭吴，却已看透勾践凶残奸险，可共危难，不可共安乐，故识机及时进退，并提醒文种尽快离开，免遭其害。这篇短文哲思精警，充满智慧，揭露了专制制度的一个普遍规律，即专制君王处于危难或开创基业时，会利用一切人才，而一旦转危为安、基业稳固之后，则视功臣为隐患，必欲除之而后放心，故有"伴君如伴虎"之说。处于这样的文化环境，志士才杰如果想使自己的人生有所建树但又能保全生命，就必须善识进退，绝不要沉醉功名。当然，这是专制制度逼出来的一种人生哲学和生存智慧，细一品味，含着悲凉。这篇文章语言清劲简洁，又善形容，如以“长颈鸟喙，鹰视狼步”，描摹勾践嘴尖颈长，像鹰一样看人，像狼一样走路，既形象，又深刻。又如以自然界的“春生冬伐”类比人生的“泰终必否”，一个深奥的哲理，就变得十分浅显。至于“高鸟已散，良弓将藏；狡兔已尽，良犬就烹”的妙喻，则已经进入了中国优秀成语的宝库。

遗憾的是，文种没有听从劝告，终于被杀。

报燕太子丹书 鞠武

臣闻快于意者亏于行，甘于心者伤于性，今太子欲灭悁悁之耻，除久久之恨，此实臣所当糜躯碎首而小避也。私以为智者不冀侥倖以要[①]功，明者不苟纵志以顺心。事必成然后举，身必安而后行。故发无失举之尤[②]，动无蹉跌之愧也。太子贵匹夫之勇，信一剑之任，而欲望功，臣以为疏。臣愿合纵于楚，并势于赵，连衡于韩、魏，然后图秦，秦可破也。且韩、魏与秦，外亲内疏，若有倡兵[③]，楚乃来应，韩、魏必从，其势可见。令臣计从[④]，太子之耻除，愚鄙之累解矣。太子虑之。

【注释】

①要：通“邀”。

②尤：悔恨。

③倡兵：首倡之兵。

④令臣计从：如果我的谋划被你听从。

【品读】

太子丹是战国时燕王熹之子，曾在秦国做人质，秦王遇之无礼，因而深怀仇恨，招养勇士，图谋报复。他在给太傅鞠武的信中说："一剑之任，可当百万之师；须臾之间，可解丹万世之耻。"打算派刺客行刺秦王。武回了这封信，劝太子丹不要把成功寄托于"匹夫之勇"和"一剑之任"，不要意气用事，侥幸建功，而应该深谋远虑，连横攻秦，才是真正的取胜之策。哲语智言，可资当时，亦可传久远。惜太子丹固执己见，急不可待，还是派荆轲入秦行刺，虽留下荆轲刺秦王的一段千古佳话，但毕竟是个失败的结局。

与李斯书 冯去疾

山东群盗大起，而上方治阿房宫①。阿房者，阿亡也。君前以不直谏阿上意②，谓爵禄可以永终③，然今上数诮让君④，君其危哉！

【注释】

①群盗：指农民起义风起云涌。上：指秦二世。阿(ē)房(páng)宫：秦始皇所造的秦代著名大建筑，遗址在今西安市西阿房村。

②阿上意：讨君王欢心。

③爵禄：爵位和俸禄。永终：永远保持。

④数：多次。诮(qiào)让：责备。

【品读】

李斯、冯去疾都是为秦始皇打江山的功臣，秦二世时李斯为左丞相，冯去疾为右丞相，但二世昏庸，为赵高所控制，不听忠言。冯去疾知道秦朝江山不稳，曾与李斯等力谏而不获听，反被治罪，去疾和将军冯劫不肯受辱而自杀，李斯则先囚后斩。

这封信预见了李斯的死，也预见了秦朝的迅速灭亡。清人所编《古文小品咀华》认为信中对阿房宫的谐音联想"想路奇"，评云："阿房命名，本不可解，而此特附会得妙，有裁云镂月之奇。"

狱中上书 李斯[1]

臣为丞相，治民三十余年矣。逮秦地之狭隘，先王之时，秦地不过千里，兵数十万。臣尽薄材，谨奉法令，阴行谋臣，资之金玉，使游说诸侯；阴修甲兵，饰政教，官斗士，尊功臣，盛其爵禄，故终以胁韩弱魏，破燕、赵，夷齐、楚，卒兼六国，虏其王，立秦为天子：罪一矣。地非不广，又北逐胡貉[2]，南定百越[3]，以见秦之强：罪二矣。尊大臣，盛其爵位，以固其亲：罪三矣。立社稷，修宗庙，以明主之贤：罪四矣。更剋画，平斗斛，度量文章[4]，布之天下，以树秦之名：罪五矣。治驰道，兴游观，以见主之得意：罪六矣。缓刑罚，薄赋敛，以遂主之得众之心，万民戴主，死而不忘：罪七矣。若斯之为臣者，罪足以死固久矣。上幸尽其能力，乃得至今，愿陛下察之。

【注释】

①李斯(？—前208)：战国时楚之上蔡人(今属河南)，与韩非同为荀卿学生，学“帝王之术”。学成后，西入秦，拜为客卿，为秦并天下建立不朽功勋。但秦始皇死后，却遭赵高陷害，被秦二世腰斩于咸阳。

②胡貉(hé)：古时对西北各民族的辱称。

③百越：指长江中下游以南的各民族。

④“更剋”句：更，更改。剋：通“刻”。文章：此处指礼乐法度。此句意谓统一文字和度量衡，制订统一的礼乐法度。

【品读】

这封信是狱中写给秦二世皇帝的，历数自己七大“罪状”，反语泄愤，风骨棱棱。封建专制制度从一开始就让它的奠基人之一以生命的代价，尝试了封建君主的昏庸和残暴，而李斯这封书信则可以传之久远。

报桓谭　班嗣

若夫严子[①]者，绝圣弃智[②]，修生保真，清虚澹泊，归之自然，独师友造化，而不为世俗所役者也。渔钓于一壑，则万物不奸其志，栖迟于一丘，则天下不易其乐，不絓[③]圣人之罔，不嗅骄居之饵，荡然肆志，谈者不得而名焉，故可贵也。

今吾子已贯仁谊之羁绊，系名声之缰锁，伏周孔之轨躅[④]，驰颜、闵之极挚[⑤]，既系恋于世教矣，何用大道为自炫耀？昔有学步于邯郸者，曾未得其仿佛，又复失其故步，遂匍匐而归耳。恐似此类，故不进。

【注释】

①严子：指严光，字子陵，当时的著名隐士。

②绝圣弃智：意谓抛弃儒家的用世之学。

③絓(guà)：绊住。此处指不受圣人的迷惑。

④周孔：周指战国时代儒家经典之一《周礼》，或认为周公所作。孔，孔丘，儒家创始人。躅(zhú)：足迹。

⑤颜、闵：颜指颜渊，名回，字子渊，春秋时鲁国人，孔子著名学生。闵指闵子骞，春秋时鲁国人，孔子学生，其德行与颜渊并称，尤以孝著名。此句意谓追求颜渊、闵子骞他们所极力追求的德操。

【品读】

班嗣，东汉史学家班彪（班固之父）之从兄。《汉书叙传》称他“虽修儒学，然贵老、严之术”。当时著名的哲学家桓谭向他借这一类的书，他不借，回了这封信。

这封信大概说：你既习儒学，系恋世教，锁于名缰，何必学步邯郸，又来弄隐士老、庄、严子这一道呢？由于作者是“贵老、严之术”的，所以把严子陵的隐居生活及高洁性格描绘得令人神往。

遗札 岳飞[1]

军务倥偬，未遑修候[2]。恭惟台履康吉，伏冀为国自珍！

近得谍报，知逆豫[3]既废，虏仓卒未能镇备，河洛[4]之民，纷纷扰扰。若乘此兴吊伐之师，则克复中原，指日可期。真千载一期也！乃庙议[5]迄无定算，倘迟数月，事势将不可知矣！窃惟阁下素切不共之愤[6]，熟筹恢复之才，乞于上前力赞俞旨[7]，则他日廓清华夏，当推首庸[8]矣。

轻渎清严[9]，不胜惶汗！飞再顿首。

【注释】

①岳飞(1103—1142)：字鹏举，相州汤阴(今属河南)人，南宋抗金名将。

②倥偬(kǒngzǒng)：繁忙。未遑修候：未及写信问候。

③逆豫：指伪大齐皇帝刘豫。刘豫在宋时曾做过济南府知府，后降金，被金人封为皇帝，建都大名府，国号大齐，在位达八年之久，最后又被金人废替。

④河洛：指中原地区。

⑤庙议：朝廷的议论。

⑥素切不共之愤：向来痛恨不共戴天的敌人。

⑦俞旨：皇帝的旨令。

⑧首庸：头等功劳。庸：功也。

⑨轻渎清严：信末客套话，意谓出语轻慢了您。

【品读】

南京绍兴七年(1137)，伪齐傀儡皇帝刘豫被金人拉下马，敌伪内部矛盾因此激烈。岳飞认为此时正是兴仁义之师以吊民伐罪的最好时机，便在抗金前线给南宋当局写了这封信，建议兴兵北伐。此信要言不烦，条理清晰。

答湖广巡抚朱谨吾辞建亭书　张居正[1]

承示欲为不谷作三诏亭[2]，以彰天眷[3]，垂永久，意甚厚。但数年以来，建坊营作，损上储[4]，劳乡民，日夜念之，寝食弗宁。今幸诸务已就，庶几疲民少得休息；乃无端又兴此大役，是重困乡人，益吾不德也。且古之所称不朽者三[5]，若夫恩宠之隆，阀阅之盛，乃流俗之所艳[6]，非不朽之大业也。

吾平生学在师心，不蕲人知[7]。不但一时之毁誉，不关于虑[8]；即万世之是非，亦所弗计也，况欲侈恩席宠以夸耀流俗乎。张文忠[9]近时所称贤相，然其声施于后世者，亦不因三诏亭而后显也。不谷虽不德，然其自计，似不在文忠之列。使后世诚有知我者，则所为不朽，固自有在，岂藉[10]建亭而后传乎？露台百金之费，中人十家之产，汉帝犹且惜之，况千金百家之产乎[11]！当此岁饥民贫之时，计一金可活一人，千金当活千人矣！何为举百家之产，千人之命，弃之道旁，为官吏往来游憩之所乎？

且盛衰荣瘁，理之常也。时异势殊，陵谷迁变[12]，高台倾，曲池平[13]，虽吾宅第，且不能守，何有于亭[14]？数十年后，此不过十里铺前一接官亭耳，乌睹所谓三诏者乎？此举比之建坊表宅[15]，尤为无益；已寄书敬修儿达意官府，即檄已行，工作已兴，亦必罢之。万望俯谅！

【注释】

①张居正(1525—1582)：字叔大，号太岳，湖北江陵人，明嘉靖间进士，隆庆元年入阁主持朝政，实行过一些进步的改革措施。

②不谷：古代侯王谦称。谷，善也。不谷，犹言不善，谦以自责。张居正位居首辅，明不设宰相，其地位与宰相相当，故可以自称“不谷”。三诏：《礼记·礼器》：“纳牲诏于庭，血毛诏于室，羹定诏于堂，

三诏皆不同位。”意谓以各种祭品诏告神灵以祈福。

③以彰天眷:以显示皇上的宠爱。

④上储:国库的储备。

⑤“且古”句:《左传·襄公二十四年》:“太上有立德,其次有立功,其次有立言,虽久不废,此之谓不朽。”

⑥阀阅之盛:古时左门叫阀,右门叫阅。此犹言府第之显赫。艳:艳羡,羡慕。

⑦不蕲:不求。

⑧毁誉:或毁或誉,或贬斥或褒扬。虑:自己的思考范围。

⑨张文忠:即明朝前华盖殿大学士、多年主持朝政的张孚敬。

⑩藉:凭借。

⑪“露台”句:汉文帝时,拟修一露台,供皇帝观象之用,约需百金。文帝云:“百金,中人十家之产也,吾奉先帝宫室,常恐羞之,何以台为?”遂罢不修。可能拟建之三诏亭要用千金,故依文帝的计算公式,则千金是一百个中等家庭的财产。

⑫陵谷迁变:犹言天地变化,沧海桑田,高山可能变为深谷。

⑬高台倾,曲池平:汉代桓谭《新论》述雍门周说孟尝君云:“千秋万岁后,高台既已倾,曲池又已平。”曲池,弯弯的湖沼。

⑭“虽吾”句:自己的房宅怕都保不住,哪还谈得上所谓“三诏亭”呢!

⑮建坊表宅:坊,牌楼。建造牌楼,表封门第。

【品读】

湖广(辖地相当于今湖北、湖南二省)巡抚朱谨吾要为他在家乡造三诏亭,致信请示,张居正答以此牍,坚决制止。他认为这是“侈恩席宠以夸耀流俗”的无聊事情,一个人如果建树了不朽的功业,也不一定非要借三诏亭之类的玩艺儿才能传名后世,而且大兴土木,劳民伤财,更是罪过。信中还以历史老人的眼光来嘲笑这种求不朽的俗事,数十年后,这里已不过是十里铺前一个接官亭而已,何况更久更远,沧海桑田,一切都有可能荡然无存,则今人之俗念不是十分滑稽可笑吗?在人们心上建立的纪念碑,比土木砖石建筑的纪念碑,更能传之久远。张居正的这封心胸豁达、词刚句厉的短牍,发人深省。

答李惟寅 屠隆[1]

含香之署,如僧舍,沉水一炉,丹经一卷,日生尘外之想[2]。兰省簿牍,有曹长主之,了不关白,居然云水闲人[3]。独畏骑款段出门,捉鞭怀刺,回飚薄人[4],吹沙满面,则又密想江南之青溪碧石,以自愉快:吾面有回飚吹沙,而吾胸中有青溪碧石,其如我何?每当马上,千骑飒沓,堀堁纷轮[5],仆自消摇仰视云空,寄兴寥廓,踟蹰少选而诗成矣[6]。五鼓入朝,清雾在衣,月暎[7]宫树,下马行辇道,经御沟,意兴所到,神游仙山,托咏芝术[8],身穿朝衣,心在烟壑[9],旁人徒得其貌,不得其心,以为犹夫宰官也[10];江南神皋秀壤[11],多自左掖门下题成[12]。

足下一步住秦淮渡口,烟销月出,水绿霞红,距风沙之地万里,而书来忳憏[13],殊不自得,何也?大都士贵取心冥境[14],不贵取境冥心,此中萧然,则尘埃自寓清虚;内境烦嚣,则幽居亦有庞杂[15],足下以为然不?

邹尔瞻以言事忤明主,又有秣陵之行[16]。此君清身直道,有国之宝也,足下当与朝夕,嘉晨芳甸,条风骀宕,南睇美人[17],胸如结矣。

【注释】

①屠隆(1542—1605):字长卿、纬真,号赤水,浙江鄞县(今属浙江宁波)人,万历间进士,曾任礼部郎中。

②含香之署:有香味的办公官署。沉水:沉香。丹经:关于炼丹术的书籍。尘外之想:脱离凡尘、超越俗世的念头。

③"兰省簿牍"句:指礼部繁杂的书簿公文杂务有手下的僚属负

责办理。了不关白：不须报告。云水闲人：形容闲散、漫不经心。

④款段：本指马之缓行状，后以之代指马。怀刺：怀抱手板。或解作冻手握着马鞭，像捧着一根刺。回飚薄人：回风刮人。

⑤堀堁(kūkè)纷轮：堀同"窟"，穴或穿穴而过。堁：尘埃。尘土一遍遍被扬起。

⑥踟蹰少选：徘徊一会儿。

⑦暎：意同"映"。

⑧托咏芝术：寄情于芝草白术。芝草，有仙人耕田种芝草的传说。术分白术、苍术二类，可入药。此喻向往仙家生活。

⑨烟壑：烟岚飘绕的山林丘壑。

⑩"以为"句：以为还是朝廷大臣呢！

⑪神皋秀壤：神奇秀丽的家乡山水，代指作者咏怀故乡的诗篇。

⑫左掖门：宫廷里的一个门。

⑬忳憏(túnchì)：忧郁伤心。

⑭冥：此谓掩盖、蒙蔽。

⑮"此中萧然"四句：谓难能可贵在以心境去影响环境，做到此点，虽处尘扰之中亦觉清静，反之则虽处幽境也自觉纷扰。

⑯"邹尔瞻"句：邹尔瞻因为议政而触犯了当今圣上。邹尔瞻，即邹元标，东林党著名人物。秣陵：古地名，今江苏南京有秣陵关。

⑰条风骀宕：春风徐徐吹拂之意。条风，立春的风。骀宕，或作骀荡，疏缓荡漾貌，多用以形容春光。南睇：南望。

【品读】

"身在魏阙，心在江湖"，这是古代很多托身朝廷的知识分子十分普遍的身心分裂症。不过一般文人写这种矛盾心境时，往往是悲调文笔，这篇书信却似乎有一种心灵自我解放的快慰，还带着几分幽默。作者屠隆好作戏曲，兼工诗文，晚年罢官归田，卖文为生。这篇书信描述自己身在官场心却不为官场所束缚，"身穿朝衣，心在烟壑"，"面有回飚吹沙，而胸中有青溪碧石"的内心精神生活，让我们看到，封建社会后期，许多知识分子已经与统治者同床异梦，貌合神离，他们可能暂时还没摆脱身体所受的羁绊，但心灵已经先获得自由，这种自由人格，最终必然导致全面复归自我。这封信，作小品读，辞藻华美，想象丰富，思想深刻，余味深长。

与丁长孺　汤显祖

弟传奇多梦语[①]，那堪与兄醒眼人着目[②]。兄今知命，天下事知之而已，命之而已；弟今耳顺，天下事耳之而已，顺之而已[③]。吾辈得白头为佳，无须过量[④]。

长兴饶山水[⑤]，槃阿寤言，绰有余思[⑥]！视今闭门作阁部[⑦]，不得去，不得死，何如也。

【注释】

①“弟传奇”句：传奇指称明代南曲系统的戏曲。汤显祖著名传奇《紫钗记》、《牡丹亭》、《南柯记》、《邯郸记》都以梦为基本构思，故有“临川四梦”、“玉茗堂四梦”之称。

②醒眼人：指清醒地在现实中生活的人。着目：过目。

③知命、耳顺：《论语·为政》：“五十而知天命。六十而耳顺。”后以“知天命”和“耳顺”为五十岁、六十岁的代称。此两句谓年岁已大，天下事听之任之可矣。

④意谓不必追求太高的寿数。

⑤长兴：县名，今属浙江，是丁长孺的故乡。饶：富，多。

⑥“槃(pán)阿寤言”句：槃阿，即“考槃在阿”，意谓在山中敲击着乐器。寤言，醒着说话。处系赞美隐居生活。绰有余思：意谓想往不尽。

⑦视今：如今。闭门作阁部：指既在做官，但又没任事。阁部，内阁。当时丁长孺在内阁中任中书舍人。

【品读】

汤显祖晚年的思想趋于消极，逐渐滋长出厌世情绪。他曾经是晚明思想解放运动和文学浪漫思潮的重要人物，但专制社会的黑幕过于沉重，早年的战斗只不过成为黑暗天空中一闪而过的光芒，故很容易以乐天知命来作为自己晚年的生命哲学和精神支柱，这是那时代文人学者的普遍悲剧，其中也反映着人的思想随着生命进程和阅历逐渐丰富而不断演变的某些客观规律。以这样的人生态度来安排未来，就难怪汤显祖要劝丁长孺别做那个不死不活的官了，还不如回到山明水秀的家乡去闲居养老。汤显祖长丁长孺十岁，却自称为“弟”，这是古代尺牍中不过分拘谨于年龄，更注意尊重对方而形成的敬语谦语习惯。

出京辞同年　支大纶

生以狂妄，上触权奸，概从窜逐①。如白头媳妇，屡易翁姑②，无论食性难谙，旧嫌易隙③，而华色既衰，即务为婉娈恭媚之容、酒浆织纫之劳，亦且丑之矣④；况诸姑小叔啧有烦言，又有不可必者乎⑤！

此所以自古孤孽，终于衔怨以没齿⑥，而生之决意长往，以自同于凿坏灌园之侣者也⑦。

【注释】

①“概从”句：概从：一概按照惯例。窜逐：贬斥，放逐。

②翁姑：公婆。

③食性：饮食的好恶习惯。谙：熟悉。易隙：容易产生感情上的裂痕。

④此句指即便努力献媚讨好，辛勤操持家务，挑剔的公婆还是认为媳妇不好。

⑤不可必者：难以预料不进谗使坏。

⑥孤孽：即孤臣孽子。古时指孤立无助的远臣和贱妾生的庶

子。衔怨以没齿:没齿,犹言没世,一辈子。衔怨终生之意。

⑦生:作者自称。长往:永远离开(官场)。凿坏(pī):坏,指屋的后墙。灌园:即种菜。

【品读】

这封信是在遭贬之后写给同年好友以辞行的,信中说自己因为直言触犯权奸,遂遭窜逐,他形象深刻地比喻自己在官场动辄得咎,就像“白头媳妇”侍奉刁钻挑剔的公婆、小姑、叔子一样,无论怎样殷勤劳苦,终难讨得欢心。他因此愿意远离这个是非之地,衔怨终生。这封信把封建官场人际关系的冷暖倾轧揭露得十分透彻。

与丘长孺[①] 袁宏道

闻长孺病甚,念念。若长孺死,东南风雅尽矣!能无念耶?

弟作令,备极丑态,不可名状。大约遇上官则奴,候过客则妓,治钱谷则仓老人[②],谕百姓则保山婆[③]。一日之间,百暖百寒,乍阴乍阳,人间恶趣,令一身尝尽矣。苦哉!毒哉!

家弟[④]秋间欲过吴。虽过吴,亦只好冷坐衙斋,看诗读书,不得如往时携侯子[⑤]登虎丘山故事也。近日游兴发不?茂苑主人[⑥]虽无钱可赠客子,然尚有酒可醉,茶可饮,太湖一勺水可游,洞庭[⑦]一块石可登,不大落寞也。如何?

【注释】

① 丘长孺:丘坦之号,麻城(今属湖北)人,曾举武乡试第一,“公安派”诗文作家。

②仓老人:谷仓的老看守。

③保山：俗称保人，取可靠如山之意，此处犹言老保姆。

④家弟：指袁中道。

⑤猴子：即猴子。

⑥茂苑主人：茂苑为旧长洲县（今苏州市）别称，也即袁中道所住吴县别称，故以自号。

⑦洞庭：非湖南之洞庭湖，而是太湖中的洞庭东山和洞庭西山，风景秀美，为太湖名胜。

【品读】

袁宏道这封信是为问病而写的，但问病一二语后却转入诉苦，可以说是以刻薄的文字来描摹自己做七品芝麻官的丑态。以袁宏道的洒脱狂放性格，是难以忍受官场的丑陋生活方式的，一任吴县令让他有了更加直观的体验，故写来尤为痛切，真是力透纸背，入木三分。如“奴”，如“妓”，如“仓老人”，如“保山婆”的比喻，形象生动，“一日之间，百暖百寒，乍阴乍阳”的描状也惟妙惟肖，“人间恶趣，令一身尝尽矣”则是对官场丑陋生活的深刻内心体验，同时也是一种深恶痛绝的表示。好在吴县有名山胜水，才把这位“性灵”派代表人物的心灵稍事安慰，落寞之情才稍得排遣。古往今来，写官场烦恼的文字很多，但官场中人自写烦恼却很少有袁宏道这样大胆、坦率和形象深刻的，因而成为绝妙的小品文字，颇堪品味。

与沈博士　袁宏道

作吴令，无复人理，几不知有昏朝寒暑矣。何也？钱谷多如牛毛，人情茫如风影，过客积如蚊虫，官长尊如阎老。以故七尺之躯，疲于奔命，十围之腰，绵于弱柳，每照须眉，辄尔自嫌，故园松菊，若复隔世。夫伯鸾佣工人耳，尚尔逃世[①]；彭泽乞丐子耳，羞见督邮[②]，而况乡党自好之士[③]乎？但以作吏此中，尚有一二件未了事欲了，故尔迟迟，亦是名根未除。若复桃花水发，鱼苗风生，请看渔郎归棹，别是一番行径矣。嗟乎，袁生岂复人间人耶？写至此，不觉神魂俱动，尊丈幸勿笑其迂也。

【注释】

①“伯鸾”句：东汉人梁鸿，字伯鸾，家贫博学，与妻孟光隐居霸陵山中。后往吴（即袁宏道为令之苏州）依皋伯通，居小屋，为人佣工舂米。夫人孟光对他举案齐眉，留下千古夫妻恩爱的佳话。

②“彭泽”句：“彭泽”指做过八十多天彭泽令的陶渊明。据《晋书·陶潜传》记载，他做彭泽令时，“郡遣督邮至县，吏白：‘应束带见之。’潜叹曰：‘吾不能为五斗米折腰，拳拳事乡里小人邪。”即日解印绶去职，赋《归去来辞》。

③“乡党”句：袁氏祖辈在公安耕织发家，至宏道祖父大化辈，已成里中首富，但嘉靖间发生大饥荒，袁家慷慨周济灾民，遂致衰落，到其父辈，已成里中一般门户，但仍是耕读人家。宏道此处对自己的家世有几分自傲，是说自己不必出来做官谋食。

【品读】

沈博士，指沈存肃，浙江嘉定人，当时任荆州府教授。袁宏道给他的这封信，真切生动地描述了自己在县令任上人格受辱的体验，表达了急于归隐的心愿。前面以丰富贴切的比喻列成整齐工对的排偶句，中间以两个著名隐士作为借鉴，引出自己弃官归田之志，后面想象归途中心花怒放的情景，全篇结构井然而灵动，很富于感染力。

与沈广乘[①] 袁宏道

人生作吏甚苦，而作令为尤苦，若作吴令[②]则苦万万倍，直牛马不若矣。何也？上官如云，过客如雨，簿书如山，钱谷如海，朝夕趋承检点，尚恐不及，苦哉，苦哉！然上官直消一副贱皮骨，过客直消一副笑嘴脸，簿书直消一副强精神，钱谷直消一副狠心肠，苦则苦矣，而不难。唯有一段没证见的是非，无形影的风波，青岑可浪，碧海可尘[3]，往往令人趋避不及，逃遁无地，难矣，难矣。

尊兄清声华问[4]，灌满耳根，来札何为过自抑损？若弟，则终为不到岸之苦行头陀[5]而已矣。王宁海[6]过姑苏，弟适有润州[7]之行，不及一面，惆怅曷[8]胜！

【注释】

①沈广乘：指沈凤翔，字孟咸，号广乘，丹阳人，万历二十年(1592)进士，二十三年授萧山知县，与宏道同时离京赴任。筑堤拦江，造福当地。秩满迁兵科给事中。

②吴令：吴县县令。

③“青岑”二句：青碧的山峰可以变成波浪，碧蓝的大海可以填满尘土，极言谣言歪曲事实、混淆是非的能量。

④清声华问：“清”“华”都是美字眼，形容对方来信的美意和清词。

⑤苦行头陀：苦行僧。头陀，音译佛教名词，指行脚乞食的和尚。

⑥王宁海：王演畴，字箕仲，彭泽人，万历进士，官至桂林知府。当时为宁海县令，故称王宁海。

⑦润州：今江苏镇江。

⑧曷：疑问词，何。

【品读】

这封给同为知县的好友的书信，穷形尽相地勾勒了封建专制社会下层官吏屈辱难堪的为官生活。明末小品文批评家陆云龙评云：“骂世极矣！”又说：“具此嘴脸皮骨，精神心肠，犹不耐是非风波，识苦且难，非身历者不能快言之。”

与聂化南[1] 袁宏道

丈口碑[2]在民，公论在上，些小触忤，何足芥蒂[3]！且丈夫各行其志耳。乌纱掷与优人[4]，青袍改作裙裤，角带[5]毁为粪箕，但辨此心，天下事何不可为？安能俯首低眉，向人觅颜色[6]哉！

丈负大有用之姿，具大有为之才，小小嫌疑，如洪炉上一点雪耳。无为祸始，无为福先，无为名尸[7]，珍重！

【注释】

①聂化南：即聂云翰，号化南，万历二十年进士，授昆山知县。

②口碑：以口为碑，指功德在众口传颂。《五灯会元》卷十七："劝君不用镌顽石，路上行人口似碑。"

③芥蒂：本作蒂芥，指细小的梗塞物，后借喻心中之积怨或不快。

④优人：古代以乐舞戏谑为业的艺人，后亦以称戏曲演员。

⑤青袍、角带：官员服饰。

⑥颜色：脸色。

⑦无为名尸：尸，主持。犹言不要被名所牵累和异化，丧失了自己。

【品读】

化南宦途失意，袁宏道这封信劝勉他潇洒地对待那些小小的不快，表现了袁宏道鄙弃世俗观念、视功名利禄如粪土的洁傲人格。明代行科举，千百万读书人苦读于寒窗，奔波于尘途，挣扎于考场，无非求个功名以换富贵。袁宏道却要把乌纱丢给唱戏的去戴，"青袍改作裙裤，角带毁为粪萁"，何等通脱潇洒痛快！"安能俯首低眉，向人觅颜色哉！"使人想起李白的豪放诗句："安能摧眉折腰事权贵，使我不得开心颜！"一代一代正直文人，都企图逃脱名缰利锁，恢复自己的自由人格。这篇小品，灵动变化，涉笔成趣，设喻巧妙，想象奇特，是一篇典型的性灵文字。

给聂化南　袁宏道

败却铁网[1]，打破铜枷，走出刀山剑树，跳入清凉佛土[②],快活不可言!不可言!投冠[③]数日,愈觉无官之妙。弟已安排头戴青笠,手捉牛尾,永作逍遥缠外人[④]矣。朝夕焚香,唯愿兄长不日开府楚中[⑤],为弟刻《袁先生三十集》乙部[⑥],兄尔时毋作大贵人哭穷套子也。不诳语者,兄牢记之。

【注释】

①败却铁网:毁了铁网。

②清凉佛土:这是佛家修炼欲求达到的境界,只有弃绝人间的凡尘热土,才可能实现。

③投冠:弃官。

④逍遥缠外人:逍遥于世俗纠缠之外的人。

⑤不日开府楚中:即不久要到楚地来。

⑥乙部:一部。

【品读】

袁宏道是个性情洒脱之人,怎能忍耐官场的俗套,故一到吴县做令,即大叫其苦。现在终于脱身出来,能不欣喜若狂?官场名利场,多少人蝇争蚁夺,而袁宏道却觉得那是铁网铜枷,刀山剑树,弃之无足惜。

对投冠之后的生活,宏道早有安排,那就是著书立说,自由地表达自己的思想,所以他给友人聂化南去信,请他给自己刻印《袁先生三十集》。看来他确实成功了,因为袁宏道的文集一直流传到四百年后的今天。

与冯秀才其盛 袁宏道

割尘网,升仙毂[①],出宦牢[②],生佛家,此是尘沙第一佳趣。夫鹦鹉不爱金笼而爱陇山者,桎其体也;雕鸠之鸟,不死于荒榛野草而死于稻粱者[③],违其性也。异类犹知自适,何以人而桎梏于衣冠,豢养于禄食邪?则亦可嗤之甚矣。

一病几死，幸尔瓦全，未死之身，皆鬼狱之余，此而不知求退，何以曰人？病中屡辱垂念，忽承大士之赐，甚隆[4]素怀，走[5]欲言之久矣。谢不尽。

【注释】

①仙毂(gǔ)：犹言仙车。毂是车轮中心插轴部位。

②宦牢：以官宦生涯为牢狱。

③"雕鸠"句：意谓处荒榛野草之中而能活，被人捕养，以稻粱饲之，却活不下去。

④降：此处略同振奋。

⑤走：我，谦词自称。

【品读】

冯其盛，生平不详。袁宏道这封信表达了任情顺性、自适人生的思想。在封建专制制度下，下层官吏无时不受压迫，精神总是处于扭曲状态，所以视官宦生涯为牢狱的感觉油然而生，信中谈的就是宏道自己的切身体验。信中还以鸟不爱金笼、不食稻粱，来与人桎梏于衣冠、豢养于禄食相比，奇喻警绝，人能不自省悟乎？

与梅长公　袁中道[1]

看来世间自有一种世外之骨，毕竟与世间应酬不来。弟才入仕途，已觉不堪矣[2]。

荣途无涯，年寿有限，弟自谓了却头巾债[3]，足矣足矣。升沉总不问也。年兄年仅四十，即具解组之疏，乃知王微、陶潜，去人不远[4]。

弟若不与馆选之列，则八月外，可还里中[5]。晴川、大别之间，与年兄期一良晤[6]。至期当以字相闻也[7]。

王大可又以制归[8]，一进贤冠，未易上头如此，岂非命哉！衡湘先生长公[9]，想文字日益奇矣。念之，念之。

【注释】

①袁中道(1570—1623)：字小修，湖广公安(今属湖北)人，明代文学家。万历进士，官南京吏部郎中，与兄宗道、宏道并称“公安三袁”。

②不堪：不能忍受。

③头巾债：头巾，读书人戴的儒巾，此以之代指功名。

④年兄：同榜进士称为年兄，犹今之“同学”。解组之疏：组，印绶。指请求辞去官职的奏疏。王微，南朝宋人，工书善文，兼通音律术数，江湛荐他做吏部郎，不就，居屋静坐，寻书玩古以终。陶潜，陶渊明，东晋诗人，曾做彭泽令八十多日，不愿为五斗米折腰，慨然归隐田园。此句谓王、陶这样的高人，就在我们身边。

⑤馆选：明清进士以进翰林院为馆选。

⑥晴川、大别：晴川阁与大别山。良晤：欢快的聚会。

⑦以字相闻：以书信相通告。

⑧制归：因守制而归。父母死，官员应归家守孝三年，称制归。

⑨衡湘先生长公：即梅国桢，麻城人，万历进士，官至兵部右侍郎。读中道《南游稿》而激赏之，曾数函召请中道入其幕中。梅长公，梅之焕，字彬父，号长公，麻城人。万历进士，官至右佥都御史。梅国桢是他的从父。

【品读】

这是袁中道中进士以后备选时写给朋友的信，他在科举制度的巨大社会力量面前未能免俗，被洪流裹挟着奔走科场，终于有了功名。但作为一个以性灵为追求的作家，他在进取的时候其实就渴望着解脱，所以一旦了却了“头巾债”，初入官场，涉足未深，就感觉到自己的“世外之骨毕竟与世间应酬不来”，身体还在候选，心却已向往王微、陶渊明那样的隐士生活了。那时代的很多知识分子都是在这样的矛盾和痛苦中挣扎着走完人生的。

简米仲诏 王思任[①]

越人嚼笋，闽人嚼蔗，渐老渐甜，不想奉崔魏诸公主何意见？就中少年，新进[②]甚多，今日银艾[③]，明日就想犀玉[④]，邀呵过棋盘街。尚书阁老[⑤]是个孩子，难道有大半世做去，早早回家，有何意趣？打选官图，不上五六掷[⑥]，就到太师[⑦]出局矣，忙些甚么？又做官如游山，一步一步上去，历过艰难，闪跌几次，方知荆棘何以刺人，危险何以惕人[⑧]，幽奇何以快人，转折何以练人。渐渐登峰造极，方得受用。今一见山麓，就要飞至山顶，山顶之上，又往哪走？此皆不明之故也。年兄终日太仆[⑨]，决不转动，譬之山腰，看人从高跌下者，暴痛绝命，可怜可笑也。若弟又鲇鱼上竹竿，可笑之甚矣。偶发名言，不是妒口也。我两个老人家，终有意思在。

【注释】

①王思任（约 1574—1646）：明末文学家，字季重，号谑庵，浙江山阴（今绍兴）人。万历进士，曾任九江佥事。清兵破南京后，鲁王监国，以思任为礼部右侍郎，进尚书。顺治三年，绍兴城破，绝食而死。诗重自然，文章笔调诙谐，时有讽刺时政之作。有《王季重十种》。

②新进：新入仕途或刚登科第的人。

③银艾：银印绿绶，绶以艾草染为绿色，故称艾。

④犀玉：装饰的腰带。唐制，文武官三品以上服金玉带。

⑤尚书：官名。始置于战国时，或称掌书。阁老：明代命大学士入值文渊阁，事实上即居宰相之任，称为入阁预机务。敬称阁老。

⑥掷：跳跃。

⑦太师：官名。

⑧惕人：使人警惕、戒惧。

⑨太仆：官名。始于春秋时。秦汉沿置，为九卿之一，掌皇帝的

舆马和马政。南朝不常置。北齐始称太仆寺卿,历代沿置不改。

【品读】

作者以通俗的比喻,幽默诙谐的笔调,对那些"今日银艾,明日就想犀玉",亟亟以求攀缘上升的"少年新进"进行了讽刺。其中"做官如游山"一段,尤为精彩。它既是宦途艰险的形象描述,又是亲身获取的生存智慧。既指出了为官的苦累,又透露了出仕的魅力。批评了那些不讲节奏,"一见山麓,就要飞至山顶"的热切之徒为"不明",指出他们将会"从高跌下,暴痛绝命"的可悲结局。

与人笺(二) 龚自珍[①]

少习名家言,亦有用[②]。

居亭主犷犷嗜利,论事,则好为狠刻以取胜,中实无主[③]。野火之发,无司燧者[④],百里易灭也。某公端端[⑤],醉后见疏狂,殆真狂者。某君借疏狂以行其世故,某君效为骙稚以行其老诈[⑥]。某一席之义前后不相属,能剿说而无线索贯之,虑不寿[⑦]。朝士方贵,亦作牢骚言,政是酬应我曹耳[⑧]。善忌人者术最多,品最杂[⑨];最工者,乃借风劝忠厚,以济锄而行伐,使受者伤心,而外不得直[⑩]。骛名之士如某君,孤进宜悯谅也[⑪]。某童子妍黠万状,志卖长者,奸而不雄,死而谥愍悼者哉[⑫]!

【注释】

①龚自珍(1792—1841):字璱人,号定庵,浙江仁和(今杭州市)人,近代杰出的思想家和文学家。著有《龚自珍全集》,其诗文和进步思想对后世产生了较大影响。

②名家:战国时诸子百家学派之一,又称辩者,亦称刑(形)名之家,犹今之逻辑学。

③居亭主：寄居之主人；居亭，指寄居之所。犷(guǎng)犷：粗俗凶猛的样子。嗜利：贪财。狠刻：忍心刻薄。

④燧：取火的器具。

⑤端端：庄重严肃貌。

⑥世故：谓待人接物的经验。效为騃稚：假装痴愚幼稚。

⑦义：情谊。不相属：不相连、没有联系。剿说：袭取他人之言以为己说。虑：大率。寿：久长。

⑧政：同"正"。酬应：指敷衍、应付。

⑨忌：嫉妒。术：方法，手段。品：类。杂：多样。

⑩工：巧妙。风：同"讽"。济：成，实现。伐：攻击。直：伸，谓申诉冤屈。

⑪骛：追求。"孤进"句：孤独地在仕途上奔走，值得怜悯谅解。

⑫童子：古时称十九岁以下的男子为童子，此指晚辈后生。妍黠：乖巧狡猾。志卖：有意出卖。奸而不雄：奸诈而不勇壮。谥：古代帝王将相或其他有地位的人死后被追加的带有褒贬意义的称号。愍(mǐn)悼：哀怜悲伤。张守节《史记正义·谥注解》："在国遭忧曰愍"，"年中早夭曰悼。"

【品读】

据《与人笺(一)》又题作《与魏默深(一)》，而且与此笺同出《定庵文集》，则此笺亦应是写给魏源的，但具体写作时间不详。在这封信中，作者以冷峻的笔锋，为他周围的某些官僚士大夫勾画了脸谱，从而揭露了官场、士林的虚伪、狡诈和险恶，表现了作者可贵的时代批判精神。

致龚自珍 魏源

定庵仁兄先生左右：

别后到此①，曾寄一函，想经入览，至今未获教言，日夜如结②。南中竹报，想已接得，未审行止何如③？念念。

守之近过府考[④]，日内想有定局。虽无得失可言，然亦一系念之事也。

源近日身体如常。日与学生辈讲解经义，欲得程瑶田先生《丧服足徵录》（在《通艺录》中）一查[⑤]，敬恳兄向胡竹村或刘申受先生两处代借寄来[⑥]，约两旬奉还，或汪孟慈处借之亦可（傅执甫处寄来）[⑦]，至祷，至感。

近日作功夫，有新作，祈示一读。便中总望常赐教言为幸。谨此奉闻，即请著安，唯自爱不宣。

再者，近闻兄酒席谈论[⑧]，尚有未能择言者，有未能择人者。夫促膝之言，与广廷异；密友之争，与酬酢异[⑨]；苟不择地而施，则于明哲保身之义，深恐有失，不但德性之疵[⑩]而已。承吾兄教爱，不啻[⑪]手足，故率而净之。然此事要须痛自惩创，不然，结习非一日可改，酒狂非醒后所及悔也。

前弟与挹之俱有致守之信，不审收到否，浩堂先生仍在尊寓否？均此致意[⑫]。

二十七日源顿首上[⑬]

【注释】

①到此：指抵古北口。

②结：打结，此指挂念，牵挂。

③行止何如：这年九月二十八日，龚自珍南方住宅（即其父苏松太兵备道署）起火，此时正考虑是否南下，故魏氏有此问。

④守之：邓传密（1796—?）字，传密一名尚玺，号少白，书法名家邓石如（完白山人）之子，安徽怀宁人。与龚自珍、魏源友善。

⑤程瑶田（1725—1814）：字易畴，安徽歙（社）县人。著名经学家，著有《通艺录》。

⑥胡竹村（1782—1849）：即胡培翚（晖），字载屏，号竹村。安徽绩溪人。官户部主事，后曾主讲于钟山、惜阴、泾川等书院。刘申受（1776—1829），即刘逢禄，字申受，号申甫，江苏阳湖人。龚自珍和魏源曾从其学《公羊春秋》。

⑦汪孟慈(1786—1849):即汪喜孙,著名文学家汪中之子。著有《孤儿编》、《从政录》等多种。博执甫:生平不详。

⑧自“近闻”起至段末,曾刊于1915年7月15日《甲寅》月刊第一卷第七号,系该刊编辑陈独秀从邓传密之孙邓以蛰处借得原稿而选登的。

⑨酢(zuò):客人用酒回敬主人,指应酬。

⑩疵(cī):小毛病。

⑪不啻(chì):不异,和……一样。

⑫挹之:杨芳长子承注之号。不审:不清楚,不知道。浩堂:即徐浩堂。

⑬二十七日:指道光二年(1822年)十一月二十七日,时魏源正在古北口直隶提督杨芳任所。

【品读】

龚自珍和魏源都是近代杰出的思想家和文学家,二人齐名,称“龚魏”;且二人皆仕途不得志,一生都只做过低职小官。龚自珍性本豪迈,感情丰富,为人直率,因“才高动触时忌”,累“忤其长官”,故不得展其雄图。

魏源作为龚自珍的挚友,他在此信中不仅向老友致意通报了自己的情况,而且还语重心长地指出,龚氏在酒席谈论中“未能择地”“未能择人”“未能择言”“深恐有失”;希望他“痛自惩创”,不然,“非醒后所及悔也”。魏氏可谓深情重义,极为诚恳。从这封信中也可看出封建社会末期官场的黑暗及下层官员的苦恼。

人际春风

与子陵书　刘秀[①]

古大有为之君，必有不召之臣。朕何敢臣子陵[②]哉！惟此鸿业，若涉春冰，譬之疮痏，须杖而行[③]。若绮里不少高皇[④]，奈何子陵少朕也！箕山颍水[⑤]之风，非朕之所敢望。

【注释】

①刘秀(前6—后57)：汉光武帝。东汉王朝的建立者。

②子陵：严光，字子陵，曾与刘秀同学。刘秀即位后，他改名隐居。后被召到京师洛阳，任谏议大夫，他不肯受，归隐于富春山。

③"惟此"句：鸿业，大业。春冰：薄冰。杖而行：杖之而行。犹言大业需要扶助。

④绮里："绮里"是复姓，此指绮里季。《汉书》载秦末汉初绮里季与东园公等四人隐居商山，高祖闻而召之，不至。世称"商山四皓"。高皇：指汉高祖刘邦。

⑤箕山颍水：相传唐尧时代的隐士许由，住在"颍水之阳，箕山之下"，后以"箕山颍水"或"箕颍"代指隐居。

【品读】

这是汉光武帝刘秀即位后给故交严光的信。君王给一隐士写信，却毫无霸强之气，措辞婉转，恭敬又不失帝王身份。王符曾在《古文小品咀华》赞云："字字精悍，奇哉！曰'何敢'，恭敬得妙。曰'奈何'，埋怨得妙。曰'非所敢'，决绝得妙。搬运虚字，出神入化，不可思议。"因此认为："两汉诏令，当以此为第一。"

与曹操论盛孝章书[①] 孔融[②]

岁月不居，时节如流。五十之年，忽焉已至[③]。公为始满，融又过二。海内知识，零落殆尽[④]，惟会稽盛孝章尚存。其人困于孙氏，妻孥湮没，单孑独立，孤危愁苦[⑤]。若使忧能伤人，此子不得永年矣[⑥]！

《春秋传》曰："诸侯有相灭亡者，桓公不能救，则桓公耻之[⑦]"。今孝章实丈夫之雄也，天下谈士，依以扬声[⑧]，而身不免于幽絷，命不期于旦夕，是吾祖不当复论损益之友，而朱穆所以绝交也[⑨]。公诚能驰一介之使，加咫尺之书，则孝章可致，友道可弘矣[⑩]。

今之少年，喜谤前辈，或能讥评孝章。孝章要为有天下大名，九牧之人，所共称叹[⑪]。燕君市骏马之骨，非欲以骋道里，乃当以招绝足也[⑫]。惟公匡复汉室，宗社将绝，又能正之[⑬]。正之之术，实须得贤。珠玉无胫而自至者，以人好之也[⑭]，况贤者之有足乎！昭王筑台以尊郭隗，隗虽小才，而逢大遇[⑮]，竟能发明主之至心，故乐毅自魏往，剧辛自赵往，邹衍自齐往。向使郭隗倒悬而王不解，临溺而王不拯，则士亦将高翔远引，莫有北首燕路者矣[⑯]。凡所称引，自公所知，而复有云者，欲公崇笃斯义也[⑰]。因表不悉[⑱]。

【注释】

①盛孝章：名宪，会稽（今浙江省绍兴市）人。东汉末曾任吴郡太守，为当时名士，孙策忌之。孔融与孝章友善，忧其不能免祸，因而写此信给曹操，希望曹操能任用他。

②孔融（153—208 年）：字文举，鲁国（今山东曲阜）人，为孔子的第十三世孙。为人刚直，宽容少忌，为汉末大名士，"建安七子"之一。为文华丽而有气势，笔调诙谐而又犀利。

③居：停留。忽焉：忽然。

④知识：指相知相识的人。零落：草木凋落，此处指人死亡。殆尽：几乎全死了。

⑤孙氏：指孙策。《会稽典录》载："孙策平定吴会，诛其英豪，宪素有名，策深忌之。"妻孥：妻子儿女。湮没：指丧亡。孑：孤独无援。

⑥不得永年：不能活到高寿。

⑦引这段话是以曹操比齐桓公，暗示他拯救孝章是义不容辞的责任。

⑧依以扬声：依靠孝章的褒奖来扩大自己的名声。

⑨吾祖：指孔子。孔融是孔子的第十三世孙，故称。损益之友：孔子在《论语·季氏》中有"益者三友，损者三友"的说法。朱穆：字公叔，东汉后期人。他感于当时世风浇薄，著《绝交论》讥讽人们的交友之道。这两句是说：像盛孝章这样的人处境如此危困，如果没有人加以援救，那就无须再谈什么"益三友损三友"，而要像朱穆那样写《绝交论》了。

⑩一介：一个。咫尺之书：简短的书信。弘：光大之意。

⑪要：要之，总之。九牧：九州。古代九州的长官称为牧伯，所以称九州为九牧。

⑫"燕君"句：事见《战国策》。郭隗对燕昭王说，古时有一个国君，派人带千金买千里马，结果用五百金买了骏马骨。国君爱马的声名播，千里马不召而至。绝足：骏马，千里马。

⑬匡复：匡正恢复。宗社：宗庙社稷，指汉朝的天下。绝：灭。

⑭"珠玉"句：语出《韩诗外传》："盍胥谓晋平公曰：'珠出于海，玉出于山，无足而至者，好之也。士有足而不至者，君不好也。"胫，小腿。

⑮"昭王"句：参见注⑫，燕昭王让郭隗推荐贤人，郭说："王必欲致士，先从隗始，况贤于隗者，岂远千里哉！"于是昭王为郭隗改筑宫而事之。贤士纷至，燕国日益富强。

⑯向使：假使。倒悬：比喻处境极端困苦危险。溺：被水淹没。拯：救。北首：向北走。首：向。

⑰称引：对史事的引用转述。有云：有所陈述。崇笃斯义：重视这种美好的事情。

⑱因表：因盛孝章表示我的（招贤纳士、交友之道等）意见。不悉：不一一尽言。

【品读】

本文典型地体现了作者的人格与文风。他对贤才遭受迫害大声疾呼，其惜才爱士的性格跃然纸上。曹操读了这封信也深为所动，征盛孝章为都尉，可惜征命未至而盛已为孙权所害。作者表达自己的思想和情感时奋笔直书，无所顾忌，各种成语典故信手拈来，滔滔不绝，文章词采飞扬，豪迈倜傥。苏东坡有诗称赞说："遥知鲁国真男子，犹忆平生盛孝章。"

与韦端[①]书 孔融

前日元将来，渊才亮茂，雅度弘毅，伟世之器也[②]。昨日仲将又来，懿性贞实，文敏笃诚，保家之主也[③]。不意双珠，近出老蚌[④]！甚珍贵之。

【注释】

①韦端：东汉末年名士。信中的"元将""仲将"均为韦端之子名。

②渊才亮茂：指学识渊博，诚信美好，德才兼备。雅度：宽宏的度量。伟世之器：世上杰出的人才。

③懿性贞实：天性美好坚贞。文敏笃诚：文雅敏捷，为人忠实。

④珍珠是蚌壳内分泌物的结晶。

【品读】

书信的开头热情地列举和肯定友人二子的才德，后文又用抑其父而扬其子的方法，对他们极口称美。对友称赞其子，如果一本正经则近于阿谀，"不意双珠，近出老蚌"，于调侃中蕴羡慕，便这种恭维亲切、随便而又诚恳。语言雅谐机智。

报蒯越书[①] 曹操

死者反生，生者不愧[②]。孤少所举[③]，行之多矣。魂而有灵，亦将闻孤此言也。

【注释】

①蒯越：字异度。为大将军何进的东曹掾，劝何进诛杀宦官，何进犹豫不决。蒯越认为他一定失败，于是投奔荆州，成为刘表的重要谋士，后又归附曹操。

②"死者反生"句：《公羊传·僖公十年》：晋献公有病将死时对荀息说："士人怎样才算守信用呢？"荀息说："使死者反生，生者不愧乎其言，则可谓信矣。"

③孤：古代侯王的自称。

【品读】

蒯越生前备受曹操器重。蒯原为荆州刘表的谋士，荆州归附曹操时，曹操在《下荆州》书中说："不喜得荆州，喜得蒯异度耳。"蒯临死前把家属托付给曹操照管。曹操写了这封回信表示不负重托。信中见不到相爷在下级面前的颐指气使，而是以知音和友人的身份接受重托，并引用《公羊传》的典故，让死者放心，并保证生者无愧，既庄重又亲切。

与钟繇书 曹丕

夫玉，以比德君子，见美诗人。晋之垂棘，鲁之玙璠，宋之结绿，楚之和璞，价越万金[①]，贵重都城，有称畴昔[②]，流声将来。是以垂棘出晋，虞虢双禽；和璧入秦，相如抗节[③]。窃见《玉书》称美玉白若截肪[④]，黑譬纯漆，赤拟鸡冠，黄侔蒸栗，侧闻斯语，未睹厥状。虽德非君子，义无诗人，高山景行[5]，私所仰慕。然四宝邈焉以远，秦汉未闻有良匹也。是以求之旷年，未遇厥真，私愿不果，饥渴未副。

近见南阳宗惠叔，称君侯昔有美玦，闻之惊喜，笑与忭俱[6]。当自白书，恐传言未审，是以令舍弟子建，因荀仲茂转言鄙旨[7]。乃尔忽遗，厚见周称[8]，邺骑既到，宝玦初至，捧跪发匣，烂然满目。猥以蒙鄙之姿，得睹希世之宝[9]，不烦一介之使，不损连城之值，既有秦昭章台之观，而无蔺生诡夺之诳。

嘉贶益腆，敢不钦承[10]！谨奉赋一篇，以赞扬丽质。丕白。

【注释】

①垂棘、玙璠（yúfán）、结绿、和璞：均为美玉名。越：超过。

②畴昔：昔日，过去。

③“垂棘出晋”二句：《左传·僖公二年》载：晋国以垂棘美玉收买虞国国君，借虞国的道路侵略虢国，后来把这两个国家都灭掉了。禽：通“擒”。“和璧”二句：《史记·廉颇蔺相如列传》：“赵惠文王时，得楚和氏璧。秦昭王闻之，使人遗赵王书，愿以十五城请易璧。……赵王于是遂请相如奉璧西入秦。秦王坐章台见相如，相如奉璧奏秦王，……相如视秦王无意偿赵城，乃前曰：‘璧有瑕，请指示王。’王授璧，相如因持璧却立，倚柱，怒发上冲冠。”

④《玉书》：已佚。截肪：切下来的腰部脂肪。

⑤高山景行：语出《诗经·小雅》：“高山仰止，景行行止。”这里形容对美玉的仰慕之情。

⑥南阳：郡名，郡治在今河南南阳市。君侯：对元老重臣的尊称。玦（jué）：古玉器名，环形，有缺口。忭（biàn）：欢喜，快乐。

⑦当：正当，正准备。未审：不确实，不属实。子建：曹植字。荀仲茂：魏太子文学掾。鄙旨：鄙意。对自己意见的谦词。

⑧乃尔：竟然，不料。遗：馈赠，赠送。厚见周称：承蒙厚爱，对我多有称赞。

⑨蒙鄙：愚昧低陋。猥：谦词，犹言辱。希世之宝：世所稀有的珍宝。

⑩嘉贶(kuàng)益腆：美好的赐与，实在太丰厚了。敢不钦承：岂敢不敬纳。

【品读】

这是太子对一位老臣，即魏大臣、书法家钟繇献来美玉的感谢信。先用大部分篇幅写玉如何见重于昔日的权贵，如何见美于诗人，如何使帝王亡国，如何使大臣抗节，接下来笔头一转，说自己“不烦一介之使，不损连城之值”，就能得观您的“希世之宝”，顿时“笑与忭俱”！多有夸张却不失其真诚，很讲礼节但又绝非外交辞令。

又与吴质书[①] 曹丕

季重无恙！途路虽局，官守有限，愿言之怀，良不可任[②]。足下所治僻左[③]，书问致简，益用增劳。

每念昔日南皮之游[④]，诚不可忘！既妙思六经，逍遥百氏，弹棋闲设，终以博弈[⑤]。高谈娱心，哀筝顺耳。驰骛北场，旅食南馆。浮甘瓜于清泉，沉朱李于寒水。白日既匿[⑥]，继以朗月，同乘并载，以游后园。舆轮徐动，宾从无声，清风夜起，悲笳微吟。乐往哀来，凄然伤怀！余顾而言，兹乐难常，足下之徒，咸以为然。今果分别，各在一方。元瑜长逝，化为异物[⑦]，每一念至，何时可言！

方今蕤宾纪时，景风扇物[⑧]，天气和暖，众果具繁。时驾而游，北遵河曲[⑨]，从者鸣笳而启路，文学托乘于后车[⑩]。节同时异，物是人非，我劳如何[⑪]！今遣骑到邺，故使枉道相过[⑫]。行矣自爱！丕白。

【注释】

①吴质：(175—203)字季重，魏济阴(今山东荷泽)人，是曹丕争夺太子的谋士。

②局：近。官守有限：为自己的职务所限制。任：胜，能忍耐。

③僻左：偏僻的地方。

④南皮：今河北省南皮县。吴质是南皮人。

⑤六经：儒家六本经典著作，即《诗》、《书》、《礼》、《乐》、《易》、《春秋》。百氏：指经书以外的诸子百家。弹棋：古代的一种游戏器具。博弈：古代的一种游戏。

⑥匿：隐藏。此处引申为"没"。

⑦元瑜：阮瑀字。建安七子之一。化为异物：指已死。

⑧蕤(ruí)宾：古代乐律分为十二律，古人又将十二律代指十二个月，"蕤宾"为十二律中的第七律。景风：夏天的风。《易通卦验》："夏至则景风至。"

⑨河曲：古地名。在今山西省永济市境。黄河由北而南，至此折向东。

⑩文学：官名，一名文学椽。

⑪劳：忧思。

⑫邺(yè)：古县名，故址在今河北省临漳县西南。曹操为魏王，定都于此。枉道相过：绕道相访。过：拜访，探望。

【品读】

此信约写于建安十七年(212)至二十二年(217)之间，时作者在孟津小城，吴质则出任朝歌令。信的第一段表达对远在僻所任职的旧友的思念，第二段回忆往昔欢聚的美好岁月，再现了南皮之游的难忘场面：大家或沉浸于六经的哲理，有的着迷于诸子百家的妙文；有的静坐下棋，有的策马驰骋；时而将甜瓜浮在清泉之上，时而又把朱李沉入寒水之中，那是一个令人心醉的时刻！可眼下朋友云散各地，有的甚至长眠九泉，虽然又到了天气晴和风景诱人的季节，但"节同时异，物是人非"，已无复往时雅兴了。温馨的诗情与淡淡的感伤交织在一起，充分地反映了在人的自觉的时代，士人对个体生存的依恋，对友情的珍重，对生活的热爱。

答东阿王笺[①] 陈琳[②]

琳死罪死罪！昨加恩辱命，并示《龟赋》，披览粲然[③]。君侯体高世之才，秉青萍、干将之器，拂钟无声，应机立断[④]。此乃天然异禀，非钻仰者所庶几也[⑤]。音义既远，清辞妙句，焱绝焕炳[⑥]。譬犹飞兔流星，超山越海，龙骥所不敢追[⑦]；况于驽马，可得齐足[⑧]！

夫听“白雪”之音，观“绿水”之节，然后“东野巴人”，蚩鄙益著[⑨]。载笑载欢，欲罢不能；谨韫椟玩耽[⑩]，以为吟颂。

琳死罪死罪！

【注释】

①东阿王：即曹植。

②陈琳（？—217）：字孔璋，广陵（今江苏扬州）人，汉末文学家。“建安七子”之一。

③加恩辱命：您屈驾施恩和赐书于我。这是对曹植来信的敬谢之辞。披览粲然：看后非常兴奋。

④君侯：指曹植。体高世之才：富有高出于世的才华。秉：秉赋。青萍、干将：二宝剑名。“拂钟”二句：写青萍、干将的锋利。形容曹植才能的敏捷。

⑤“非钻仰者”句：不是像这样仰慕您的人所敢企及的。庶几：近似，差不多。

⑥音义既远：文章的内容和音节都高远深沉。焱绝焕炳：光明耀眼。此处形容曹植文章辞采浓丽。

⑦飞兔流星：比喻曹植文章敏捷。龙骥：骏马名。

⑧齐足：并足，并驾齐驱。

⑨白雪：高雅的曲名。绿水：古代的诗篇名。节：音节，音调。东野巴人：俗调。蚩（chī）鄙：粗俗低下。益著：更加明显。

⑩韫椟玩耽：把它（指曹植的文章）像珍宝那样藏在盒子中。

【品读】

一个才华横溢的王子给一位同样有文学才华的僚属寄去自己创作的辞赋，请求批评，却换来了这么一番半是恭维半是诚意的赞美。文学侍从对王子的大作，只有“韫椟玩耽”的份儿，哪还敢铁面无私地提意见呢？更何况曹植的才华在他之上。

杂帖四则　王羲之[①]

杂帖一

甲夜，羲之顿首[②]：向遂大醉，乃不忆与足下别时，至家乃解[③]。寻忆乖离，其为叹恨，言何能喻？聚散人理之常，亦复何云？唯愿足下保爱为上，以俟后期。故旨遣此信[④]，期取足下过江问。临纸情塞。王羲之顿首。

杂帖二

瞻近无缘省告，但有悲叹[⑤]。足下小大悉平安也[⑥]。云卿当来居此，喜迟[⑦]不可言。想必果言，告有期耳[⑧]。亦度[⑨]卿当不居京，此既避[⑩]，又节气佳，是以欣卿来也。此信旨还具示问。

杂帖三

期[⑪]小女四岁，暴疾不救，哀愍痛心，奈何奈何！吾衰老，惰之所寄，唯在此等。奄失此女[⑫]，痛之缠心，不能已已，可复如何？临纸情酸！

杂帖四

雨寒，卿各佳不[13]？诸患无赖，力书[14]。不一一。羲之问。

【注释】

①王羲之(303—361)：字逸少，琅琊临沂(今山东临沂)人，居会稽山阴(今浙江绍兴)。官至会稽内史、右军将军，世称“王右军”。为我国著名书法家，有“书圣”之称。其书法为历代所重。

②甲夜：初更时分。顿首：头叩地而拜。后通用为下对上的敬礼，也常用于信的首尾。

③解：酒醒。

④旨：与“只”通。

⑤“瞻近”句：看来近期没有机会见面。省告：会面，见面。但：只。

⑥小大：小孩和大人，指一家老小。

⑦迟：等待，期待。

⑧果言：实现自己所说的话，指到会稽居住一事。告有期耳：“有期告耳”的倒文，日子确定后告诉我。

⑨度：猜测，料想。

⑩避：僻，僻静。

⑪期：时，当时。

⑫奄：忽然。

⑬不：通“否”。

⑭“诸患”句：各种疾病缠身，无以自解。力书：写字很费力。

【品读】

王羲之的文学造诣很深，除脍炙人口的《兰亭集序》外，他的一些书牍杂帖也极有特色。

这里选的四幅杂帖，谈的虽然不过是些家人细事，朋友之间的交往答问，文字也不过寥寥数行，但它们生动地展示了作者的性情人格，临纸随意挥洒而全无雕琢，因而富于自然淡远的情趣，读来韵味无穷。

与支遁书[①] 谢安[②]

思君日积，计辰倾迟，知欲还剡自治，甚以怅然[③]。人生如寄耳，顷风流得意主事，殆为都尽，终日戚戚，触事惆帐，唯迟君来[④]！以晤言消之，一日当千载耳[⑤]。

此多山县闲静[⑥]，差可养疾，事不异剡，而医药不同。必思此缘，副其积想也[⑦]。

【注释】

①支遁：字道林，东晋高僧。

②谢安(320—385)：字安石，陈郡阳夏(今河南太康)人。东晋政治家。年四十始出仕，孝武帝时位至宰相，曾指挥淝水之战。

③“思君”句：对您的思念之情与日俱深。“计辰”句：时时刻刻都想着您。剡(shàn)：水名，在浙江省曹娥江上游。自治：自己照顾自己。

④顷：近来。风流得意之事：指在会稽的游宴之乐。殆为都尽：几乎全结束了。迟：等待。

⑤晤言：会面交谈。

⑥此多山县：指会稽东山。

⑦副：符合，此处作“满足”解。

【品读】

支遁是一位佛道兼通的高僧，而且谈锋很健。谢安寓居会稽时以山水清谈遣日，听说支遁将要去剡溪养病，便邀请他来会稽东山同游。书信的文字清淡隽永，与信的内容构成了高度的和谐。

杂帖三则 王献之[①]

杂帖一

相过终无复日[②],凄切在心,未尝暂拨[③]。一日临坐,目想胜风[④],但有感恸,当复如何?常谓人之相得,古今洞尽此处[⑤],殆无限于怀,但痛神理与此而穷耳。尽此感深,殆无冥处[⑥]。常恨况相遇之难,而乖其所同[⑦]。省告,不觉泞流[⑧]。即已往矣,亦复何言!献之。

杂帖二

镜湖澄澈[⑨],清流泻注,山川之美,使人应接不暇。

杂帖三

薄冷,足下沉痼,已经岁月,岂宜能此寒耶?人生禀气[⑩],各有攸处[⑪],想示消息。

【注释】

①王献之(344—386):字子敬,王羲之第七子。曾为州主薄、秘书郎,历任建威将军、吴兴太守、中书令等职。与父同为大书法家,书风或英俊豪迈,或平淡柔美。

②相过:相访。过:拜访,过往。

③暂拨:暂时解脱。

④胜风:超群的风度。

⑤洞:看穿。

⑥冥处：幽深之处。

⑦乖：分离，违离。

⑧浐(chǎn)流：比喻泪水纵横。浐：浐河，在今陕西省。

⑨镜湖：又名鉴湖，在今浙江省绍兴市。澄澈：水清见底，清澈。

⑩禀气：人所具有的气质。

⑪攸处：所处。

【品读】

这里所选的杂帖内容的确很“杂”：或叙友情，或谈疾病，或状山水，既无严肃的内容，也无亮眼的字句，它的好处全在于清秀淡远，自然入妙。

与张缵论张缅书[①] 萧统[②]

贤兄学业该通，莅事明敏[③]，虽倚相之读《坟》、《典》[④]，郄縠之敦《诗》、《书》[⑤]，惟今望古，蔑以斯过[⑥]。

自列宫朝，二纪将及[⑦]。义惟僚属，情实亲友[⑧]。文筵讲席，朝游夕宴，何曾不同兹胜赏，共此言寄[⑨]。

如何长谢，奄然不追[⑩]！且年甫强仕[⑪]，方申才力，摧苗落颖[⑫]，弥可伤惋，念天伦素敦[⑬]，一旦相失，如何可言！言及增哽，揽笔无次。

【注释】

①张缅：字元长，素以贤能著称于世，梁大通三年(529年)升为侍中，未就职而卒。张缵字伯绪，张缅的三弟。

②萧统(501—531)：字德施，南兰陵(今江苏常州西北)人，南朝梁文学家。武帝长子，天监元年立为太子，未即位而卒，谥昭明，世称昭明太子。信佛能文，所编《文选》对后世影响颇大。

③该通：渊博精通。该：通“赅”，尽备的意思。莅(lì)事：处事。莅：临。

④倚相：春秋楚国的一位史官。《左传·昭公十二年》载：“左史

倚相趋过，王曰：'良史也。子善视之。是能续三坟、五典、八索，九丘。'"坟、典：即三坟、五典，相传为我国最早的书籍。

⑤郤縠(qièhú)：春秋时晋国的将领。敦《诗》、《书》：喜欢读《诗经》《尚书》。

⑥"惟今"二句：从今天返观古代，还没有人超过他的。

⑦纪：十二年为一纪。

⑧"义惟"二句：名义上是我的僚属，从情感上说是我的亲友。

⑨胜赏：会心地欣赏。言寄："寄言"的倒文，即写诗作文。

⑩长谢：指死亡。奄然：忽然。

⑪甫：方，才。强仕：《礼记·曲礼上》："四十曰强而仕。"张缅死时四十岁，故云。

⑫颖：谷穗。

⑬天伦素敦：兄弟之间的感情历来很深。敦：深厚。

【品读】

昭明太子把张缅这位自己的僚属视为情感上的知音，对他"方申才力"之年忽然"摧苗落颖"，自然而然地哽咽流涕，不仅亲自到灵前吊唁，并向他的弟弟致书表示哀悼。"言及增哽，揽笔无次"，对曾经一起朝游夕宴的挚友的离世，发自心灵的惋伤悲切。

与萧临川书[①] 萧纲

零雨[②]送秋，轻寒迎节；江枫晓落，林叶初黄。登舟已积，殊足劳止[③]。解维金阙[④]，定在何日？八区内侍，厌直御史之庐[⑤]；九棘外府，且息官曹之务[⑥]。应分竹南川，剖符千里[⑦]。但黑水初旋，未申十千之饮[⑧]；桂宫既启，复乖双阙之宴[⑨]。文雅纵横，即事分阻。清夜西园，眇然未尅[⑩]。想征舻而结叹，望横席而沾襟[⑪]。若使宏农书疏，脱还邺下[⑫]；河南口占，倘归乡里[⑬]。必迟青泥之封，且觐朱明之诗[⑭]。白云在天，苍波无极，瞻歧路，眷慨良深。爱护波潮，敬勖光采⑮。

【注释】

①萧临川：指萧子云，字景齐，齐高帝孙，入梁后降爵为子，因曾官临川内史，故称。

②零雨：萧疏的雨。

③劳止：忧苦，这里指思念之情。止：语气助词。

④维：系船的缆绳。金阙：京城。

⑤八区：武帝后宫有八个殿，此处泛指皇宫。内侍：泛指宫中文官。这两句说：朝廷的文官们，对宫中的文牍琐事感到厌烦。

⑥九棘：朝臣之位。《周礼·秋官》中有左九棘、右九棘之称。外府：外廷。官曹：一般官吏。这两句说：去外地做官，可减少许多琐事。

⑦分竹、剖符：符、竹都是古代君与臣的凭信之物，受命后一分为二，各执一半。

⑧"十千之饮"二句：我从黑水那儿刚刚回京，还未来得及与你开怀痛饮。

⑨桂宫：汉成帝所造的殿名，后汉成帝为太子时居此。双阙之宴：指宫廷宴会。这两句说：你既然已离开了京城的宫廷，我又无缘在宫中设宴为你饯行。

⑩西园：又称铜雀园，曹丕、曹植与建安七子常在这儿游宴。此处代指萧纲的宫苑。未尅：没有聚会。

⑪舻：代指萧子云的船。横席：扬起的帆。

⑫宏农：即杨修。曹植留守邺时数与杨修书信往还。

⑬河南口占：指河南太守陈遵口授书信。《汉书·陈遵传》载：陈遵离京外任后，"召善书吏十人于前，治私书，谢京师故人"。这儿以陈遵喻萧子云，叫他多来信，别忘了"京师故人"。

⑭迟：期待。青泥之封：指书信。古代以竹帛为书函，用绳穿结，相合的地方以泥封口，故称。覯(gòu)：见到。朱明之诗：《朱明》原为一首迎夏乐歌的歌名。这儿指代诗歌。

⑮爱护波潮：沿途风波潮涌，要小心爱护身体。勖(xù)：勉力，

勉励。

【品读】

萧纲在做太子时写了不少纵情声色的诗歌,以致人们好像忘记了他的那些清新脱俗的佳构。

这封送别的短信,写友人弃我远去的惆怅,写"未申十千之饮"的歉意,写景则清新秀发,抒情则缠绵婉致,不失为一篇情深词丽、风骨翘秀的美文。

与情亲书 骆宾王[①]

风壤[②]一殊,山河万里!或平生未展,或睽索累年,存没寂寥[③],吉凶阻绝,无由聚泄[④],每积凄凉。

近缘之官佐,任海曲,便还故里[⑤],冀叙宗盟[⑥],徒有所怀,未毕斯愿!不意远劳折简,辱逮湮沦[⑦],虽未叙言,暂如披面,晚夏炎郁,并想履宜[⑧]。宾王疾患,忽无况耳[⑨]。

【注释】

①骆宾王(638?—684?):婺州义乌(今浙江义乌)人。初为道王李元庆府属,历官武功、长安主簿、侍御史、临海县丞,后参加李敬业讨武则天的军事行动,《代李敬业传檄天下文》就是他的手笔。李失败后下落不明。为"初唐四杰"之一。

②风壤:风土人情。

③睽索累年:长年离别独居。存没:生死。

④吉凶:好运气和坏运气。这里指各种消息。无由:无缘,无机会。聚泄:相互倾诉。

⑤之:往,到职。海曲:海隅,海边。便还:顺道还家。

⑥冀叙宗盟:希望与宗亲团聚叙旧。

⑦简:竹简,即书信。辱逮湮(yān)沦:要亲人们赐书与我。逮:及。湮沦:沉沦,沦落。作者自称的谦词。

⑧履宜:平安。古代书信常用语。

⑨无况：不厉害。

【品读】

清代陈熙晋在《骆临海集笺注》中这样概括骆宾王一生的命运："临海少年落魄，薄宦沉沦，始以贡疏被愆，继因草檄亡命。"他从政的每一步都遭到打击，这封信就是在荒凉的"海曲"写给家乡亲友的。他抒写在"风壤一殊"的异乡客地自己内心的孤独与寂寥。在这政治失意和精神沮丧的时刻，希望能从故乡的亲人那儿抚慰创伤，因而短简词切情浓。

再与情亲书　骆宾王

某初至乡间，言寻旧友[①]，耆年者化为异物[②]，少壮者咸为老翁；山川不改旧时，丘陇多为陈迹。感今怀古，抚存悼亡，不觉涕之无从也[③]！

询问子侄，彼亦凋零，永言伤情，增以悲恸。虽生死之分，同尽此途，而存亡之情，岂能无恨！

终期展接[④]，以申阔怀。取此月二十日栖桐成礼[⑤]，事过之后，始可得行。祗叙尚赊，倾系何极[⑥]！各愿珍勖，远无所铨[⑦]。

【注释】

①言：语气助词，无实义。

②耆年者：六十岁以上的人。化为异物：已死。

③"不觉"句：禁不住涕泪横流。

④终期展接：期望终有一天能相会。

⑤栖桐：人名，大概是作者的子侄。成礼：成婚。

⑥"祗叙"二句：会面之日还很远，是多么想念您们呵！赊：远。

⑦珍勖(xù)：自爱。铨：详叙。

【品读】

这封信是作者回乡后，向亲友们陈述自己的见闻和感想，表现了他对人世沧桑的感慨。“耆年者化为异物，少壮者咸为老翁；山川不改旧时，丘陇多为陈迹”，面对这物是人非的景象无限“伤情”，对子侄们的“凋零”更是悲恸。骈文的对偶句把今昔的变幻对比得特别强烈鲜明，音节凝重苍凉。

与李太保乞米帖[①] 颜真卿

拙于生事[②]，举家食粥来已数月。今又罄竭，只益忧煎[③]，辄恃深情，故令投告。惠及少米，实济艰勤，仍恕干烦也[④]！真卿状。

【注释】

①李太保：即李光弼，唐代名将，在平定安史之乱中屡建奇功。

②拙于：不善于。生事：生计。

③罄(qìng)竭：尽。只益忧煎：更加忧虑，难以度日。只：语助词。

④实济艰勤：对目前的困难和愁苦有所接济缓解。干烦：冒犯，打扰。

【品读】

安史乱后，奸相元载推行“厚外官而薄京官”的薪俸政策，受到打击的是颜真卿这样清廉的京官，穷到一日三餐全家食粥也不能保证，因而写了这封帖向自己的友人乞米。文字清新隽永，淡而有味。

答吕毉山人书[①] 韩愈

愈白：惠书责以不能如信陵执辔者[②]，夫信陵，战国公子，欲以取士声势倾天下而然耳[3]。如仆者，自度若世无孔子，不当在弟子之列。

以吾子始自山出，有朴茂之美意[4]，恐未砻磨以世事[5]。又自周后文弊[6]，百子为书，各自名家，乱圣人之宗，后生习传，杂而不贯，故设问以观吾子。其已成熟乎，将以为友也；其未成熟乎，将以讲去其非而趋是耳。不如六国公子有市于道者也。

方今天下入仕，惟以进士、明经及卿大夫之世耳[7]。其人率皆习熟时俗，工于语言，识形势，善候人主意。故天下靡靡[8]，日入于衰坏，恐不复振起。务欲进足下趋死不顾利害去就之人于朝[9]，以争救之耳，非谓当今公卿闲无足下辈文学知识也。不得以信陵比。

然足下衣破衣，系麻鞋，率然叩吾门。吾待足下，虽未尽宾主之道，不可谓无意者。足下行天下，得此于人盖寡。乃遂能责不足于我[10]，此真仆所汲汲求者[11]。议虽未中节，其不肯阿曲以事人者灼灼明[12]。方将坐足下三浴而三熏之，听仆之所为，少安无躁。愈顿首。

【注释】

①吕鑿山人：鑿同“医”。隐居山林而不仕的人称为山人。吕鑿：生平不详。

②“责以不能”句：信陵君（魏公子无忌）和孟尝君（田文）、平原君（赵胜）、春申君（黄歇），战国时著名的四公子。信陵君在四公子中最能礼贤下士。一次，他备车骑去迎接魏国一位隐士侯嬴，侯嬴著破衣冠径自上车，坐上座，他执辔反而更恭谨。这句说吕鑿责备韩愈没有以信陵君接待侯嬴那样的礼貌来接待他。

③取士：接待和争取贤士。倾天下：使天下人都倾倒他。

④朴茂：朴：朴实。茂：美，指内秀。

⑤砻磨：磨砺。这里指山人涉世不深，社会经验不丰富。

⑥周后文弊：文弊指专讲虚文而少诚意。语出《礼记·表记》：

"殷周之道，不胜其弊"，"殷周之文，不胜其质。"

⑦进士、明经：都是考试科目的名称，进士以诗赋为主，明经以通经学为主。卿大夫之世：卿大夫的贵族子弟，他们可以倚仗先世的门荫，不一定通过考试便可入仕。

⑧靡靡：指专门附和众人。

⑨趋死：舍掉自己的生命，为了正义而奋不顾身。不顾利害去就：不为自己个人的利害打算。

⑩责不足于我：责备我接待的礼貌不周到。

⑪汲汲：心情急切的样子。

⑫阿曲：逢迎巴结。

【品读】

吕毉山人见韩愈一面后，写信责韩不以信陵君执辔之礼待他，这封信专为回答这一责难而写的。一开始便说不应把我韩愈与信陵君相比，信陵君交友是为了借助朋友达到自己的政治目的，不是交友以道而是交友以利，而我交友是为了寻求复兴儒道的同伴。对你的光临虽未尽宾主之道，可并没有丝毫怠慢的地方；你对我的批评"虽未中节"，但这种"不肯阿曲以事人"的气节，正是我所汲汲以求的东西，我得用古人三浴三薰的厚礼来待你。文章显示出作者极度自负的一面，如"如仆者，自度若世无孔子，不当在弟子之列"；在解释自己接客态度时，语气则诚恳而有礼貌，又表现了作者的大度和谦逊。文笔奇纵，机趣横生。

与王状元书　范仲淹

某再拜状元正言学士：邮中得来教，喜可知也。某四月半到郡，重江[①]乱石，目不可际[②]，怀想朋戚，宁莫依依[③]。而水石琴书，日有雅味；时得佳客，相与咏歌。古人谓道可乐者，今始信然！惟阁下居丧食贫，聚数百指[④]，前望高远，宜无动怀？善爱善爱！

【注释】

①重江：极深的江水。

②目不可际：一眼望不到边。

③宁莫依依：无不依恋。

④聚数百指：扳着指头数了很多遍。此处谓与朋友分隔的时间很长。

【品读】

此信文字不多，全篇却流贯着对亲朋好友深深的怀思之情。作者首先由“重江乱石，目不可际”写到自己“怀想朋戚，宁莫依依”，将眼前景与当时情有机交融起来了，令人感到作者的“怀想朋戚”时的眷恋之情有如江水之深，有如江石之多。作品又由“水石琴书”“相与咏歌”等优雅之事想到朋友“居丧食贫”，更显作者与友人休戚与共之情的真诚。全文语言简练，整饬的四字句辅以散句，富有节奏感，读之音韵和谐，朗朗上口。

与韩魏公书 范仲淹

某启：递中累辱荣问[①]，承经武外[②]，起居休宁云。承有微恙，寻已平复。人之生也，分天地之气，不调则其气不平，气不平则疾作，此理之必然矣。今人于十二时中，寝食之外，皆徇[③]外事，无一时调气治身，安得而不为疾耶？请那十日之功，看《素问》[④]一遍，则知人之生可贵也，气须甚平也。和自此养，疾自此去矣。爱重爱重！《素问》奇书，其精妙处三五篇，恐非医者所能言也。《书序》云，“三坟[⑤]言大道也”，此必三坟之书。宜少服药，专于惜气养和，此大概养生之说也。道书云“积气成真[⑥]”，是也。惟节慎补气咽津[⑦]之术可行之，余皆迂怪。贪慕神仙，心未灰而意必乱，宜无信矣。儿子致疾，由此也，近却肯服药，有差望耳，亦未醒。

【注释】

①“递中”句：谓通过邮寄书信来不断问候。

②承经武外：承命经管武事之外。

③徇：此谓奔波操劳。

④《素问》：书名，《黄帝内经》之一，医学书籍之最古者。《素问》二十四卷，记黄帝、岐伯有关医道的问答。

⑤三坟：古书名。关于“三坟”所指的书籍，说法不一，有人认为是指伏羲、神农、黄帝之书，有人认为是指三《礼》。

⑥真：道家之所谓“性真”。

⑦咽津：本指吞津，此处谓保持身体元气。

【品读】

作者写给韩魏公的这封信，主要内容是劝韩魏公除疾养生，从而体现了作者在医病养生问题上的一些看法。就信中的阐说看，作者的一些观点显得很有道理。如认为人当“惜气养和”，保持心理平衡以求身健体康等，即使在今天，仍有借鉴价值。这封论养生之道的信，也反映出了作者对祖国医学的精通。

与滕待制[①] 欧阳修[②]

某顿首：自夷陵之贬[③]，获见于江宁，逮今[④]十年。而执事[⑤]谪守湖滨，某亦再逐淮上[⑥]，音尘[⑦]靡接，会遇无期，则人事之多端，劳生之自困，可为叹息，何所胜言[⑧]！急步[⑨]忽来，惠音见及。伏承求恤民瘼[⑩]，宣布诏条，去宿弊以便人，兴无穷之长利。非独见哲人明达之量，不以进退为心[⑪]，而窃喜远方凋瘵之民[⑫]，获被恺悌之化[⑬]。示及新堤之作[⑭]，俾[⑮]之纪次其学。旧学荒芜、文思衰落，既无曩昔[⑯]少壮之心气，而有祸患难测之忧虞[⑰]，是以言涩意窘，不足尽载君子规模闳远之志，而无以称岳人所欲称扬歌颂之勤[⑱]。勉强不能，以副来意，愧悚[19]愧悚！秋序方杪[20]，洞庭早寒，严召未问，千万自重。

【注释】

①滕待制：即滕宗谅，字子京，河南洛阳人。庆历四年，被贬岳州。重修过岳阳楼，颇有政绩。范仲淹《岳阳楼记》曾叙及他。

②欧阳修(1007—1072)：字永叔，号醉翁、六一居士，吉州吉水(今属江西)人。北宋文学家，历史学家。

③夷陵之贬：北宋景佑年间，范仲淹被贬饶州，欧阳修与之抱不平，因而获罪贬至夷陵(今湖北宜昌)做县令。

④逮今：至今。

⑤执事：旧时书信中用以称指对方的敬词。

⑥再逐淮上：庆历五年后，欧阳修被贬至滁州、颍州一带，这一带位于黄淮流域。

⑦音尘：音讯，消息。

⑧胜言：尽言也。

⑨急步：指送信者。

⑩求恤民瘼(mò)：请关心、体恤民生疾苦。瘼：疾苦也。

⑪不以进退为心：谓不因为官位升降而动心。

⑫凋瘵(zhài)之民：困苦窘迫的老百姓。

⑬获被恺悌之化：意谓获得仁政的教化。恺悌："和乐"之意，引申指仁政。

⑭新堤之作：滕子京贬守岳州时，兴修水利，沿湖筑堤，新堤落成，建碑记之。碑成，滕曾致信欧阳修撰文以志修堤之事。

⑮俾：使也。

⑯曩(nǎng)昔：过去，从前。

⑰忧虞：忧虑。

⑱"无以"句：意谓无法满足岳州老百姓想称扬您、歌颂您的殷切期望。

⑲愧悚(sǒng)：惭愧、惶恐。

⑳杪(miǎo)：本意指树梢，引申指季节时序的末尾。

【品读】

滕子京贬官岳州，兴利除弊，曾建新堤而树石碑，欲请文章圣手欧阳修撰写碑文以记筑堤之事。欧阳修因仕途困顿，致其“文思衰落”，乃致信婉言推辞。信中，流露出了作者对滕子京关心民疾、为民造福之举的赞颂之情，同时也显示出了对滕氏“不以进退为心”的敬佩，从中也透露出作者不甘消沉而进取创业的消息。本篇文字不长，简练的语言写出了作者对老朋友的怀思之情、敬慕之意。

谢曹秀才书　曾巩[①]

巩顿首，曹君茂才[②]足下：嗟乎！世之好恶不同也。始，足下试于有司[③]，巩为封弥官[④]，得足下与方造、孟起之文而读之，以谓宜在高选[⑤]；及来取号，而三人者皆无姓名，于是怃然[⑥]自悔许与之妄。既而推之，特世之好恶不同耳；巩之许与，岂果为妄哉！

今得足下书，不以解名失得置于心，而汲汲[⑦]以相从讲学为事，其博观于书而见于文字者，又过于巩向时之所与甚盛。足下家居无事，可以优游以进其业，自力而不已，则其进孰能御哉？

世之好恶之不同，足下固已能不置于心，顾[⑧]巩适自被召，不得与足下久相从学，此情之所眷眷[⑨]也。用此为谢，不宣。

【注释】

①曾巩（1019—1083）：字子固，南丰（今属江西）人。北宋文学家。

②茂才：即秀才。后汉时为避光武帝刘秀之讳，曾改秀才为茂才。

③有司：此处指考官。

④封弥官：官名，是科举考试中负责密封试题的官员。封弥：义同密封。科举考试为了防止舞弊，考过的试卷收起后要封住考生的姓名，另编字号。

⑤谊在高选：应选在很前的名次。谊：同宜。

⑥怃(wǔ)然：失意貌。

⑦汲汲：心情急切。

⑧顾：但是。

⑨眷眷：依依不舍的样子。

【品读】

这是一封辞谢信。曹秀才、方造、孟起三人应试落第，便致信曾巩，请他来为师讲学。因被朝廷召用，曹巩便写了这封信回绝。作者在信中以“好恶不同”之论安慰了上述三人，还鼓励他们刻苦自学，以增进学业。

上王荆公书[①] 苏轼

某近者经由[②]，屡获请见，存抚教诲。别来切计台候[③]万福！

某始欲买田金陵，庶几得陪杖履[④]，老于钟山之下，既已不遂。今仪真[⑤]一住又已二十日，日以求田为事，然成否未可知也。若幸而成，扁舟往来，见公不难矣。

向屡言高邮[⑥]进士秦观太虚，公亦粗知其人。今得其诗文数十首拜呈。词格高下，固无以逃于左右[⑦]；独其行义修饬，才敏过人，有志于忠义者，某请以身任[⑧]之。此外，博综史传，通晓佛书，讲习医药，明练法律，若此类未易一二数也[⑨]。才难[⑩]之叹，古今共之，如观等辈，实不易得。愿公少借齿牙，使增重于世[⑪]，其他无所望也。

秋气日佳，微恙颇已失去否？伏冀[12]自重，不宣。

【注释】

①王荆公：即王安石，曾封荆国公。

②经由：苏轼贬官黄州后，又移官汝州。从黄州去汝州上任时，曾从金陵（今南京市）经过。王安石当时居住在金陵。

③台候：对别人的尊称。

④庶几得陪杖履：意思是说希望能够陪伴您。庶几：也许可以，表示希望、推测之词。杖履：指老年人。

⑤仪真：县名，与金陵隔江相望。

⑥高邮：地名，在今江苏省境内。

⑦"固无"句：意谓当然无法逃避您的评判。左右：对别人的敬称。

⑧任：担保。

⑨"若此类"句：意思是说秦观的才学是多方面的，不能一一说清。

⑩才难：人才难得。

⑪少借齿牙：凭着您的嘴巴稍稍说几句。增重于世：被社会看重。

⑫伏冀：希望。伏：下对上的敬词。

【品读】

在宋代，王安石与苏轼尽管政见有分歧，但私人间的情谊仍在。这由苏轼离开黄州赴任后写给王安石的信可见一斑。苏轼赴任道经金陵时拜访过王安石，此后又写信向他力荐门生秦观，由此不难见苏轼对王安石的关怀与信赖。此信写得情意真切，而且文字典雅、洗炼。

与李公择　苏轼

某再拜。谕养生之法，虽壮年好访问此术，更何所得。

然比年[①]流落瘴地，苦无他疾，似亦得其力耳。大约安心调气，节食少欲，思过半矣，余不足言。某见在[②]东坡，作陂种稻，劳苦之中，亦自有乐事。有屋五间，果菜十数畦，桑百余本[③]，身耕妻蚕，聊以卒岁也。

【注释】

①比年：连续几年。

②见在：现在。

③本：株。

【品读】

这是一篇谈养生之道的短信。作者以自己“流落瘴地”和谪居东坡时的情况作例说明，要想身体健康，应“安心调气”“节食少欲”，并从事一定的体力劳动。

与秦少游 苏轼

别后数辱书，既冗懒，且无便，不一裁答[①]，愧悚之至。参寥至，颇闻动止为慰[②]。然见解榜，不见太虚名字，甚惋叹也[③]。此不足为太虚损益，但吊有司之不幸尔[④]。即日起居何如？参寥真可人，太虚所与知，不妄矣[⑤]。何如复见？临纸惘惘，惟万万自爱而已。

【注释】

①裁答：“回信”之意。

②参寥：指宋代诗僧道潜，其别号为参寥。动止：行为踪迹。

③解榜：解元榜，科举考试选出解元后张布的名榜。太虚：即秦观。秦观，字少游，又字太虚。为“苏门四学士”之一。

④意谓只是哀怜考官不识人才。吊：悲伤。不幸：谓考官没有录取秦观，是其不幸。

⑤可人：指有很多优点让人欣赏。所与知：即与之结为知己。

【品读】

秦少游，即秦观，是苏轼一手扶持起来的学生，他们之间既有师生之谊，又有朋友之情。这从此信中就不难看出。秦观乡试落榜，苏轼马上写信前去问候、劝慰，而且出语情真意切，显出了一个长者和朋友的慈祥、仁厚。此信随笔挥洒，不事雕饰，写得极自然。“此不足为太虚损益，但吊有司之不幸尔”句，尤为有趣。

答黄鲁直书　苏辙[①]

辙之不肖，何足以求交于鲁直。然家兄子瞻与鲁直往还甚久，辙与鲁直舅氏公择相知不疏。读君之文，诵其诗，愿一见者久矣！性拙且懒，终不能奉咫尺之书致殷勤于左右，乃使鲁直以书先之，其为愧恨，可量也。

自废弃[②]以来，颓然自放，顽鄙愈甚。见者往往嗤笑，而鲁直犹有以取[③]之。观鲁直之书所以见爱者，与辙之爱鲁直无异也。然则书之先后，不君则我，未足以为恨[④]也。

比闻鲁直吏事之余，独居而疏食，陶然自得，盖古之君子不用于世，必寄物以自遣。阮籍以酒[⑤]，嵇康以琴[⑥]，阮无酒，嵇无琴，则其食草木而友麋鹿有不安者矣[⑦]！独颜氏子饮水啜菽，居于陋巷，无假于外而不改其乐，此孔子所以叹其不可及也[⑧]。今鲁直目不求色，口不求味，此其中有过人远矣，而犹以问人，何也？闻鲁直喜与禅僧语，盖聊以是探其有无耶？

渐寒，比日起居甚安。惟以时自重！

【注释】

①苏辙(1039—1112)：字子由，眉山(今属四川)人。北宋文学家。与父洵兄轼，合称“三苏”。

②废弃：指贬官之事。苏辙曾因上书获罪而贬为汝州知府。

③取：此处谓不嫌弃。

④恨：遗憾。

⑤阮籍：魏晋时著名文学家，常饮酒遣怀。

⑥嵇康：三国魏时人，常鼓琴以抒忧愤。

⑦“则其”句：意思是说，即使逃隐山林，仍有使人难以安心的事。食草木而友麋鹿：意谓吃食草木，与麋鹿为伴。暗指隐居生活。

⑧“独颜氏”四句：《论语·雍也》：“子曰：‘贤哉回也！一箪食，一瓢饮，在陋巷，人不堪其忧，回也不改其乐。贤哉，回也！”此句隐用颜回之事说明耐住寂寞不容易。颜氏子：颜回。啜：吃。

【品读】

这是作者给黄庭坚的一封回信。作者在信中对黄庭坚求交于己，表示了感谢，并对黄庭坚“吏事之余”的淡泊宁静的生活意趣给予了赞扬。此信体现了作者与黄庭坚君子之交的相互理解、情投趣合，因而也不难见作者超然物外、自甘淡泊的生活态度。

与王庠书　黄庭坚

东坡先生遂捐馆舍[①]，岂独士大夫悲痛不能已？人之云亡，邦国殄瘁[②]者也。可惜！可惜！立朝堂堂，危言谠论[③]，切于事理，岂复有之！然有自常州[④]来云：“东坡病亟时，索沐浴，改朝衣[⑤]，谈笑而化。”其胸中固无憾矣。所惜子由不得一见，又未得一还乡社，使后生瞻望此堂堂尔！欲作诗文道其意，亦未能成。

秦少游没于藤州[⑥]，传得自作祭文并诗，可为陨[⑦]涕。如此奇才，今世不复有矣！

所寄诗文，反复读之，如对谈笑也。意所主张甚近古人，但其波澜枝叶，不若古人尔。意亦是读建安作者[⑧]之诗，与渊明、子美[⑨]所作，未入神尔。见东坡书黄子思诗卷后，论陶、谢[10]诗，钟、王书，极有理。尝见之否？孙伯远善论文章之美，师严君可畏在笔下；公能致此二士馆之，当有得耳。

【注释】

①东坡先生：指苏轼，号“东坡居士”。捐馆舍：讳指死亡，谓人死捐弃一切。

②殄瘁：悲痛。

③危言谠论：正直、卓异的言论。

④常州：即今浙江常州市。1101年苏轼病逝于此。

⑤朝衣：黑衣。子由：即苏轼之弟苏辙。

⑥秦少游：即秦观。藤州：即今广西藤县。

⑦陨：坠下。

⑧建安作者：汉末建安时期的作家，主要指以曹操、曹植、曹丕为代表的邺下文人。

⑨渊明、子美：即陶渊明、杜甫。

⑩陶、谢：指陶渊明、谢灵运。钟、王：指三国时的钟繇和晋代王羲之。二人均为书法名家。

【品读】

这篇短简是黄庭坚悼念苏轼、秦观的文字。苏、秦是黄庭坚的良师益友，黄对他们有着深厚的情意，因而悼念、怀思之情十分沉痛、真挚。作者在信中指出王庠的诗存在神韵不足等缺点，态度也显得很诚恳。

与苏公先生简　秦观[1]

某顿首：昨所遣人还，奉所赐诗书，伏蒙奖与过当，固非不肖[2]之迹所能当也。愧畏！愧畏！比辰伏惟尊候万福！

某比侍亲[3]如故。敝庐数间，足以庇[4]风雨；薄田百亩，虽不能尽充饘粥丝麻，若无横事[5]，亦可给十七[6]。家贫素无书，而亲戚时肯见借，亦足讽诵。深居简出，几不与世人相通。老母家人，见其如此，又得先生所赐诗书，称借过当，付之药物，亦可以湔所败辱[⑦]，为不朽矣。

参寥[⑧]时一见过。他客既以奔军见弃[⑨]，又不与之往还，因此遂绝。颇得专意读书，学作文字，性虽甚愚戆，亦时有所发明。差胜前时汩汩中也[⑩]。

《〈懋诚集〉引》[⑪]寻已付邵君，刻石毕，寄上。次《黄楼赋》，比以重违尊命，率然为之，不意过有怜爱，将刻之石。又得南都著作所赋，但深愧畏也！文与可学士[⑫]尚未至，如过此，当同参寥往见矣。

春初未侍坐间，伏乞保卫[⑬]尊重，下慰惓惓！不宣。某再拜。

【注释】

①秦观(1049—1100)：字少游、太虚，号淮海居士，高邮(今属江苏)人。北宋词人，属婉约一派，是“苏门四学士”之一。

②不肖：不贤。

③侍亲：侍候双亲。

④庇：遮蔽。

⑤横事：横来之祸。

⑥十七：十分之七。

⑦湔(jiān)所败辱：洗刷失败与耻辱。宋哲宗绍圣年间，章惇当权，打击元祐党人，因此秦观也遭到迫害。

⑧参寥：宋代诗僧潜道之号，与秦观、苏轼等人过从甚密。

⑨“他客”句：谓其他朋友都因为我被发配充军而嫌弃我。

⑩差胜：稍微强些。汩(gǔ)汩：水动貌。比喻生活飘浮不定。

⑪《〈懋诚集〉引》：秦观所作序文。《懋诚集》：宋邵伯温的文集。

⑫文与可：人名，北宋著名书法家。

⑬保卫：保重。

【品读】

这是作者遭受贬斥后写给苏轼的一封信。信中，作者历数乡间生活的困苦、孤凄，流露出对北宋当权者的不满意绪。信中对像苏轼、参寥这些在其“奔军”时还与之往来、给他精神慰藉的真诚的师友，表示了由衷的感激和深深的依恋。

贺李生启 李清照

无午未二时之分[①]，有伯仲两楷之似[②]，既系背而系足，实难弟而难兄[③]。玉刻双璋[④]，锦挑对褓。

【注释】

①“无午未”句：谓李生子在同一时辰诞生。午末：中午相近的两个时辰。

②“有伯仲”句：伊世珍《嫏嬛记》：“张伯楷、仲楷兄弟形状无二。”

③“既系”句：《嫏嬛记》：“白汲兄弟，母不能辨，以五粉绳，一系于臂，一系于足。”意谓双胞胎兄弟难辨。

④玉刻双璋：意思是说一次生了俩儿子。璋：古人对生男孩称“弄璋”。

【品读】

这是一篇祝贺别人得双生子的信，寥寥几句，巧用典实，不露痕迹，而且句句意指双生子，显示了作者运用语言的智巧。

与明远书 陆游

游顿首：间阔顷叩甚至[①]！忽奉手帖，欣重。秋雨，尊候轻安[②]。卿禅师遗墨甚妙，恨见之晚。辄题数行，不足称发扬[③]之意。皇恐！得暇见过，不宣。奉简明远老友。

文字共轴，又五册，纳去。五派图[④]四轴，数日前已就付来人去矣。游。

【注释】

①间阔：阔别。顷叩甚至：谓十分想念。

②轻安：身体康健。

③发扬：阐发、张扬。

④五派图：画名。

【品读】

沈明远将卿禅师的遗墨赠送给陆游，陆游写信表达了相见恨晚的高兴之情。此信文字十分简洁、洗练，甚见语言功力。

与廉宣抚 许衡[1]

别后南归，得守丘陇，殊适所愿！

老来情思，苦厌喧杂。课督儿童，种田读书，虽拙谋，心自喜幸，农夫野叟，日夕相遇，与之话言，固不尽晓，要其中无甚险阻[2]，是可尚[3]矣。

远辱承寄，两枉书教，且承雅意，肯属乡间[4]。迂阔之为[5]，亦有同者，喜不能寐，伫俟好音，鄙人有幸，须得会合。切望！切望！

【注释】

①许衡(1209—1281)：字仲平，号鲁斋，河内(今河南沁阳)人。宋元之际学者。

②“要其中”句：意谓可取的是这里没有什么险恶的用心。

③尚：看重。

④肯属乡间：肯关照我。属：亲近。乡间：作者自指，谓乡下之人。

⑤迂阔之为：迂腐而不切实际的行为。

【品读】

这封信是作者写给将来乡下看望自己的元朝官员廉宣抚的，作者在信中对廉宣抚表示了谢意，还描述了自己告老归乡后的生活情景，写出了乡间生活的和乐以及民风的淳朴。

答袁修德书 吴澄[①]

澄向者雨泽淋漓，溪流浩渺之时，径诣屏墙[②]，于震凌而藉厦屋之帡幪[③]，于造次以奉尊俎之谈笑[④]，欣感何极！别来无因嗣见，转眼数月，即辰秋水一洗炎毒，东篱又见花矣。悠然真意，应不减渊明[⑤]，莫能共话，南望曷胜？缱绻先阃[⑥]，相铭文。昨承面命，何敢懈怠！惟是衰耗，荒疏未必能发盛美尔。忽沐专翰，贶[⑦]以重厚礼，揆分[⑧]非所宜，蒙然不敢却也，只受增愧。数日疾作不能出，强起以承来施之勤，匪谨匪虔，谅不我尤[⑨]，统干台照[⑩]。不一。

【注释】

①吴澄(1249—1333)：字幼清，抚州崇仁(今属江西)人。宋元之际学者。

②径诣屏墙：意谓径直去府上拜访。屏墙：宫中当门的小墙。此引申为堂府。

③"于震凌"句：语出扬雄《法言》："震风陵雨，然后知夏屋之为帡幪。"后世书启常用扬雄此语，表示得助庇护之意。夏屋：大屋。帡幪(píngméng)：帐幕，引申为覆盖。

④造次：仓猝间。尊俎(zǔ)：本指盛酒肉的器皿，此处代指宴席。

⑤"东篱又见"三句：陶渊明有诗句云："采菊东篱下，悠然见南山。"信中这三句借用了陶氏诗句，并表现了悠然之情不减陶氏的意思。

⑥缱绻：情意缠绵。先阃(kǔn)：亡妻。

⑦贶(kuàng)：赠送。

⑧揆(kuí)分：揣度。分：想。

⑨尤：责怪。

⑩统干台照：统请谅察之意。

【品读】

在这封短信中，作者表现出高超的语言表达能力和技巧。此信内容不复杂，一则对袁君夏日之时热情接待自己，表示了谢意，二则谈了秋季来临时自己的生活境况，表现了他悠然闲适之时的一种落寞情怀，三则对袁君的厚礼馈赠致以谢忱。此信在语言运用上词约意丰，文字十分简洁，似无一字之赘，每字每句都能准确地传达特定的涵义，而且生动形象。例如，以“雨泽淋漓，溪流浩渺”“秋水一洗炎毒”分别表达夏、秋这两个时间概念，化抽象为具体，很生动。信以短句为主，杂以长句，读来错落有致，颇有音韵之美。

答张太史 徐渭

当大雪晨，惠羔羊半臂及菽酒。

仆领赐至矣[①]。

晨雪，酒与裘，对症药也。酒无破肚脏，罄当归瓮[②]；羔羊半臂[③]，非褐夫[④]所常服，寒退，拟晒以归。西兴脚子[⑤]云：“风在戴老爷家过夏，我家过冬。”一笑！

【注释】

①仆领赐至矣：我领受了惠赐，情意太重了！至：极。

②罄当归瓮：罄，空。酒喝完了会来归还酒坛。

③羔羊半臂：羊羔皮做的短袖皮袄。

④褐夫：穿粗布衣服的人，指贫贱之人，此为自谦之词。

⑤西兴：浙江萧山县（今属浙江杭州）西北一小镇。脚子：挑夫。

【品读】

徐渭性格孤傲，狂放不羁，而文如其人，诗、书、画亦如其人。张太史指张元忭，是徐渭老友之子，曾援救徐渭出狱，但后来中了状元，成为御用文人。他在一个大雪的清晨，给生活困窘的徐文长送来了御寒的皮袄和酒，徐文长回信致谢。但这封致谢信却不是一篇常人所写那种谦恭感激之词，而是一篇充满了机趣和幽默的绝妙小品，似受不受、似谢非谢之间，表观出徐渭孤傲近于狂怪的清高人格，末句尤有机锋，似自我揶揄，更以讥刺富豪之词，读之令人忍俊不禁，颇堪品味。

与王子声　袁宏道

弟屈指平生别苦，唯少时江上别一女郎，去年湖上别一长老，合今而三耳。女郎以情，长老以病，此别非病非情，亦复填膺之甚，即弟亦不知所以也。征东将军主人无惊人先生，遂亦无仆矣。惜哉，此将军无缘甚也。读扇头诗，字字涕泪，再见何期？令人肠痛。

【品读】

这封短简说了三种“情”：男女情、师生情、朋友情。袁宏道是个多“情”种子，这三种“情”都足以使他梦绕魂牵，甚至涕泪纵横。江上女郎，难考，但由此可知宏道少时之浪漫。湖上别长老，当是别李贽。袁宏道非常尊敬李贽，多次拜访，自称“弟子”，奉之为师。1593年宏道兄弟等人又专程到龙湖去拜望李贽，别时曾作《别龙湖师》10首，中有“惜别有今朝，车马去遥遥。一行一回首，踟蹰过板桥”及“出门余泪服，终不是男儿”等句，足见师生挥别难舍之苦。这回却是别友，王子声即王一鸣，字伯固，号子声，湖北黄冈人，与汤显祖、袁宏道同时出京赴任，时为临漳知县，其人有史才诗笔，负才自放，不为吏道所拘，与袁宏道颇投意趣，故别情如此深重。后王子声不幸未及进京展其史才而死于临漳任所，袁宏道写了《哭临漳令王子声》诗二首，下笔即呼：“穷冬夜冷兰烟黑，死字传来听不得！”十分动情。

答谢在杭司理[1] 袁宏道

三弟[2]盛称在杭胸怀如月，诗思如水，酒态如春；每踞石临流[3]，未尝不思及兄。如人从杭州来，眉目髭须，皆说西湖，今三弟满面皆谢司理[4]矣。江进之[5]才识甚超，交游中少见其比；两佳人聚首一城，皆以瓠落[6]，亦异日一段佳话。弟恨先去，不与七贤[7]之数。

【注释】

①谢在杭：谢肇淛，字在杭，万历进士，官至广西左布政使。曾做湖州推官，故宏道称其“司理”。司理：司理参军的简称，宋置，掌狱讼。因推官亦掌刑狱之官，故称。

②三弟：指袁中道。

③踞石临流：蹲坐山石之上而对清清流水。

④“如人”句：就像从杭州来的人，眉毛、胡须、眼睛，都在述说西湖的美景一样，现在三弟中道满脸都是谢司理。眉目髭须：形容人状物叙事时眉飞色舞之态。

⑤江进之：江盈科，公安派著名作家之一。

⑥瓠(hù)落：空廓貌。典出《庄子·逍遥游》。此喻二人皆为怀才不遇而又心性豁达之人。

⑦七贤：魏晋时嵇康、阮籍等七位不拘礼法、蔑视权贵的文人相友善而寄情山水竹林，号称“竹林七贤”。此以“七贤”美称谢、江等人，而憾自己不能来同聚相游。

【品读】

明代后期的文化启蒙思潮中产生出著名的以性灵相召唤的公安派，以袁宏道作为核心人物，一批志同道合、情趣相投的进步文人相互友善、相互激励，共同开创文坛新局面。这封信是转述作者三弟袁中道盛赞谢在杭的美言，兼赞另一友人江进之的才识。“胸怀如月，诗思如水，酒态如春”，让我们依稀可辨这一批进步文人的高雅情趣和浪漫交谊。“眉目髭须，皆说西湖”“三弟满面皆谢司理”，用以形容袁中道赞扬谢在杭说话时眉飞色舞的兴奋情状，历历如绘。

答夏道甫 袁中道

“高情已逐晓云去，不与梨花同梦”[①]，此情何堪，但一付庄周诸公治也[②]。梅花帐中，柏子炉边，别有一番光景。新春入渚宫[③]，当唤醒吾兄三生梦[④]耳。

拙诗一册，并圆柑二十五枚，家履丝帨[⑤]，聊申一念。圆柑大异市味[⑥]，幸别视之。

【注释】

①“高情”句：当系夏道甫来函中曲词，似为失恋之怨叹，或友情破裂之痛苦。

②“此情”句：这种痛苦怎么受得了，不如全部交给庄子等先贤去料理吧。

③渚(zhǔ)宫：楚之别宫，春秋时楚成王所建，故址在今湖北江陵城内。此代指江陵。

④三生梦：佛教把人生分为前生、今生、来生，此处意谓要友人领悟人生如梦之真谛，不要过于执着世情。

⑤家履丝帨(shuì)：自己家里织造的丝巾。

⑥大异市味：与水果市场上的圆柑味道很不一样。

【品读】

夏道甫是作者的一位友人，大约受了感情上的折磨而不能自拔，致信中道诉说怨叹。中道回信以道家、佛家的人生观念来劝他解脱自己，振作起来。“圆柑大异市味，幸别视之”的结语藏有深意，不只是说圆柑味道特别，更包含有要友人从市井俗情中醒悟过来，进入更高层次的思想境界的言外之意，不知当年夏道甫品出“圆柑大异市味”的言外之意没有。

与陈眉公　钟惺

相见甚有奇缘，似恨其晚。然使前十年相见，恐识力各有未坚透[1]处，心目不能如是之相发[2]也。朋友相见，极是难事。鄙意又以为不患[3]不相见，患相见之无益耳。有益矣，岂犹恨其晚哉！

【注释】

①坚透：深刻透辟。

②相发：相互启发和感应。

③患：害怕，担忧。

【品读】

陈眉公即陈继儒，号眉公，比钟惺长 16 岁，是当时一位有影响的文人和书画家。这封短简对朋友相见恨晚的常谈发表了有创意的新见，认为朋友相见适时更佳，若相见太早，由于双方见识未深，未必能成为知音。不怕交不到朋友，也不怕与朋友相见恨晚，只怕交不到相互有益的朋友，“不患不相见，患相见之无益”，可作为择友的一个原则。

致汪然明　柳如是

泣蕙草[1]之飘零，怜佳人之迟暮，自非绵丽[2]之笔，恐不能与于此[3]。然以云友[4]之才，先生之侠，使我辈即极无文[5]，亦不可不作。容俟一荒山烟雨之中，直[6]当以痛哭成之耳！

【注释】

①蕙草：一种香草。生在山野，初夏开花，黄绿色，可供观赏。这里与下文“佳人”均指杨云友。

②自非：假如没有。绵丽：缠绵婉丽。

③与于此：参与此事，即写哀悼文章。

④云友：杨慧林，字云友，号云道人，明末画家。

⑤无文：没有文才。

⑥直：仅，只。

【品读】

作者以香草美人之迟暮零落，来比喻红颜薄命，既表现了对友人不幸弃世的悲痛，同时也寄托了自己浪迹江湖，彷徨无依，身世沦落的感伤之情，“以痛哭成之”，既是哭人，也是哀己。

谢人馈药启　尤侗

仆风月膏肓[①]，烟花痼疾，同马卿之消渴，比卢子之幽忧[②]。忽启双鱼[③]，如逢扁鹊。赠之芍药，投我木瓜[④]。紫苏与白术同香，黄蘖共红花相映[⑤]。虽云小草，即是大丹[⑥]。月宫桂树，窃自姮娥[⑦]；台洞桃花，采从仙女[⑧]。一杯池水，堪资丈室之谈；半七神楼，顿醒钧天之梦[⑨]。肺腑能语，羊叔子岂有鸩人[⑩]；耳目发皇，楚太子无劳谢客[⑪]。

【注释】

①风月膏肓：指因男女情事而引起重病。

②马卿：指西汉辞赋家司马相如。《史记·司马相如列传》载：相如曾患消渴疾，晚年为疾病所苦。卢子：指初唐诗人卢照邻。据《旧唐书·卢照邻传》载：他因染风疾，隐居太白山中，服丹中毒，由于不堪疾病折磨，投颍水而死。

③双鱼：双鲤鱼，书信的代称。语出汉乐府《饮马长城窟》。

④芍药、木瓜：这里指两种中草约。

⑤紫苏、白术、黄蘖、红花：此处俱指中草药而言。

⑥大丹：救命之药。

⑦“月官”二句：以嫦娥窃食不死之药的神话故事喻人馈药的来

之不易。

⑧"台洞"二句：以刘晨、阮肇入天台山采药的神话传说喻人馈药的无比珍贵。

⑨"半七"二句：谓自身久病，昏睡中魂游天帝之所后，突然从不知人事中醒来。《史记·赵世家》：赵简子疾，五日不知人，扁鹊视之，曰："昔秦缪公尝如此，七日而寤。寤之日，告公孙支曰：'我之帝所甚乐。'今主君之疾与之同。"居二日半，简子寤，语大夫曰："我之帝所甚乐，与百神游于钧天，广乐九奏万舞，不类三代之乐，其声动人心。"

⑩"肺腑"二句：言知心朋友交往，相互间不会加害。《晋书·羊祜传》载："祜与陆抗（吴国将领）相对，使命交通，抗称祜之德量，虽乐毅、诸葛孔明不能过也。抗尝病，祜馈之药，抗服之无疑心。人多谏抗，抗曰：'羊祜岂鸩人者！'"羊叔子：羊祜，西晋大臣。出镇襄阳期间，与吴将陆抗互通使节，各保分界。

⑪"耳目"二句：谓人馈药能治好病，用不着谢绝。据枚乘《七发》载：楚太子患病，吴客前去探问，用七件事情来启发楚太子，中有"分决狐疑，发皇耳目"之语。发皇：通明。

【品读】

这是一篇谢人赠药的信。但它抛弃了枯燥乏味的客套用语，笔调亦庄亦谐，极富幽默调侃的意味。一开头便将自己身染沉疴的痛苦一股脑直抖出来，使人觉得这位老夫子诚实得可爱。大病康复，功归友人所馈之药，本应重谢，但他却用"肺腑能语，羊叔子岂有鸩人"这样不伦的比喻，还说什么"楚太子无劳谢客"，视友人的盛情为理所当然，让人好不纳闷。但我们联系全篇，从他"虽云小草，却是大丹"的赞美中，从他"耳目发皇"的切身感受中，感到了字里行间的谢意和欣喜之情。文章怪言怪语，但表达的正是知心朋友之间特有的感情。

与程昆仑 王士祯[①]

林茂之先生今年八十有三，文苑尊宿，此为硕果，亦岂然老灵光矣[②]。

顷相见，询其平生著述，皆藏溧水之乳山中[③]。诗自万历甲辰，未付枣梨[④]。茂翁贫且甚，不能自谋板行[⑤]，行恐尽沦烟草。今人黄口才学，号嗄连篇累帙，便布通都[⑥]。此老负盛名七十年，至不能传一字于后世，可惜也！

弟意先检点其近作，约好事者人任一卷。积石为山，集翠成裘，大是佳话，顾同志寥寥耳[⑦]。

【注释】

①王士祯(1634—1711)：字子真，一字贻上，号阮亭，又号渔洋山人，山东新城(今桓台)人。清代诗人。顺治进士，官至刑部尚书，谥文简。其所创神韵说，在诗坛影响巨大。

②林茂之：名古度，字茂之，别号那子，侯官(今福建省福州市)人。与黄宗羲善。明亡，终生不仕。贫而守节，工诗能书。尊宿：德高年长者。硕果：难得之物仅存者。老灵光：这里指林古度。语出《文选》："灵光岿然独存。"灵光：宫殿名。

③溧水：今在江苏溧阳市，亦称陵水、永阳江，东向流入太湖。乳山：系溧阳市一小山名。

④万历甲辰：万历三十二年，即公元1604年。枣梨：印刷的代称。因古代刻板多用枣木、梨木，故云。

⑤板行：制板印行。板，印刷用的雕版。

⑥黄口：犹言小儿。号嗄(shà)：声音嘶哑。《老子》下："终日号而不嗄，和之至也。"通都：四通八达的大都会。

⑦集翠成裘：由"集腋成裘"转化而来，喻汇集众资以成一事。大是：确实是。"顾同志"句：只是志趣相同的人不多了啊。顾，不过。

【品读】

王士祯给程昆仑写信，共同筹划集资为林茂之出版诗集的事。信中高度称赞林茂之为"文苑尊宿"，对他"贫且甚"的境况寄予同情。对真正有价值的著述因无钱不能传于后世，而"黄口才学""号嗄"之作却"连篇累帙""便布通都"表示不平。由此，我们也可以想见，封建时代有多少中下层知识分子因贫困而著作不传呀。文字简洁，风格迂徐冲淡。

程昆仑，名庄，字坦如，又字昆仑，清代武乡（今属山西）人。古文家。

与宗定九 孔尚任

不见我梅岑者又两月矣。缕缕欲言，一时难理。念足下高卧东原，独寤寐处，不知尘市者久矣。一旦命棹百里，访仆于花灯箫鼓之场，墨渖酒痕，淋漓萝带；香尘花雾，飘拂荷巾[①]。于时足下惊才绝艳，肆应百出，虽酒吏歌人，皆劳顾盼。乃知高隐名流，原非枯禅腐儒。仆与足下数共晨夕，愈看愈妍，盖如小乔初嫁，雄姿英发时也[②]。无限千秋，正图扬榷[③]，而君家之猿鹤[④]，促君归矣。仆所得大著、大选，佳书、佳扇，充盈箧簏，尚一无琼玖之报[⑤]。而足下又谆谆致语，以仆之拙集为念。仆泥涂劳吏[⑥]，满眼俗物，零星残稿，用纪岁月，不知何以亦邀赏于法眼[⑦]也。

【注释】

①萝带、荷巾：高人的服饰。语出屈原《离骚》和《山鬼》篇。

②小乔初嫁，雄姿英发：语出苏轼词《念奴娇·赤壁怀古》，这里用来称赞友人宗定九。

③无限千秋，正图扬榷：许多古今之事，正想和你畅谈。

④“猿鹤”句：疑指宗定九家中有事，促其归去。

⑤尚一无琼玖之报：还没有好东西回赠你。语出《诗经·木瓜》。

⑥泥涂劳吏：职位卑下的小官。

⑦法眼：佛教有“五眼”之说，慧眼和法眼都能洞见实相，仅次于佛眼。通常用来指精深的眼力。

【品读】

此书牍的独特之处，在于作者在很短的篇幅中描绘场面，勾勒人物形象。宗定九是扬州一位名士，隐居东原。信一开头就展示了一位"高卧东原，独寤寐处"的隐士形象，使人们看到了一个超然世外、落落寡合、禀性孤介的人物。但从"一旦命棹百里"开始，作者给人们展示了"另一个"宗定九：他走出静谧山林，入于喧嚣的"花灯箫鼓之场"，诗酒挥毫，淋漓慷慨，"惊才绝艳，肆应百出；虽酒吏歌人，皆劳顾盼"，充分显示了与寂寂高隐截然不同的老名士的风流文采，俊爽青春。再后作者又以"愈看愈妍"这种出人意料的神来之笔，将他比之于少年公瑾，从而又显示了宗定九富于韬略的智慧胸襟。通过这三方面的叙写，将一个学识渊深、不遇于时的隐者形象活灵活现地描画了出来，文字极为生动传神。

致邓传密 魏源

守之仁弟足下：

两接手书，具稔动履安和[①]，甚慰悒念[②]。

前书谓源与挹之退有后言[③]，方切悚惧[④]。昨札则已释前疑，而止谓词貌之间，不甚亲洽。夫舍其大而责其细，宽其重而就其轻，是故人之恕也，交久而不略其文貌，责过而不忽于细微，是故人之周也。源素性粗疏，动多尤悔，故人知之，岂自今日。然在他人，则将以为不足责备而置之，自非直谅肫勤之君子[⑤]，其尚肯齿诸朋友之别[⑥]，而规诲不倦乎。近与挹之讲习切磋，颇知自反，尚望时贶良药[⑦]，以针以砭，不致遐弃，以全始爱。《诗》曰："无我恶兮，不寁故也"[⑧]。明春入都面晤，乃竭其愚。

前接秋舫书[⑨]，言足下受定公之托[⑩]，颇不容易，未知日内光景何如？定公正月即可抵京否？日内闲户作何工夫？念念。天寒惟珍重，一切不宣[11]。

【注释】

①稔：知道。

②悒：愁闷不安。

③自“前书”始至信末，曾刊于《甲寅》月刊第一卷第七号。挹之：即杨承注。

④悚：恐惧。

⑤肫（zhūn）：诚恳。

⑥齿：并列，排列。

⑦贶（kuàng）：赐，赏赐。

⑧“无我”二句：见《诗经·郑风·遵大路》。其中的“寁（jié）”借为“接”。意谓：“你不要因憎恶我，便不接近故人”。

⑨秋舫：陈沆（1785—1826）：湖北蕲春人。嘉庆二十四年状元及第，授翰林院修撰，官至四川道监察御史。与魏源交谊甚笃，一生致力词章，著有《简学斋诗存》《诗比兴笺》《白石山馆遗稿》等。

⑩定公：指龚自珍（1792—1841），号定庵，近代杰出思想家和文学家。

⑪此信末尾未落日期，根据本信所反映的具体情况以及其他材料，有学者考证认定，此信写于道光二年冬天。

【品读】

魏源与邓传密交谊甚笃，彼此之间皆能肝胆相照。在这封信中，他盛赞邓传密对待友人“交久而不略其文貌，责过而不忽于细微”，且“规诲不倦”的精神和品质，称其为“肫勤之君子”。在当时那种阿谀奉承、歌功颂德、吹牛拍马和相互猜疑、相互倾轧、尔虞我诈成风的时代，能如此真诚待人，的确是“颇不容易”的事情。

报邹岳生书 谭嗣同[1]

来书谨悉。每念足下忧贫甚切，窃以为过矣。人生世间，天必有以困之[2]：以天下事困圣贤困英雄，以道德文章困士人，以功名困仕宦，以货利困商贾，以衣食困庸夫[3]。天必欲困之，我必不为所困，是在局中人自悟耳[4]。夫不为所困，岂必舍天下事与夫道德文章、功名、货利、衣食而不顾哉？亦惟尽所当为[5]。其得失利害，未足撄我之心，强为其善，成功则天，此孟子所以告滕文也[6]。可见事至于极，虽圣贤亦惟任之而已。况足下之事，尚未至于极哉。天壤间自多乐趣，安用此长戚戚为耶[7]！又如某事，嗣同不过随意行之，初无成见，亦不预期其将来如何，纯任自然未必不合圣人绝四之道[8]。故遇事素无把握，惟发端则以此心有愧无愧为衡[9]。若某事，请代思之，其有愧乎？其无愧乎？至足下所虑，是诚不可解矣。昌黎《伯夷颂》曰："举世非之，力行而不惑者，天下一人而已。"[10]盖古人以理为断，不闻以人言为断。心为我之心，安能听转移于毁誉哉！倘足下必欲止此事，则请深思至理之极以相晓，便当伏首听命也。

【注释】

①谭嗣同（1865—1898）：字复生，号壮飞，湖南浏阳人。湖北巡抚谭继洵之子。其少时即博览群书，好任侠，善剑术，工诗擅文，鄙薄科举，重视西学；主张变法维新，成为维新运动的鼓吹者和激进派领袖。戊戌变法失败被捕，英勇就义，为"戊戌六君子"之一。著有《谭嗣同全集》。

②以：介词，"用"的意思，承后省略，即"用……困之"。

③仕宦：做官的人。商贾：商人。庸夫：指一般的平民百姓。

④局中人：指"圣贤"、"英雄"、"士人"、"仕宦"、"商贾"和"庸夫"。

⑤"亦惟"句：意谓只要自己尽力去做了就行了。

⑥强为其善，成功则天：语出《孟子·梁惠王下》："若天成功，则天也。君如彼何哉？强为善而已矣。"撄（yīng）：扰乱，干扰。

⑦天壤：天地。戚戚：非常忧愁、悲伤的样子。

⑧绝四：语出《论语·子罕》："子绝四——毋意，毋必，毋固，毋

我。”其意为：孔子一点也没有四种毛病：不悬空揣测，不全部肯定，不拘泥固执，不自以为是。

⑨衡：原指秤杆，秤，引申为“标准”、“准则”。

⑩昌黎：即韩愈。“举世”三句：语出《伯夷颂》，但与原话有出入，原文为：“一家非之，力行而不惑者，寡矣；至于一国一州非之，力行而不惑者，盖天下一人而已矣；若至于举世非之，力行而不惑者，则千百年乃一人而已耳。”

【品读】

在这封给好友的信中，作者阐发了人一生必然会遇到各种各样的困难、曲折，不可能一帆风顺的道理以及对其应处的态度，并用古代圣贤的话和自己的亲身体会，劝慰友人不必“听转移于毁誉”，不必“忧贫甚切”而至“长戚戚”；只要自己“强为其善”，“尽所当为”，而心里“无愧”，就可“纯任自然”。全信不仅识见卓异，不同凡响，而且言辞恳切，语重心长。

心在山水

答谢中书书[①] 陶弘景[②]

山川之美，古今共谈。高峰入云，清流见底。两岸石壁，五色交辉；青林翠竹，四时俱备。晓雾将歇，猿鸟乱鸣；夕日欲颓，沉鳞竞跃。实是欲界之仙都[③]！自康乐以来，未复有能与其奇者[④]。

【注释】

①谢中书：谢微（一作"徵"），字元度，曾为中书鸿胪，故称谢中书。

②陶弘景（452—536）：字通明，自号华阳居士。齐梁间的道教思想家和医学家。梁武帝即位后虽然没有出山做官，但与朝廷上下多有交往，梁武帝经常向他咨询国事，有"山中宰相"之称。他的文章主要谈论道教和医学，只有一些短札具有较高的文学价值。

③这的确是人间仙境。欲界：佛家所谓三界之一，有七情六欲的芸芸众生所居的地方，也即人间。

④自从谢灵运以后，就再也没有能欣赏如此奇山妙水的人了。康乐：谢灵运袭封康乐公，故称。与：参与。

【品读】

称陶弘景性爱山水，每经涧谷必坐卧其间吟咏盘桓。这封书信是六朝文学中的写景名篇，表现了作者对自然美细腻的感受力。全文仅仅十五句，其中描绘自己隐居地山中景色只十句，说此间仰望高峰入云，俯看清流见底，左右眺望可见"两岸石壁，五色交辉"，晓雾将消时"猿鸟乱鸣"，夕阳欲沉际"沉鳞竞跃"，猿啼、鸟鸣、鱼跃使入云的山峰和清澈的山泉更见清幽，同时又更富于生机。这位饱学隐者不仅把这儿视为人间天堂，也把它当作自己精神的依托。以清丽的语言，绘幽静秀丽的山水，抒飘逸出尘的情怀，无怪乎不足七十个字的短札居然如此传诵不衰了。

与顾章书 吴均[①]

仆去月谢病[②]，还觅薜萝[③]。

梅溪之西[④]，有石门山者，森壁争霞，孤峰限日，幽岫含云，深溪蓄翠。蝉吟鹤唳，水响猿啼，英英相杂，绵绵成韵[⑤]。既素重幽居，遂葺宇其上[⑥]。幸富菊花，偏饶竹实[⑦]，山谷所资，于斯已办[⑧]。仁智所乐，岂徒语哉[⑨]！

【注释】

①吴均(469—520)：字叔庠，吴兴(今属浙江)人。南朝梁文学家。

②去月：已过去了的一月，即上月。谢病：托病辞官引退。

③薜萝：薜荔与女萝。屈原《楚辞·九歌·山鬼》："若有人兮山之间，被薜荔兮带女萝。"后世遂以"薜萝"代指隐士之服。还觅薜萝：正准备隐居。

④梅溪：吴均家乡的山名(今浙江安吉县境内)。

⑤英英：声音和谐。绵绵：声调悠长。

⑥葺(qì)宇：盖房子。

⑦菊花、竹实：隐士的食物。《离骚》："夕餐秋菊之落英。"《魏氏春秋》："阮籍少时，尝游苏门山，有隐者，莫知姓名，有竹实数斛，臼杵而已。"

⑧山谷所资，于斯已办：山谷中隐居生活所要的东西，这里已齐备了。办：具备。

⑨仁智所乐：《论语·雍也》："智者乐水，仁者乐山。"这句说此地有山有水，仁者智者都能得到满足。徒语：空话。

【品读】

这封短信是向故人介绍自己隐居的环境，主旨在于突出环境的清幽，却偏从喧闹处着笔："蝉吟鹤唳，水响猿啼，英英相杂，绵绵成韵"，这样不仅获得了"鸟鸣山更幽"的艺术效果，而且使境界幽深而不枯寂。作者在遣词用字上也极见功夫，如下四句中动词的运用就很别致："森壁争霞，孤峰限日，幽岫含云，深溪蓄翠"，简洁高素，殆无长语，辞虽骈俪，绝不冗繁，读之令人心醉。

与宋元思书① 吴均

风烟俱净，天山共色；从流飘荡，任意东西。自富阳至桐庐一百许里②，奇山异水，天下独绝！

水皆缥碧③，千丈见底；游鱼细石，直视无碍。急湍甚箭，猛浪若奔④。夹岸高山，皆生寒树，负势竞上，互相轩邈⑤。争高直指，千百成峰。泉水激石，泠泠作响⑥；好鸟相鸣，嘤嘤成韵。蝉则千啭不穷，猿则百叫无绝。鸢飞戾天者，望峰息心⑦；经纶世务者，窥谷忘返⑧。横柯上蔽，在昼犹昏；疏条交映，有时见日。

【注释】

①宋元思：一作朱元思，生平未详。黎经诰《六朝文絜笺注》："'宋'，一作'朱'，非。案宋元思，字玉山。刘峻有《与宋玉山元思书》。"

②"自富阳"句：富阳：今浙江省富阳市。桐庐：今浙江省桐庐县。许：指约计的数量。

③缥碧：青苍色。

④"急湍"二句：湍（tuān）：急流。甚箭：比飞箭还快。奔：指奔马。这二句说：急流快过飞箭，猛浪势如奔马。

⑤"负势"二句：负势：借助山势。互相轩邈：相互争高比远。

轩:高。邈:远。

⑥泠(líng)泠:水声。

⑦"鸢飞"二句:想青云直上追求高官厚禄者,望见如此高峻的峰峦,定能收敛自己的贪进之心。鸢(yuān):鹰类猛禽。戾(lì):至。

⑧"经纶"二句:整天忙于政治事务者,见了这幽邃的山谷也会流连忘返。经纶:以治丝喻筹划政事。

【品读】

这篇写作者从富阳至桐庐乘舟飘荡时的所见所闻,山水景物像电影中的蒙太奇不断推移:"夹岸高山,皆生寒树,负势竞上,互相轩邈,……蝉则千啭不穷,猿则百叫无绝",读者也像坐在舟中一样,美景使人目不暇接,并给人一种"急湍甚箭"的流动感,笔致轻倩而生气贯注。

山中与裴迪秀才书[①] 王维[②]

近腊月下[③],景气和畅,故山殊可过[④]。足下方温经[⑤],猥不敢相烦[⑥],辄便往山中,憩感配寺,与山僧饭讫而去。北涉玄灞[⑦],清月映廓,夜登华子冈[⑧],辋水沦涟,与月上下[⑨]。寒山远火,明灭林外;深巷寒犬,吠声如豹;村墟夜舂,复与疏钟相间[⑩]。此时独坐,僮仆静默,多思曩昔携手赋诗[⑪],步仄径,临清流也。

当待春中,草木蔓发,春山可望[⑫],轻鲦出水[⑬],白鸥矫翼,露湿青皋[⑭],麦垅朝雊[⑮]:斯之不远,傥能从我游乎[⑯]?非子天机清妙者[⑰],岂能以此不急之务相邀?然是中有深趣矣,无忽!因驮黄蘗人往[⑱],不一。山中人王维白[⑲]。

【注释】

①裴迪:盛唐山水诗人,王维的诗友,与王维多有唱和。秀才:唐代对应进士而未及第的人的通称。

②王维(? —761):字摩诘,蒲州(今山西永济)人。盛唐山水诗

派的代表诗人。他笔下的山水大多清澈明净而又宁静安详,善于在有限的篇幅中创造生动的意境与画面,达到了极高的艺术水平。

③下:末尾。

④故山:旧居的山,指辋川山中,王维在此有别墅。过:访问,游赏。

⑤温经:温习经书。

⑥猥:仓猝之间。一说"猥"为发音词,无实义。

⑦玄灞:灞水。

⑧华子冈:辋川胜景之一。

⑨与月上下:月影随水波或上或下。

⑩村墟:村落。舂(chōng):舂米。疏钟:稀疏的钟声。

⑪曩(nǎng)昔:昔日,往日。

⑫可望:可以(或值得)观赏。

⑬轻鲦(tiáo):轻捷的白鲦鱼。

⑭矫:举。青皋:长生青草的水边陆地。

⑮朝雊(gòu):清晨野鸡叫。

⑯斯之不远:这个时间已经不远了。傥(tǎng):同"倘",或者,含有商量的意味。

⑰天机:天性。清妙:清远妙悟。

⑱"因驮"句:因有运黄蘖的人出山,托他给你捎了这封信。

⑲山中人:古代称隐士为"山人"或"山中人",此处王维以隐者自居。

【品读】

王维在蓝田辋川有别墅,舍下辋水周流,不少风景名胜点缀其间,他常与裴迪等诗友游于其中。这封信写于安史之乱前,意在招裴迪明春去山中同游。作者以轻灵秀美的笔触,向友人描绘了辋川的风物。以画家兼诗人的眼光,捕捉辋川的物态、音响、色彩,大处勾勒,细节点染,构造了一幅完整生动的美丽画面。作者从不同侧面写出了辋川生活的闲情逸致,流露了对恬静脱俗的乡居生活的热爱,间接表现了对官场的厌倦情绪。这是一封短简,也是一首小散文诗。

与傅季鲁[1]　陆九渊[2]

二十四日发敝庐[3]，晚宿资国[4]。

二十五日观半山瀑[5]，由新蹊抵方丈[6]。已亭午[7]，山木益稠，蝉声益清，白云高屯，叠嶂毕露，疏雨递洒，清风漻然[8]，不知其为夏也。何时来此共之？

适欲国纪[9]点对一事，或未能来，可先遣至。

【注释】

①傅季鲁：宋代哲学家，陆九渊的学生。

②陆九渊（1139—1193）：字子静，自号存斋，抚州金溪（今属江西）人。南宋哲学家、教育家。

③敝庐：古人对自己住室的谦称。此处是指作者在抚州金溪（今江西省境内）老家的住宅。

④资国：县名，治所在今江西省贵溪市。

⑤半山瀑：指贵溪应天山瀑布。

⑥新蹊：地名，在应天山附近。方丈：本指禅寺僧人的住宿之地，此处指陆九渊在应天山的居处。

⑦亭午：正中午时。

⑧漻（liáo）然：吹动的样子。

⑨国纪：人名，陆九渊的学生。

【品读】

一个“玩”深沉哲学的理学家用他那专写“高头讲章”的笔写出这么一篇清新灵动的文章，确实不易。作者着墨不多，寥寥数语就把应天山中夏日生机盎然的景色写得如诗如画，活灵活现。文中蝉声、白云、叠嶂、疏雨、清风有机交织一起，构成了一幅有声有色、动静相谐的山中夏趣图，阅之意境高远，情韵无穷。文中“何时来此共之”一语，招邀门生来山中分享山水之乐，更显作者寄情山水的愉悦和逸趣。

与韩忠献公[①] 欧阳修

山州穷绝，比乏水泉[②]。昨夏秋之初，偶得一泉于州城之西南，丰山之谷中，水味甘冷。因爱其山势回抱，构小亭于泉侧。又理[③]其旁为教场，时集州兵弓手，阅其习射，以警饥年之盗，间[④]亦与郡官宴集于其中。方惜此幽致，思得佳木美草植之，忽辱宠示芍药十种[⑤]，岂胜欣荷[⑥]！山民虽陋，亦喜遨游，自此得与郡人共乐，实出厚赐也[⑦]。愧刻[⑧]！愧刻！

【注释】

①韩忠献公：即韩琦，相州安阳（今河南安阳）人。宋代著名将领，任过宰相。

②比：到处。

③理：整理。

④间：偶尔。

⑤"忽辱宠"句：意思是说，突然得到您送来的十种芍药花。辱宠：谦词，意即屈辱了您。

⑥岂胜欣荷：意谓高兴、感激不尽。

⑦厚赐：指韩琦赠送花草。

⑧愧刻：惭愧极了。

【品读】

这是欧阳修为官滁州（今安徽滁州）时写给韩琦的一封信。和作者在滁州所写的《醉翁亭记》《丰乐亭记》等散文名作一样，这篇短信也表达了一种寄情山水、与民同乐的思想意趣。作品从山州乏水的遗憾发端，继之写偶得山泉，筑亭其侧，游宴其间，写出了作者热爱山川、从山川寻求精神慰藉的愉悦之情；最后又由自己的得山川之乐写到"与郡人同乐"，升华了这篇小品的思想境界。更巧妙的是，作者将"自此得与郡人共乐"与韩琦的"实出厚赐”联系起来，使人感到作者对韩公的谢意是出自衷心，又使人觉得作者的谢意代表着整个滁州百姓，从而增添了这份情意的内涵。全文文字简约而有法度，顺理成章，文势自然，文风平实而富有情韵。

答李大临学士书　欧阳修

修再拜。人至，辱书，甚慰。永阳[①]穷僻而多山林之景，又尝得贤士君子居焉。修在滁[②]之三年，得博士杜君与处，甚乐，每登临览泉石之际，惟恐其去也。其后徙官广陵[③]，忽忽不逾岁而求颍[④]。在颍逾年，差自适，然滁之山林泉石与杜君共乐者，未尝辄一日忘于心也。今足下在滁，而事陈君与居。足下知道之明者，固能达于进退穷通之理，能达于此而无累于心，然后山林泉石可以乐，必与贤者共，然后登临之际有以乐也。足下所得与修之所得者同，而有小异者。修不足以知道，独其遭世忧患多，齿发衰，因得闲处而为宜尔，此为与足下异也。不知足下之乐，惟恐其去，能与修同否？况足下学至文高，宜有所施于当世，不得若某之恋恋，此其与某异也。得陈君所寄二图，览其景物之宛然，复思二贤相与之乐，恨不得追逐于其间。因人还，草率。

【注释】

①永阳：县名，治所在今安徽省来安县。

②滁：指滁州，治所在今安徽省滁州境内。

③广陵：地名，即今江苏省扬州市。

④颍：即颍州，治所在今安徽省阜阳市。

【品读】

这是作者贬谪颍州时写给在滁州任职的李大临的信。因为作者谪迁颍州之前，曾在滁州任官三年，所以与李大临谈起滁州的情况，显得非常亲切。信中，作者首先回顾了自己在滁州时寄情山水，与贤者共乐的情形，字里行间，流露出一种不以得失为怀的放旷之情。然后比较自己与李大临在滁州生活之异同，并叙及陈君送画之事，都进一步表现了自己洒脱拔俗的情怀。此篇可与作者《醉翁亭记》对读。

回谢教授爱山帖　文天祥[①]

日于仲氏便价得书，振衣快读，恍焉眉宇之迫吾睫[②]。可人[③]不来，苍苔满径，得无忘把酒看山时约邪？

西风[④]逼人，桂香浮动，天池鲲化，抟扶摇而上之[⑤]，舍爱山其谁属魁？卷纸一幅，纳之文房，衣被琳琅，腾翥光景，诸生辈亦将侈其逢矣[⑥]。薄言占复[⑦]，挂一漏万。

山中度日如年，落叶萧萧，凉月堕砌，起视寥泬[⑧]，安得知己握手长吟，写胸中之耿耿，以相慰藉耶！

杪秋余热犹壮，二竖者虽相戏，而不吾虐[⑨]。子亦从其所为，仓、扁辈未尝屑屑然也[⑩]。久之，不觉脱然去体，是又不治之治有胜于剂饵者[⑪]。

宠贻手札，问劳渠渠[⑫]，故道其所以然而复于执事。

【注释】

①文天祥(1236—1283)：字履善，号文山，庐陵(今江西吉安)人，南宋大臣、文学家。

②仲氏：指作者的弟弟文天璧。便价：贴身童仆。"恍焉"句：好像你的眉宇迫近我的眼睫毛。比喻读信如晤其面。

③可人：友人，此指爱山。

④西风：秋风。

⑤"天池"二句：用《庄子·逍遥游》语。抟(tuán)扶摇：谓鹏鼓起翅膀，集中风力，奋力上飞。比喻奋发进取。

⑥卷纸：书法作品。衣被琳琅：谓装裱艳美。腾翥光景：形容字写得笔势飞动。侈其逢：遇上难得的机会。

⑦薄言：发语词。占复：口信。

⑧砌：台阶。寥泬：空旷冷清，此指夜空。

⑨杪秋：秋末。二竖者：指病魔。虐：折磨。

⑩仓、扁辈：仓公、扁鹊，为我国古代名医，此处泛指医生。屑屑然：忙碌不停的样子。

⑪剂饵者：药物。

⑫渠渠：亲切殷勤貌。

【品读】

这是文天祥免官归家，深居文山之中时写给友人谢爱山的信。在信中，作者叙说了自己的生活情况，并提及赠宇爱山一事，袒露出了寂寞孤苦的情怀。文中叙事、写景、抒情有机统一，具有十分感人的艺术魅力。

与介石书　倪瓒[①]

瓒奉别后，从兰陵[②]东郭门外人家少憩三日，待荆溪[③]发行李来，即归田舍；到家稍稍休息，而州县科差迫促骚然，因叹那能复以愦愦从彼之榛榛乎[④]。因命扁舟入吴[⑤]，寓村落中，调气静坐，得以少抒其中磊磊者[⑥]。

一日，从一二林下人登灵岩山，览观天池、石壁之胜，寻姑胥台古迹，若司马子长、苏长公悲世愤俗，有不胜其哀[⑦]。后百世而不及见古人，则求古迹，观以自解。惜不肖非其人，回望太湖之西，诸山依约，指点数螺，若芥舟泛泛杯水中者，当是铜官、离墨，因并吾寄止[⑧]。公政著[⑨]白云灭没处，杜门著书，降屈其心志，不能以道表见于当世[⑩]，真为之泣下沾襟也！

闰月末暂还，系舟江渚旁。稍治夏衣，将复至吴，而过荆溪，附此上问。阴雨侵淫，不审何似，伏惟乐道间居，履候多福[11]。瓒招愆纳毁，岂非以由己致之耶！复何敢怨天尤人，常自疚耳。末由参侍，临书惘惘，千万慎交自爱。不备。

【注释】

①倪瓒(1301—1374)：字元镇，号云林子、幻霞子等，无锡人。元代书画家。一生不仕，性好洁而迂僻。

②兰陵：县名，今属江苏省常州。

③荆溪：县名，即今江苏省宜兴市。

④愦愦：忧愁。榛榛：本指草木芜杂。比喻骚乱不安。

⑤吴：指今苏州市。

⑥磊磊：比喻心中忧闷不快。

⑦灵岩山：山名，在今苏州城西太湖边上。天池、石壁：都在灵岩山附近的华山上。天池在华山半山腰。华山上的石壁凿有佛像。姑胥台：台名，建于春秋时期，在华山附近的姑苏山上。司马子长、苏长公：指司马迁、苏轼。

⑧数螺：此指远望如螺壳的山。铜官、离墨：山名，即今宜兴县南的君山、国山。寄止：寄居的地方。指靠近铜官、离墨的荆溪。

⑨政著：正在。

⑩不能以道表见于当世：意谓介石身处乱世，只能屈委自己的志向，而不能当官行圣贤之道。

⑪履候多福：旧时书信中的客气话，意谓一切都顺利。

【品读】

这封写给朋友韩众(字介石)的信，内容主要是叙说自己近来的行踪、动态，诸如"扁舟入吴"、登山览水、求访古迹等等，作者描述这些，既不记奇事，又不绘异景，似是写"流水账"，但因为这种"流水账"的记述中寓有作者"悲世愤俗"的磊磊不平之情，所以使此信看似平常却奇崛。此信语言简洁、灵动，且富机趣、情感。

与廖傅生 傅汝舟[1]

夜来寒月皎淡，望水帘月色，同化芦花。入枕但闻淅沥，叶响草声，疑雪疑雨，终莫能定。梦去犹在水晶国[2]，粜籴千百颗招凉珠[3]。

【注释】

①傅汝舟：字虚木，明嘉靖间江宁（今属江苏）人，好黄老养生术，晚年弃家出游。工诗，有《傅山人集》。

②水晶国：犹言水晶宫。

③粜籴（tiàodí）：买卖粮食，此处泛指买卖。招凉珠：前秦王嘉《拾遗记》："阴泉有黑蚌，飞翔来去于五岳之上，千岁一生珠。燕昭王常怀此珠，当隆之月，体自轻凉，号曰'销暑招凉之珠'。"

【品读】

廖傅生为廖孔悦，傅生其字，傅汝舟之同乡好友。此简纯用诗笔，意境朦胧，文辞美妙。从入夜之视觉仿佛，到入枕之听觉朦胧，再到夜深梦境之超然，层层入妙，把人的想象和幻觉写得扑朔迷离，读之如品律绝。

与吴敦之 袁宏道

东南山川，秀媚不可言，如少女时花[1]，婉弱可爱。楚中非无名山大川，然终是大汉、将军、盐商妇耳[2]。

自春徂[3]夏，游殆[4]三月，由越返吴，山行殆二千余里。山则飞来、南屏、五云、南、北高峰、会稽、禹穴、青口、天目、黄山、白岳。水则西湖、湘湖、鉴湖、钱塘江、新安江，而五泄为最胜，在诸暨县百里外，百幅鲛绡[5]，自天而挂。洞则玉京、烟霞、水乐、呼猿之属，玉京奇甚。泉则龙井、虎跑、真珠之属。其他不记名者尚多。友则陶周望、公望、虞长孺、僧儒、王静虚[⑥]，皆禅友也，然皆禅而诗。汪仲嘉、梅季豹、潘景升、方子公[⑦]，皆诗友也，然皆诗而隽[⑧]。就中唯周望与弟相终始，相依三月。僧则云栖、戒山、湛然、立玉。云栖古佛，戒山法主，湛然、立玉禅伯也。其他琐琐者，固不暇辱纸笔。

所可喜者，过越，于乱文集中识出徐渭[⑨]，殆是我朝第一诗人，王、李[⑩]为之短气。所可恨者，杭州假髻[⑪]太阔，绍兴擦粉太多，岳坟[⑫]无十里朱楼，兰亭[⑬]一破败亭子，袁中郎趣高而不饮酒，潘景升爱客而囊无一钱。其他浪游之趣，非笔所能描写，兄见帖自当会之。

弟游览诗章，近亦成帙，其中非惊人语，则嗔人语，嗔人者为人所嗔也。昨长洲公[⑭]已觅去发刊。弟尝谓天下有大败兴事三，而破国亡家不与焉[⑮]。山水朋友不相凑，一败兴也；朋友忙，相聚不及，二败兴也；游非其时，或花落山枯，三败兴也。弟兹游可谓兼之，岂非前生报缘哉！

【注释】

①时花：正值开放季节的鲜花。

②"楚中"句：意谓楚地山川或粗或俗，不如东南山川之秀媚鲜活。

③徂(cú)：往。

④殆：差不多。

⑤鲛绡：传说中鲛人所织的绡，入水不濡。亦用以泛指薄纱。此指瀑布从天而挂，薄如轻纱。

⑥陶周望、公望兄弟及虞长孺、僧儒兄弟，皆详《与伯修》注解。王静虚，指王赞化。

⑦汪仲嘉：指汪道会，字仲嘉，安徽歙(shè)县人，汪道昆之弟。梅季豹：指梅守箕，字季豹，宣城人，秀才不第，潦倒自放。潘景升：指潘之恒，详《与伯修》注。方子公：指方文僎。

⑧隽：韵味悠长。

⑨徐渭：字文长，浙江绍兴人，明代著名诗人、画家、书法家、戏曲家，文风奇放，人品孤狂，为一代大师。

⑩王、李：指复古派“后七子”代表人物王世贞、李攀龙。

⑪髻：梳在头顶上的发结。

⑫岳坟：岳飞的坟陵，在西湖栖霞岭岳王庙右侧，旁有岳云墓。

⑬兰亭：在浙江绍兴西南，地名兰渚，渚有亭。《水经注》云：“湖口有亭，号曰兰亭，亦曰兰上里。太守王羲之、谢安兄弟数往造焉。吴郡太守谢勗封兰亭侯，盖取此亭为以封号也。”

⑭长洲公：指长洲知县江盈科。

⑮“而破”句：意谓国破家亡不在败兴事之列。是文人愤世语。

【品读】

吴敦之，吴化，字敦之，号曲萝生，黄安（今湖北红安）人，万历间进士，曾任镇江府推官，后升户部主事。与袁宏道多有文字交，友情甚好。

这封信如数家珍地向吴敦之叙述自己脱官以后的吴越山水三月游，由于对方也是楚人，故下笔先将东南山川与楚中山川一比，概言东南山川秀媚婉丽的总特色，“以定吴越山川声价”（陆云龙评语）。接着以“山”“水”“洞”“泉”“友”“僧”六类，排比所游胜景和伴游之人，给人以美不胜收、乐不尽言的感觉。叙述中对景对人，时有品评，显出作者识见超迈。

信中欣喜自己发现了徐渭，并尊为明朝第一诗人，而以之贬议当时声名甚重的两位复古派领袖，表现了作者不同俗流的进步文学观。末尾言天下大败兴事有三，竟把“破国亡家”特别排除在外，似不可解，其实这是专制社会极权统治下，知识分子极易产生的“无奈江山我何”的愤懑情绪，以一种看似偏激消极的语言出之。

袁宏道曾评论自己这段游历说：“自堕地来，不曾有此乐。”（《与伯修》）山水友朋齐聚，又正值春夏，真是良辰美景，赏心乐事，难怪他要感叹自己莫非前世有缘。其实，看一看作者去年给朋友们的信，连篇累牍地大诉为令之苦，今年终于获准辞官，以一自由之身置于山水友朋之间，对比之下，乐从何来，也就一目了然了。

与家二兄　宋懋澄

闻虞山[①]瀑布，濯濯[②]千尺，如长剑倚天，是东南之胜。

【注释】

①虞山：古称海隅，一称乌目山，在江苏常熟城西北，相传西周虞仲葬此，故名，是游览胜地，风景很美。

②濯（zhuó）濯：清朗光耀。

【品读】

抓住了特征，只一两句，便可勾勒出山水神韵，词清意朗，精彩已尽，遂不肯多写一字。

与何彦季　陈衎[①]

雨花堂细草绵软如茵，坐卧其上，不见泥土，他山所无也；摄山往祖堂，磴道幽甚[②]；清凉寺[③]前，草坡平旷，极宜心目。弟于数处，皆时游憩，内养不足，正借风景淘汰耳[④]。

【注释】

①陈衎（kàn）：字槃生，闽县（今福建闽侯县）人，明末文人。

②摄山：登山。祖堂：山名，在今南京市郊。磴道：山路的石级。

③清凉寺：位于南京清凉山，风景优雅。

④内养：内在的修养。淘汰：洗涤。

【品读】

这封短信以简洁的语言，描述了南京及其近郊的三处风景及其特征，移步换形，美感各不相同。作者又点明游玩山水是为了提高修养，陶冶性情。

复　友　诸九鼎[1]

省教，知讦士已往严陵[2]。

严陵是仆旧游。江水综碧，夹峙苍崖，人行云影之中，舟在岚翠[3]之里。地比邓林，夙多奇木[4]；人同蒙叟[5]，半住漆园。固是岳内之名区，渐水之渊薮[6]，不独桐君采药，子陵披裘[7]，足堪凭吊已也。

足下未得同行，实为惋惜！

【注释】

①诸九鼎：字骏男，清初钱塘（今浙江杭州）人。著有《乐清集》、《铁庵集》。

②严陵：又称严陵滩。在今浙江省桐庐县南，浙江之滨。

③岚翠：青山在水中的倒影。

④邓林：神话中的一个地名，其地多树林。《山海经·地形》："夸父弃其策，是为邓林。"夙：素来。

⑤蒙叟：指庄子。庄子为宋国蒙人，又曾为蒙漆园吏。

⑥岳内：四方之内，即域内。传说尧时的四方部落领袖称"四岳"，故"岳"亦可指四方。渐水：一名渐江，即浙江。

⑦桐君：生平不详。曾采药求道，止于桐庐县的东山，人问其姓，则指桐。子陵：严光，字子陵，东汉人。少与光武帝刘秀同学。后秀登帝位，召光为谏议大夫。光不从，归隐于桐庐。披裘：《高士传》上："披裘公者，吴人也。延陵季子出游，见道中有遗金，顾而睹公曰：'取彼金。'公投镰瞋目拂手曰：'……暑月披裘而负薪，岂取金者哉？'"

【品读】

此信描写桐庐县严陵一带的山光水色之美。其中"江水综碧"四句，最为精妙。为突出江水的清澈，作者引来两岸"苍崖"，形成比照，又让人乘舟泛游其上，以亲领其“秀色”，此时，更迷人的景象出现了：青山白云，被江水网罗其中，人在船上，仿佛行于白云缭绕的山峰之上。如此诗境，无怪乎作者对友人未能前往深感“惋惜”了。

柬奚铁生[①] 吴锡麒

舟抵荻港[②]，芦风萧萧，四无行人。渔人拿[③]小舟而出，遥赴夕阳中，“欸乃一声山水绿”[④]。此时此景，得足下以倪、黄[⑤]小笔写之，便可千古。

奉到青藤[⑥]一枝，伏听驱使。

【注释】

①奚铁生：名冈，字纯章，号铁生。钱塘（今浙江杭州）人。清代篆刻家、画家。著名的“西泠八家”之一，亦工书法。

②荻港：镇名，今属浙江省湖州市。

③拿：牵引。

④“欸乃一声山水绿”：柳宗元《渔翁》诗句。欸（āi）乃，摇橹声。

⑤倪、黄：指倪瓒、黄山望，均为元末著名山水画家。

⑥青藤：手杖。

【品读】

作者将人物隐置在所描画的景物之外，意在突出“萧萧芦风”、遥远的“夕阳”。而这芦风、小舟、夕阳又通过观者的意象组合，构成一种空旷、辽阔、萧远、寥落的意境。而“欸乃一声山水绿”，使静态、苍茫的画面立刻生动和富于色彩。

世情百味

与太尉杨彪书[1] 曹操

操白：与足下同海内大义，足下不遗，以贤子见辅。比中国虽靖，方外未夷[2]。今军征事大，百姓骚扰，吾制钟鼓之音[3]，主簿宜守。而足下贤子，恃豪父之势，每不与吾同怀，即欲直绳[4]，顾颇恨恨[5]。谓其能改，遂转宽舒。复即宥贷[6]，将延足下尊门大累[7]，便令刑之[8]。念卿父息[9]之情，同此悼楚，亦未必非幸也。

今赠足下锦裘二领，八节银角桃杖一枚，青毡床褥三具，官绢五百匹，钱六十万，画轮四望通幰七香车一乘[10]，青牸牛二头[11]，八百里骅骝马一匹[12]，赤戎金装鞍辔十副[13]，铃耗一具[14]，驱使二人[15]；并遗足下贵室错彩罗縠裘一领[16]，织成靴一量[17]，有心青衣二人[18]，长奉左右。

所奉虽薄，以青吾意[19]。足下便当慨然承纳，不致往返。

【注释】

①杨彪：字文先，华阴（今陕西省华阴市）人。杨家从杨震到杨彪四代做太尉，在士林中很有名望。杨彪虽对曹操专权大为不满，却因其名望而未被曹操所杀。

②方外：周围的边境。夷：平。

③钟鼓之音：借指军令制度。

④直绳：木匠用绳墨取直木材，这里指以法律矫正人的过失。

⑤顾颇恨恨：对我心怀怨恨。

⑥复即宥贷：如果再予以赦免的话。

⑦尊门：高贵的门户，即受人尊敬的家族。大累：很大的连累。

⑧便令刑之：便下令将他处决。

⑨父息：父子。

⑩四望通幰：指四面都可向外望的窗帷。通：纯色。七香车：用各种香木做成的车子。

⑪青特牛：青牝牛。

⑫骅骝：良马。

⑬赤戎：红绒。辔：驾驭牲口的嚼子和缰绳。

⑭毦：用毛羽结成的装饰物。铃毦：缀着铃的毦。

⑮驱使：指供驱使的奴仆。

⑯贵室：对杨彪妻子的尊称。错彩：交错着缀有各色绸子。縠：皱纱的一种。

⑰量：指鞋一双。

⑱青衣：侍女。

⑲青：通“清”。表明。

【品读】

曹操立曹丕为太子以后，认为曹植和杨修的关系过于密切，而且杨修又有政治才能，担心成为曹丕以后的威胁和祸根，借口把杨修杀害了。事后特写这封信给杨修之父杨彪，说杨修之死是罪有应得，杀掉杨修是怕将来给杨彪带来连累。杀了人家的儿子还辩解是为了被害人的利益，好像还要别人来谢恩似的。另外，又给杨彪送去许多钱物，由此可见曹操的冷酷与奸诈，亦由此可见专制统治者的阴险本性和两副面孔。

答曹公书　杨彪[①]

彪白：雅顾隆笃[②]，每蒙接纳，私自光慰。小儿顽卤[③]，谬见采录，不能期效，以报所爱。方今军征未暇，其备位匡政[④]，当与戮力一心[⑤]，而宽玩自稽，将违法制[⑥]。相子之行[7]，莫若其父，恒虑小儿必致倾败[8]。足下恩怨，延罪至今，闻慰之日[9]，心肠酷裂！凡人情谁能不尔？

深惟其失[10]，用以自释。所惠马及杂物，自非亲旧，孰能至斯？省览众赐，益以悲惧！

【注释】

①杨彪：字文先，华阴（今陕西华阴）人。杨修之父。

②雅顾隆笃：您的关照丰厚而诚恳。指曹操杀死杨彪之子杨修后，送给他的钱物和信。

③顽卤：顽鄙粗鲁。

④备位匡政：担任官职以助理政事。

⑤戮（lù）力：合力。

⑥"宽玩"二句：玩忽职守，自贻祸患，又违反法制。

⑦相：审察。

⑧恒虑：一直担忧。

⑨闻慰之日：收到您寄来的信那天。

⑩惟：思考。失：过失。

【品读】

杨彪收到曹操的信和钱物后，给曹操回了这封信。他虽然表面上承认儿子之死是他自贻的祸患，但又不掩饰自己内心的悲痛。"心肠酷裂"倒是真心话，而"宽玩""违法"却是违心之言。"省览众赐，益以悲惧"，乃感伤万千之语。

与谢万书　王羲之

古之辞世者[1]，或被发佯狂，或污身秽迹[2]，可谓艰矣。今仆坐而获免，遂其宿心，其为庆幸，岂非天赐！违天不祥[3]。

顷东游还，修植桑果，今盛敷荣[4]。率诸子，抱弱孙，游观其间。有一味之甘，割而分之，以娱目前。虽植德无殊邈[5]，犹欲教养子孙以敦厚退让。或以轻薄[6]，庶令举策数马，仿佛"万石"之风[7]。君谓此何如？

比当与安石东游山海[8]，并行田尽地利[9]。颐养闲暇，衣食之余，欲与亲知时共欢宴。虽不能兴言高咏，衔杯引满，语田里所行，故以为抚掌之资[10]，其为得意，可胜言耶[11]！常依陆贾、班嗣、杨王孙之处世[12]，甚欲希风数子[13]，老夫志愿尽于此也。君察此当有二言不[14]？真所谓贤者志于大，不肖志其小。无缘见君，故悉心而言，以当一面。

【注释】

①辞世：避世。

②"或被发"二句：春秋时楚国伍子胥，因父兄被楚平王杀害，投奔吴国。《吴越春秋》载："子胥之吴，仍被发佯狂，跣足涂面，行乞于市。"

③违天不祥：违背天意就会遭殃。

④今盛敷荣：今已鲜花盛开。

⑤"虽植德"句：虽我的德行并无特异之处。

⑥或以轻薄：有人认为我为人轻薄。

⑦"庶令"二句：庶令，希望。举策数马：西汉石奋之子石庆为汉武帝驾车，武帝问："车中几马？"庆用马鞭数马毕，举手说："六马。"其为人恭谨如此。万石：石奋与他的四个儿子都官至二千石，汉景帝称为"万石君"。

⑧比：近日。当：将。安石：谢安字。谢万之兄。

⑨行田：巡视田产。

⑩抚掌：拍掌，这里引申为"笑谈"。

⑪胜言：尽言。

⑫陆贾：汉初人，追随刘邦平定天下，官至太中大夫。著有《新语》十二篇。班嗣：历史学家班固的祖父，嗜老庄之学。杨王孙：西汉人，好黄老之术。

⑬"甚欲"句：非常神往上面几个人的文采风流。

⑭二言：不同意见。

【品读】

东晋的玄风仍然很盛，一般士人皈依老庄，向往隐居的田园生活，大书法家王羲之也难免风气，他的这封信就是当时士人心态的反映，潇洒出尘，飘然世外，就是他所推崇的生活态度。

与吕长悌绝交书[①] 嵇康[②]

康白：昔与足下年时相比[③]，以故数面相亲[④]，足下笃意，遂成大好。由是许足下以至交，虽出处殊途[⑤]，而欢爱不衰也。

及中间少知阿都志力开悟[⑥]，每喜足下家复有此弟。而阿都去年向吾有言，诚忿足下，意欲发举[⑦]。吾深抑之[⑧]，亦自恃每谓足下不足迫之，故从吾言。闻令足下因其顺吾，与之顺亲，盖惜足下门户[⑨]，欲令彼此无恙也。又足下许吾终不系都[⑩]，以子父六人为誓[⑪]。吾乃慨然感足下，重言慰解都[⑫]，都遂释然，不复兴意。足下阴自阻疑[⑬]，密表系都[⑭]，先首服诬都[⑮]。此为都故信吾，吾又无言，何意足下包藏祸心耶！

都之含忍足下[⑯]，实由吾言，今都获罪，吾为负之[⑰]，吾之负都，由足下之负吾也。

怅然失图[⑱]，复何言哉！若此，无心复与足下交矣。古之君子，绝交不出丑言，从此别矣！临书恨恨。嵇康白。

【注释】

①吕长悌：名巽，初与嵇康友善，后来投靠嵇康的政敌钟会。

②嵇康(224—263)：字叔夜，三国魏文学家。

③年时相比：年龄接近。

④数面相亲：见了几次面后就认识亲近了。

⑤出处殊途：选择的人生道路不同，指入仕和隐退。

⑥阿都：吕安小字，安字仲悌，吕长悌之弟。少知：略略知道一点。志力：志向与才能。

⑦意欲发举：想向官府告发(指吕长悌奸污弟媳一事)。

⑧深抑之：把告发的事压下去了。

⑨门户：门第。

⑩系：拘囚。

⑪"以子"句：以自己父子六人的名义发誓。

⑫重言：反复劝说。

⑬阴自阻疑：暗自生疑心。

⑭密表：暗地里向官府报告。

⑮首服：出首，告发。

⑯含忍：怀着愤恨委屈而宽忍了他。

⑰负之：背弃了他。

⑱失图：拿不出营救的办法。

【品读】

吕巽兄弟与嵇康友善。后来吕巽奸污了弟吕安之妻，安准备告发巽，嵇康从中多次斡旋调解，才得以平息了这一家庭丑闻。想不到吕巽为了灭口，竟然反诬弟弟虐待母亲，使吕安锒铛入狱。嵇康由此识破了吕巽的为人，写了这封信与之绝交。信在平静的语调中包含了极度的愤慨与轻蔑。

请假启　鲍照[①]

臣启：臣居家乏治，上漏下湿。暑雨将降，有惧崩压。比欲完葺[②]，私寡功力，板锸陶涂[③]，必须躬役。冒欲请假三十日，伏愿天恩，赐垂矜许[④]，手启复追悚息[⑤]。谨启。

【注释】

①鲍照(约414—466)：字明远，东海(今山东苍山)人。南朝宋

文学家。

②比：近来。完葺：修补好房子。

③板锸：用板筑墙，用锹挖土。陶涂：用泥土泥墙。

④矜许：怜悯而允许。矜通“怜”。

⑤悚息：恐惧害怕的样子。

【品读】

这是向皇帝请假的便条，大约是作者在刘宋朝廷任太学博士、中书舍人时写的。鲍照当时虽然身为朝官，但他“贫且贱”的地位并没有什么改变。他住的房子上漏下湿，随时都有倒塌下来压死人的危险，而他又无钱雇人修葺，只得请假自己动手挖土泥墙了。作者冷静地申说请假的理由，家境的贫寒和作者的不满全在不言之中。

谢中书张相公启[①] 刘禹锡[②]

某启：某智乏周身，动必招悔[③]，一坐飞语，如冲骇机[④]。昨者诏书始下，惊惧失次[⑤]，叫阍无路，挤壑是虞[⑥]。草木贱驱，诚不足惜；乌鸟微志，实有可哀[⑦]！伏蒙圣慈，遽寝前命，移莅善部，载形纶言[⑧]。凡在人臣，皆感至德！凡为人子，同荷至仁！岂唯鲰生，独受其赐[⑨]？

伏以相公心符上德，道冠如仁，一夫不获，戚见于色[⑩]，密旨未下，叹形于言。竟回三舍之光，能拨九泉之厄[⑪]！哀公之平楚狱，不忍锢人；晏子之哀越石，乃伸知己[⑫]。所以庆垂胤祚，言成《春秋》[⑬]；神理孔昭，报应斯必[⑭]。身侔蝉翼，何以受恩？死轻鸿毛，固得其所。

卑身有限，拜谢末由，无任感激兢惶之至[⑮]！谨勒军事衙官守左威卫慈州吉昌府别将员外置同正员常恳奉启起居，不宣[⑯]。谨启。

【注释】

①张相公:指张弘靖,他当时任中书舍人。中书:官名,即中书舍人,管诏令、接受奏章等政务。相公:唐代宰相的代称。中书舍人在唐代有实权,有时还代行宰相职务,故称张弘靖为张相公。

②刘禹锡(772—842):字梦得,洛阳人,唐代文学家,哲学家。

③智乏周身:缺乏保全自己的智慧。周:周全。悔:咎,灾祸。

④坐:古代定罪为“坐”,此处引申为受诬。飞语:同“蜚语”。冲:碰到。骇机:说自己如惊弓之鸟,一见弩机就胆战心惊。机:弩机,兵器弩上的发射器。

⑤诏书始下:柳宗元、刘禹锡等人回京城后,又被外贬。失次:慌乱。

⑥叫阍:叫守官门的人打开官门向皇帝陈情。阍:守门人.挤壑:被挤入沟壑。虞:忧虑。这句说害怕再遭迫害。

⑦乌鸟微志:指孝敬母亲的心愿。乌鸟:乌鸦,又名慈乌。据说乌鸦出生以后,由其母哺六十天,它长大后回报母鸟,哺母六十天,因而被称为“慈乌”。当时刘有八十高龄的老母。

⑧遽寝前命:突然收回前次的诏命。遽:突然。寝:停止。移莅善部:改派到好的地方。莅:到,临。载形纶言:重见诏书。载:通“再”。形:见到。纶言:皇帝的诏令。《礼记·缁衣》:“王言如丝,其出如纶。”比喻国王的一句话会产生很大影响,因而后世称其诏令为“纶言”。

⑨鲰(zōu)生:愚陋的人,小人。这里是作者自称。鲰:杂小鱼。

⑩一夫不获:一人受屈。不获:不受信任。这里引申为被冤枉,受曲。戚:忧愁。

⑪竟回三舍之光:《淮南子·览冥训》:“鲁阳公与韩构难,战酣,日暮,援戈而㧑之,日为之反三舍。”古代以三十里为一舍。这句说张弘靖竟然使皇帝收回成命。能拨九泉之厄:拨,解除。九泉之厄:致命的灾难。

⑫袁公:指袁安,东汉明帝时为楚郡太守。适逢楚王英谋反事,牵连数千人。袁安理狱,不忍禁锢无辜,释放了四百多家。晏子:名

平，春秋时齐相。越石：即越石父，原为仆人。晏子闻其贤，将他赎出。二人后成为知己。

⑬“所以”二句：这两句是恭维张相公，像袁安那样使福泽延及后代，言论也像晏子那样可以集成《晏子春秋》。胤祚：指后代。

⑭“神理”二句：上天的神理非常光明公平，做了好事必定得好报。

⑮卑身：自称。末由：无由，没有机会。无任：不胜，非常。

⑯谨勒：敬命。军事……正员：官职名。常恳：人名。起居：请安。不宣：犹言“不尽”。旧时书信末尾的常用语。

【品读】

永贞革新失败后，参加革新的骨干全部外贬，这就是著名的八司马事件。柳宗元、刘禹锡都在被贬之列。十年后他们又被召回京城，似乎有重被起用的希望，但他们对十年前的革新毫无悔过之意，而当朝执政者对他们的成见仍然很深，所以又将他们再次外贬。开始贬刘禹锡为播州刺史，播州远在贵州北部，在当时是非常偏远落后的地方，而刘禹锡有八旬老母在堂，柳宗元见此愿代刘去播州，由于裴度等人的疏通，宪宗才收回成命改刘知连州。张相公大概也为此出过力，刘禹锡才写这封感谢信。信中多次自称为“贱躯”“卑身”“鲰生”，而且全用整饬精工的骈文写作，表示作者对收信人的恭敬之情，由此也可见他当时那种“虎落平川”的酸辛。

与沈敬甫(三)　归有光[1]

风俗薄恶[2]，书生才作官，便有一种为官气势。若一履任[3]，望见便如堆积金银。俗人说无饿死进士，此言尤坏人也。

【注释】

①归有光(1507—1571)：字熙甫，昆山(今属江苏)人，明代著名

散文家，"唐宋派"代表人物。

②薄恶：浅薄恶劣。

③履任：上任。

【品读】

此信鄙视当时读书人醉心功名利禄，一做官便疯狂掠夺的恶劣习气。

与道坚 徐渭

客之无甚佳思，今之入燕者，辟如[①]掘矿，满山是金银，焚香轮入，命薄者偏当空处，某是也。以太史[②]义高，故不得便拂衣[③]耳。

【注释】

①辟如：譬如。

②太史：指张之忭，徐渭老友之子。曾关照徐渭。

③拂衣：指辞之而去。

【品读】

各地纷纷涌入京城者，多为"功名富贵"四字而来。徐渭把京城比作满是金银的山，大家都跑来挖，而命薄者却往往挖到空处，自己就是这样的人。机趣幽默，饶有余味。

与马策之 徐渭

发白齿摇矣，犹把一寸毛锥[①]；走数千里道，营营一冷坑[②]上，此与老牯踉跄以耕，拽犁不动，而泪渍肩疮者何异[③]？噫，可悲也！每至菱笋候[④]，必兀坐神驰[⑤]，而犹摇摇[⑥]者，策之之所也。厨[⑦]书幸为好收藏，归而尚健，当与吾子读之也。

【注释】

①一寸毛锥：指画笔。

②“营营”句：营营，往来不绝貌，如喻蝇之飞来飞去，此或以形容冷坑难耐而难以静息之状。冷坑，如作“冷炕”，似更易解.徐渭晚年曾以画糊口而遍游齐鲁燕赵，此皆北地，用炕。

③“此与”句：这与老牛勉强耕田，拽不动犁铧，而眼泪浸湿肩上疮疤，有什么区别？

④菱笋候：菱角和竹笋收获的季节。

⑤兀坐神驰：居高远望而驰骋想象。

⑥摇摇：神驰意往之状。

⑦厨：通“橱”。

【品读】

马策之是徐渭的朋友，也是画家。这封信令人心酸地描述了作者晚年犹奔走四方，以画糊口的流浪生活，老牯“踉跄以耕”“泪渍肩疮”的自喻，形象生动，催人泪下。“兀坐神驰”的怀友之思，也能动人深情。念念不忘橱书的收尾，则显示了徐渭究竟是高士才人，并未被困顿生活磨去人生志趣。

与季子微　徐渭

不见者忽已三岁。亲旧渐凋落，事变百出，如布帛在染匠手，青红皂白，反掌而更[①]。即如渭者[②]，昨一病几死，病中复多异境，不食者五旬[③]，而不饥不渴，又值三伏酷炎中也，欲与知己言，回头无人，奈何！

【注释】

①反掌而更：染匠一翻手，布帛又改变了颜色。更，改变。

②即如渭者：就像我徐渭吧。

③五旬：一旬为十日。

【品读】

田顿、疾病、酷暑，已经不堪忍受，而更让徐渭难耐的是孤独。这种孤独是心灵独立无依的深层次痛苦，是超尘脱俗、叛逆传统的天才艺术家往往会有的寂寞。思想或者艺术只要一往高地攀登，便会知音渐稀。季子微看来已是徐渭难得的知己，而此时此刻，此情此景，知己却远在他方，“回头无人”，岂不令人徒唤“奈何”！

答僧心如　李贽

所言梦中作主不得①，此疑甚好。学者但恨不能疑耳，疑即无有不破②者。可喜！可喜！

昼既与夜异，梦既与觉异，生既与无生异，灭③既与无灭异，则学道何为乎，如何不着忙也？愿公但时时如此着忙，疑来疑去，毕竟有日破矣。

【注释】

①梦中作主不得：指人不能操纵自己的梦境。

②破：佛教术语，指破除俗见，顿悟佛理。

③灭：佛教术语，与“生”相对，指衰亡。

【品读】

心如和尚发现梦是不能自我控制的，这与佛家的修炼法则有些矛盾。李贽对这个具体疑问加以抽象解答，提炼出一个与人类进步发展至关重要的“疑”字，它的意义远远超出于仅仅对佛理的参悟和破解。

“疑”是思想更新的基本前提，有了“疑”，才能打“破”传统，开辟新世界。佛教教义乃至一切定形的传统理论，无不要求人们“信”而“守”之，而李贽却要人们“疑”而“破”之，难怪卫道士们要送一顶“异端”的帽子给他了。

与蔡坦如 莲池大师[①]

读书，当家，求子，皆人间正事，但要不为所累。然三事非能累人，人自累耳。何也？读书虽做举业，至于得失，委之前缘，不生喜戚，则何累？当家虽营生计，而随缘随分，过得即休，无求富心，无好胜心，则何累？求子虽无后为大，而不娶者，乃为不孝，帝王亦有无子而藩枝[②]入承大统[③]者，岂无娶妾之资乎？有无不以动心，则何累？又复当知此三事者，虽曰正事，亦实虚幻，如水中月，如梦中境。即如是中忙里偷闲，时时省觉，回顾正念，一朝惑[④]破，方始帖然[⑤]矣。

【注释】

①莲池大师：明僧人，佛教学者。本姓沈，名袾宏，字佛慧，以号行。仁和(今浙江杭州)人。原为儒生，后信佛教。32岁作《七笔勾》词，厌世出家。隆庆五年(1571)住杭州云栖寺，住持四十余年，被尊为云栖大师。毕生弘扬净土法门，皈依者甚众。

②藩枝：藩王。

③大统：帝位。

④惑：疑惑。

⑤帖然：安静。

【品读】

作者用禅心来为尘世中人释惑。正如他所说，读书、当家、求子这三件事，是世俗人们孜孜以求，乐此不疲的事业。但追求并不意味能达到目的和圆满，对达不到预期目标的人来说，莲池大师的槛外之言，也许有几分安慰作用。

答梅客生 袁宏道

一春寒甚，西直门外，柳尚无萌蘖[①]。花朝[②]之夕，月甚明，寒风割目，与舍弟闲步东直道上，兴不可遏。遂由北安门至药王庙，观御河水。时冰皮未解，一望浩白，冷光与月相磨[3]，寒气酸骨。趋至崇国寺，寂无一人，风铃之声，与猧吠[4]相应答。殿上题额及古碑字，了了可读。树上寒鸦，拍之不惊，以砾[5]投之，亦不起，疑其僵也。忽大风吼檐，阴沙四集，拥面疾趋，齿牙涩涩有声，为乐未几，苦已百倍。

数日后，又与舍弟一观满井[6]，枯条数茎，略无新意。京师之春如此，穷官之兴可知也。

冬间闭门，著得《广庄》[7]七篇，谨呈教。

【注释】

①萌蘖(niè)：即萌芽。《孟子·告子》有"非无萌蘖之生焉"句。

②花朝：旧俗以夏历二月十五为"百花生日"，故称此日为"花朝节"。一说为十二，又说为初二。

③"冷光"句：谓雪之冷光与月之冷光相交融。

④猧(wō)吠：小狗叫。

⑤砾：小石子。

⑥满井：北京东北郊区一个风景区，宏道曾游，并留下著名的散文《满井游记》。

⑦《广庄》：广，扩充，引申为推衍阐释。《广庄》是宏道解释《庄子》的著作。

【品读】

这封信是作者万历二十七年(1599)第二次出仕，在北京任国子监助教、礼部主事时，写给友人梅国桢(字客生，麻城人)的。这可以说是一篇特殊的游记，一般山水风景游记都是写畅游之乐、记风景之美的，此牍诉说给友人的却是苦和扫兴。全文冷气森森，寒意逼人，这冷气寒意不仅来自北京的早春，也来自作者毫无乐趣的仕宦生活造成的冰凉心灵。因其心凉，才要与中道弟一起出去找兴头，初尚"兴不可遏"，而风沙冷月紧逼人心，终于"为乐未几，苦已百倍"，这就是"京师之春"与"穷官之兴"的相互效应。

这篇文章描写颇具工力,用瘦硬之笔,造冰凉意境,一字一句,皆耐人琢磨品味。

与洪二　宋懋澄

自七岁以至今日,识见日增,人品日减,安知增非减而减非增乎!

【品读】

作者注意到在人的生命旅途中,识见和人品的增长是成反比的。他提出的可能是一个令人难堪的普遍问题,实际上是人在生命进程中改造社会也被社会所改造的一个复杂问题,引人深思。

与戚五　宋懋澄

鸷鸟当秋,临风整翮[①],饱禽肉而高飏,顿洗羁绁之辱[②],何为复受人招!

【注释】

①鸷(zhì)鸟:指凶猛的鸟,如鹰。翮(hé):羽毛。

②飏:即扬。羁:马笼头,引为系住。绁(xiè):牵牲畜的绳子,引为捆缚。

【品读】

作者以劲健的诗笔,描绘了一幅雄鹰整羽搏击秋空的图画,感受到作者希望挣脱人间束缚,高扬主体人格的精神追求。

复吴用修　黄汝亨[①]

怀足下意,非楮墨[②]可了,彼此穷愁,亦复默会,姑与足下陈说两境。

泉声咽石，月色当户，修竹千竿，芭蕉一片。或探名理[③]，时对佳客。清旷则弟蓄嵇、阮，飞扬则奴隶原、尝[④]。萧然四壁，傲睨千古。——此一境也。

采薇颇艰，辟纑[⑤]不易。内窘中馈之奉，外虚北海之尊[⑥]。更复好义先人，守雌去道[⑦]。食指如林，多口若棘[⑧]，风雅之趣既减，往来之礼务苛。——此又一境也。

两境递进，终归扰扰，半是阿堵小贼坐困英雄耳[⑨]！吾与足下俱不免，故敢及之，此未可以示俗客也。

【注释】

①黄汝亨：字贞父，明万历二十六年(1598)进士，官至江西布政司参议，后隐居于西湖小蓬莱，著书为乐。

②楮(chǔ)墨：纸墨。楮：树名，皮可以制桑皮纸，故用作纸的代称。

③探名理：进行学术研究，探究事物的哲理奥秘。

④清旷：清高放达。弟蓄嵇、阮：把嵇康、阮籍当弟弟对待。飞扬：狂放不羁。奴隶原、尝：把平原君、孟尝君当成自己的奴仆。赵之平原君，齐之孟尝君，都是战国时代著名的贵公子，雅集人才，养了很多食客。

⑤辟纑(lú)：分麻搓线。战国时齐国人陈仲子，其兄陈戴为齐卿，俸禄丰厚，仲子却以为是不义之物，拒绝分享。一次误食其鹅，硬是想法吐了出来。后楚王欲聘他为相，遂与妻隐遁。他编草鞋，妻绩麻，换食谋生。

⑥中馈：原指妇女在家主持饮食等家务，后引申指妻室。北海：孔融，曾任北海相，故称。为人恃才负气，尤以嗜酒好客闻名。尊：通"樽"，指没有酒菜像孔北海那样广宴宾客。

⑦好义先人：追摹先贤的风范。义，通"仪"，向往。守雌去道：意谓安于贫贱，不求显达。守雌，《老子》："知其雄，守其雌。"注："雄以喻尊，雌以喻卑。人虽知自尊显，当复守之以卑微。"去道，即去官。古人以行道指出仕。

⑧"食指"二句：指家大口阔。食指，人口。林和棘，皆极言其多。

⑨两境递进：指两种境界交替出现，搅在一起。阿堵：指钱。《世说新语·规箴》：王夷甫雅尚玄远，常嫉其妇贪浊，口未尝言钱字。妇欲试之，令婢以钱绕床不得行。夷甫晨起，见钱阂行，呼婢曰："举却阿堵物。"

【品读】

这封书信典型地描述了一个品行清高、因厌恶世俗而隐居的知识分子，却被衣食儿女所缠扰的困窘生活处境。一方面，他们有深厚的文化修养，有高雅的生活情趣，有丰富的精神生活，但另一方面，他们的物质生活却相当贫乏和艰难，这两种境界纠缠在一起，到底物质生活是基础和前提，所以不能不在"阿堵小贼坐困英雄"的难堪境况中挣扎。此文以鲜明对比写"两境"，说潇洒时精神飞扬，语言幽默，诉困窘时出语酸涩顿落现实，"两境"俱堪品味。

与门人卞伏生　王佐[①]

白璧之瑕，人孰无之？又孰掩之？是故君子宁为人所指点，不为人以包容。蔽覆遮羞[②]，无由洁净，此犹穿窬小人[③]也，而曰"学"，焉取矣[④]？

【注释】

①王佐：字佐之，嘉善（今属浙江）人，明代作家，著有《南牖日笺》。

②蔽覆遮羞：掩饰和遮盖自己的缺点。

③穿窬（yú）小人：指爬墙行窃的强盗小偷。《论语·阳货》："譬诸小人，其犹穿窬之盗也与！"

④此句谓：却说这就是学习，怎么可以！

【品读】

这封写给门人的短简，告诫学生，白璧有瑕，人无完人，故有修养的人宁肯接受批评，也不愿意自己的缺点受人包庇。那些掩饰自己缺点的人，其实跟翻墙入室的小偷总是遮掩罪行一样，自欺欺人，毫无可取。

复友人 李陈玉[①]

凡两讼[②]者，各据所见，无不凿凿[③]。听讼之耳[④]，何由鉴别？

惟从其弥缝极工处[⑤]，便知其极破绽处。盖天下之人，无故而多一语，此语必有所为。其极工处，乃其极拙处。若夫理直者，其言自简，了[⑥]无曲折；反有拙漏，故望而知其诚伪也。

【注释】

①李陈玉：字石守，一字玉郎，号谦庵，明末吉水（今属江西）人，有《退思堂集》。

②两讼：两人纷争或打官司。

③凿凿：言之可信的样子。

④听讼之耳：听双方争陈其词的耳朵，指断事者或断案者。

⑤弥缝极工处：指措辞最严密精巧的地方。

⑥了：明了简洁。

【品读】

这篇书牍小品揭示一个富于辩证思维的生活哲理：说假话的，往往会把谎言编织得天衣无缝，但是“极工”处，可能正是“极拙”处，要善于从谎言掩饰得最精巧的地方去发现破绽。“无故而多一语，此语必有所为”，其实这“无故而多”的“一语”，正是狐狸露出尾巴的地方。反之，真理和事实却往往是以最朴素的形式出现的，因为它不必依靠花言巧语来装饰。

与同年 李陈玉

历观古来成大功、享盛名者，皆非有口之士[①]。其有口者，十九[②]皆凶败之人。

夫发言无序，坐起屡更，眨眼戟眉，扬袂动足，躁竞人也[③]。舌带讥刺，目视左右，用诨为正，以笑寓嗔，险刻人也[④]。枝生蔓引，微切冷挑，乍细乍亮，其声不一，深心人也[⑤]。躁竞者可以理解，深心者可以情通，惟险刻者止可默敌，无以语胜[⑥]。何也？彼其溜视左右者，以讥刺能博乡曲之誉也，小人之常态，里妇之鄙行也[⑦]。若往而与角胜，适为所借矣[⑧]！

【注释】

①有口之士：善弄言辞、长于舌辩之人。

②十九：十个有九个。

③坐起屡更：时坐时起。戟眉：竖起眉毛。扬袂：舞动衣袖。躁竞：浮躁好斗。

④险刻：阴险刻薄。

⑤微切冷挑：隐语含讥，冷言挑逗。乍细乍亮：声音时低时高。深心：心思很深，难以测度。

⑥可以理解：可以用道理去解释。可以情通：可以用感情去打通。默敌：用沉默来对付。

⑦乡曲：乡里，亦指穷乡僻壤，因偏处一隅，故称乡曲。常用来形容孤陋寡闻。里妇：没有见识的家庭妇女。

⑧角胜：争斗输赢。借：利用。

【品读】

作者用简洁的语言，总结出一个深刻的历史经验：“有口之士”皆不能成大器，反多成“凶欺之人”。但“有口之士”是需要“无口人”认真对付的，作者舞传神之笔为“有口之士”分类画像，生动逼真，其言笑动止如在目前；然后又指示了对付各类“有口之士”的妙法。读这样的尺牍小品，不仅可以学习语言艺术，更可以丰富生存智慧。

与　人　魏象枢[①]

为人作墓志铭，不填[②]事迹，则求者不甘；多填事迹，则见者不信。其至无可称述，不得已转抄汇语及众家刻本以应之，譬如传神写照[③]，向死人面上脱稿，已不克肖[④]，况写路人形貌乎？

吾愿世人生前行些好事，做个好人，勿令作志铭者执笔踌躇，代为遮盖也。

【注释】

①魏象枢(1617—1687)：字环极，一字环溪，号庸斋。直隶蔚州(今河北蔚县)人。官至刑部尚书。为人刚直，曾面劾满洲大臣索额图、明珠贪赃受贿。著有《寒松堂集》等。

②填：充塞。

③传神写照：古代对肖像画的称谓。

④不克肖：不很像。肖，像。

【品读】

古人的墓志铭，多为“谀墓”之作，作者指出了产生这种现象的根源，这也是墓志铭平庸俗套的原因。作者对这种社会风气进行了有力的针砭，并大声呼吁人们“生前行些好事，做个好人”，这样自然也就有事迹可传，而作墓志铭者也不必冥思苦想，“转抄汇语及众家刻本”以塞责。用意深刻，发人深省。

答黄九烟　尤侗

辱赠扇头十绝[①]，首云：“今朝喜得见尤侗。”见者无不怪之[②]。仆解之曰：“白也诗无敌”[③]，杜甫诗也；“饭颗山头逢杜甫”[④]，李白诗也；下此则“不及汪伦送我情”[⑤]，“旧人惟有何戡在”[⑥]，无不呼名者，又何怪也？

不特此也，人苟知己，则行之可[⑦]，字之可，名之亦可。即呼之为牛，呼之为马，亦无不可。苟非知己，则称之为先生，直叱之为老奴耳[⑧]；尊之为大人，犹骂之为小子耳。至于不敢说可，不敢说非，常[⑨]不敢说，则其人为何如人哉？

白之名甫，甫之名白，先生之名侗，一也[⑩]。诚恐先生借仆名押韵耳；苟仆而可名[⑪]，仆不朽矣。

【注释】

①扇头十绝：写在扇面上的十首绝句。

②怪之：对此感到惊讶。古人重名讳，交往中直呼其名被视为不敬。

③“白也”句：见杜甫《春日忆李白》诗。白，即李白。

④“饭颗”句：见李白《嘲杜甫》诗。此诗有人认为非李白作。饭颗山：相传为唐代长安附近的山名。

⑤“不及”句：见李白《赠汪伦》诗。

⑥“旧人”句：见刘禹锡《与歌者何戡》诗。旧人：故人，友人。何戡：唐代著名歌唱家。

⑦行之可：以排行相称也可以。以下“字之可”“名之可”同此。行：排行，兄弟间的大小顺序。

⑧直：只是，简直是。叱：呵斥。老奴：犹如称老奴仆。

⑨常：总是。

⑩一也：一回事。

⑪“苟仆”句：如果我的名字值得一叫。

【品读】

作者从朋友在诗中直呼其名一事生发开去，强调知己之交，不在表面的彬彬有礼和客套，而在于彼此的真正相知。是知己，别说称名，称牛称马也无不可；不是知己，虽恭称"先生"，敬呼"大人"，其实与叱骂等同。这种观点，表现了作者反对拘谨迂拙、虚假应酬，追求爽直事真、放诞任情的个性特征。行文幽默风趣。

答王瑞亭　蒲松龄[①]

朔雁南翔，霜台六度[②]，亲家手挥目送于烦剧之乡[③]，风尘劳瘁，悬想可知。然辇毂之旁，卓声易著，窃意不次之擢，必有匪夷所思者矣[④]。倚杖衡门[⑤]，伫望殷切！

仆以惫躯拙业，龙钟山村，朝课奴耕，夕问婢织，畚锸薅刺[⑥]，迄无休时。此与戴星出入，南迎北送之苦，不知孰为劳逸？粜谷卖丝，以办太平之税，按限比销[⑦]，惧逢官怒，此与措置书帕[⑧]，移东补西之难，不知孰为多少？今岁淫霖害稼，幸吾乡高亢，犹得半收，比时禾稼既纳，瓜壶[⑨]新登，不免斗酒相劳，虽无鼓瑟赵妇，而歌呼呜呜，较之折腰驿亭者，差有余闲[⑩]；但恨田中不生银艾，禾头不结金章耳[⑪]！笑笑！

年前一结手函，未遑裁答，又蒙再惠远音，重以厚贶，感切悚愧，不可已已！快睹佳公子风采言论，轩轩霞举，署中有此，亦足散怀[⑫]。兹因回车，敬候阖潭清吉[⑬]。附谢不一。

【注释】

①蒲松龄(1640—1715)：字留仙，一字剑臣，别号柳泉居士，山东淄川(今淄博市)人。清著名文学家。早岁有文名，但屡试不弟，七十一岁始成贡生。除中年一度作幕客外，都在家乡教读为生，家境清贫。其所作文言短篇小说集《聊斋志异》最负盛名。

②霜台：旧称御史大夫。时王瑞亭在都察院供职，而清代都察

院相当于前代的御史台，故称。六度：六年。

③手挥目送：指官场上的应酬。烦剧之乡：指繁忙、琐碎的官场。

④辇毂之旁：谓在皇帝车驾旁，指京城。卓声易著：政绩容易显露出来。不次之擢：不按次序提升，即越级提拔。

⑤衡门：横木为门，喻简陋。

⑥畚锸薅刺：指农业劳动。畚锸，挖运泥土的工具。薅刺，除草。

⑦按限比销：指依照税额交纳钱粮。限，税额。比销，纳税后对照姓名进行注销。

⑧措置书帕：指官场上的应酬馈赠。

⑨壹：通“瓠”，瓠瓜。

⑩“虽无”二句：西汉杨恽《报孙会宗书》：“妇（杨恽妻），赵女也，雅善鼓瑟，奴婢歌者数人，酒酣耳热，仰天拊缶而呼呜呜。”呜呜，唱歌声。折腰驿亭：指官场上迎往送来的活动。驿亭，古代官员旅途歇息的地方，迎送客人一般都在这里进行。

⑪银艾：官服饰品。金章：即金印。古时为王侯丞相所佩。

⑫佳公子：指王瑞亭的儿子。轩轩霞举：气宇轩昂的样子。《世说新语·容止》：“诸公每朝，朝堂犹暗。唯会稽王（司马昱）来，轩轩如朝霞举。”举，升腾。散怀：排遣郁闷。

⑬阖潭清吉：全家平安吉祥。阖，通“合”。潭，即潭府，对别人住宅的美称。

【品读】

这封信除祝贺别人升迁外，大半篇幅是叙写自己在农村的清苦生活。值得注意的是，他将这种“苦”与官场上的“南迎北送”之苦进行比较，将纳税给官府与官场的送情相对照，将劳作后的闲适与官场应酬劳顿的无了无休相比较，讽刺了官场的虚假、钻营风气。对躬耕劳作生活表现出某种程度的惬意。至于“但恨田中不生银艾”云云，是作者站在农夫立场，恭维对方升官的打趣之语。

与王司寇 蒲松龄

尺书[①]久梗，但逢北来人，一讯兴居，闻康强犹昔，惟重听[②]渐与某等。窃以刺刺[③]者不入于耳，则琐琐者不萦于怀，造物之废吾耳，正所以宁吾神，此非恶况也，不知以为然否？

蒙惠新著，如获珙璧，连日披读，遂忘昼曛，间有疑句，俟复读后再请业耳[④]。

适有所闻，不得不妄为咨禀：敝邑有积蠹[⑤]康利贞，旧年为漕粮经承[⑥]，欺官害民，以肥私橐，遂使下邑贫民，皮骨皆空。当时啧有烦言，渠乃腰缠万贯，赴德[⑦]不归。昨忽扬扬而返，自鸣得意，云已得老先生[⑧]荐书，明年复任经承矣。于是阖县皆惊，市中往往偶语；学中数人，直欲登龙赴诉[⑨]。某恐搅挠清况，故尼[⑩]其行，而不揣卑陋，潜致此情。康役果系门人纪纲，请谕吴公别加青目[⑪]，勿使复司漕政，则浮言息矣。此亦好事，故敢妄及。

呵冻草草。

【注释】

①尺书：即尺牍，书信。古代书简约长一尺，故名。

②重听：指听觉不灵敏，此老年人常见病。

③刺刺：多言貌。韩愈《送殷员外序》："语刺刺不能休。"

④珙璧：宝玉。曛：黄昏。请业：犹谓请教。

⑤积蠹：对胥吏中积恶者的鄙称。

⑥漕粮经承：负责征收漕粮的官吏。漕粮，旧时田赋之一种，指征收后用于转运入京的粮食。经承，清代官署中一般官吏的通称。

⑦德：德州，今山东省境内。

⑧老先生：指王士祯。

⑨偶语：相对私语。学中：指县学。登龙赴诉：上门向王士祯投诉。登龙，旧时称求见有名望地位的人为登龙门。

⑩尼：阻挠。

⑪康役：对康利贞的鄙称。门人，旧称弟子为门人，此指王士祯的弟子。纪纲：此指统领仆隶的人。吴公：指当时的山东巡抚。青目：指对人的器重或喜爱，此处引申为任用。

【品读】

蒲松龄给时任刑部尚书的王士祯写信，向他反映漕粮经承康利贞“欺官害民，以肥私橐”的种种劣迹，深刻地揭露了清代吏治的腐败。一个小小的“漕粮”官，一年之内就能“腰缠万贯”，可见这个“积蠹”对劳动人民的敲骨吸髓到了何种程度。作者说“下邑贫民，皮骨皆空”，想来并非夸张之辞。更为奇特的是，就是这个声名狼藉者，非但没有得到任何处罚，相反，第二年还要“复任经承”。由此可见，造成官场腐败风气的根源是封建统治制度。

从这封信中我们也可以看到，蒲松龄作为一个生活在社会下层的知识分子，有一颗正直的良心。为维护群众的利益，敢于同贪官污吏作斗争，实属难能可贵。

与郑汝器 孔尚任

客金陵佳丽之乡[①]，遇中秋澄清之月。风物太平，人情欢豫[②]，箫鼓之声，阗[③]街溢巷，盖与满堀童叟，同此一乐者也。是日尽谢豪贵之召[④]，雅聚高斋，饮藏酒[⑤]，试名茶，赏鉴古书帖，盖与满座耆英[⑥]，同此一乐者也。

独是先生冉冉[⑦]白须，铁臂玉腕，操中山之帚，濡北溟之池[⑧]，一时虫鱼飞跃，蝌蚪盘旋[⑨]。令群观者耳目精神，移于商周两汉之年。此一乐谁敢向先生夺取乎？所书之字，大小纵横，不下十数纸。或光我祖庙之宫墙[⑩]，或表我旧山之贤哲[11]，或标我荒斋，或耀我祖卷[12]。仆何人斯，而此一乐独俾[13]仆一人消受之？记去年有句云："南来得意此中秋。"不意今年之得意又胜去年！未知明年又在何处。从此年年至此日，即年年忆此乐；更年年忆先生之古道高怀，廉顽立懦[14]，与明月清风永无尽境耳。

【注释】

①客：客居。金陵：今江苏省南京市。

②风物：指景象。豫：安乐。

③阗：充满。

④"尽谢"句：谢绝所有达官贵人的召请。

⑤高斋：高楼。藏酒：陈年酒。

⑥耆英：年长而有贤德的人。

⑦冉冉：同"苒苒"，指须发浓密。

⑧中山：一名独山，在今安徽宣城市北。帚：此指毛笔，极言其大。濡：蘸。北溟：即北海。北溟之池，极言砚池之大。

⑨"一时"二句：形容所书写的篆书苍老古朴。古有所谓虫鱼书、蝌蚪文。

⑩光：光大。祖庙：指曲阜孔庙。孔尚任系孔子六十四代孙，故云。宫墙：借指殿堂庙宇。

⑪表：表彰。贤哲：孔子。旧山：指曲阜的尼山，孔子出生地。

⑫标：展示。荒斋：对自己书斋的谦称。祖卷：祖传的卷册。

⑬俾：使。

⑭廉顽立懦：谓可使贪婪者变廉洁，懦弱者能自立。语出《孟子·万章下》："顽夫廉，懦夫有立志。"

【品读】

这封信描述了作者在风清月朗的中秋之夜的愉悦心情。此日，佳丽之地金陵，气象一新，热闹非凡。作者耳之所闻，目之所及，无不是一派欢声笑语、雍和欢快的气氛。街头巷尾，飘浮着喜庆的箫鼓乐声。男女老少，喜气洋洋，作者深深为之感染，内心油然升起勃勃兴致。于是，他谢绝了王公贵族的邀请，与志同道合者欢聚一室，品尝浓香老酒，试呷清冽名茶。谈天说地，道古论今。恰在此时，又有鹤发银须的老者当众挥毫，一显身手。其书气势奇昂，遒劲有力，古朴浑厚，墨汁淋漓。使作者在节日的兴奋中又糅合了对艺术的陶醉。这是何其难得的一个节日啊，以致他恋恋不舍地写道："从此年年至此日，即年年忆此乐。"

此柬虽短，蕴意却丰。既有场景的描写，又有人物的刻画；既写了世俗的节日之趣，又抒写了士大夫们高雅独特的精神享受。文字颇为生动传神。